Knaur.

Knaur.

Über die Autorin:
Valeska von Roques war zwei Jahrzehnte lang Korrespondentin für den *Spiegel* in New York, Washington und Rom. Aus ihrer genauen Kenntnis des Vatikans sind die Sachbücher »Anschlag auf den Papst« (2001) und »Mord im Vatikan« (2003) entstanden. »Das Testament des Kardinals« ist ihr erster Roman.

Valeska von Roques
Das Testament des Kardinals

Roman

Knaur Taschenbuch Verlag

Besuchen Sie uns im Internet:
www.knaur.de

Originalausgabe Dezember 2006
Copyright © 2006 by Knaur Taschenbuch.
Ein Unternehmen der Droemerschen Verlagsanstalt
Th. Knaur Nachf. GmbH & Co. KG, München
Alle Rechte vorbehalten. Das Werk darf – auch teilweise – nur mit
Genehmigung des Verlags wiedergegeben werden.
Redaktion: Kirsten Adler
Umschlaggestaltung: ZERO Werbeagentur, München
Umschlagabbildung: Mauritius Images, Mittenwald
Satz: Adobe InDesign im Verlag
Druck und Bindung: Clausen & Bosse, Leck
Printed in Germany
ISBN-13: 978-3-426-63270-3
ISBN-10: 3-426-63270-5

2 4 5 3 1

Für meine Tochter Karoline

*Peter Graf, der Lektor meiner vorangegangenen
Bücher, war bei der Entstehung des Konzepts
für diesen Roman wesentlich beteiligt.
Ihm gilt mein besonderer Dank.*

1

Faustina verabscheute die Brücke aus Beton und Stahl, die sich über die Gregorio Settimo spannt. Sie war die Straße ihrer Kindheit gewesen, und damals, vor mehr als sieben Jahrzehnten, als sie dort mit ihrer Familie gewohnt hatte, war die Allee dicht den Mauern des Vatikans gefolgt.

Heute war die Gregorio Settimo eine vom Autoverkehr tosende, doppelspurige römische Ausfallstraße geworden, auf der es weit und breit keine Ampeln gab. Faustina hatte keine Wahl mehr. Sie musste den Brücken-Übergang benutzen, obwohl das Knirschen in ihren Kniegelenken immer schmerzhafter geworden war.

Die alte Frau verfluchte die Wasserflaschen aus Plastik, die sie schleppen musste, seitdem ihr Schwiegersohn keinen Wein mehr trank, und machte sich an den Aufstieg der verrosteten Wendeltreppe, die auf die Brücke führte. Ihre hageren Beine steckten in Stützstrümpfen, und ihre Füße fanden in den zu weit gewordenen Pantoffeln mit Gummisohlen keinen rechten Halt, als sie mit ihren Plastikbeuteln nach oben schnaufte. Aber Faustina freute sich sehr auf den Anblick der Kuppel, den sie gleich genießen würde. Nirgendwo sonst in Rom bot sich nämlich der gewaltige Kelch von St. Peter dem Blick gewöhnlicher Sterblicher so unverstellt und fast auf Augenhöhe dar wie von dieser schäbigen Überführung aus.

Die Alte pflegte ein Kreuz zu schlagen und ihre steifen Knie so gut es ging zu senken, wenn sie endlich oben angelangt war, um dann ein paar Sekunden andächtig innezuhalten. »Nicht mal der Heilige Vater in all seiner Macht kann die *cupola* so gut sehen wie ich von hier aus«, stellte sie dann immer wieder zufrieden fest.

Aber kaum hatte sie heute den obersten Absatz in dem engen Schneckengehäuse der Wendeltreppe erreicht, schrie Faustina erschrocken auf. Von dem Asphalt der Brücke tropfte Blut direkt in ihr Gesicht. Und als sie sich noch eine Stufe höher zwang, sah sie den Toten. Er lag auf dem Rücken. Sein letzter Blick mochte auf die *cupola* gefallen sein, bevor er starb, und das konnte nicht sehr lange her sein: Aus seiner linken Halsschlagader sprudelte frisches Blut wie aus einer Quelle. Entsetzt und ohne lange nachzudenken, ergriff Faustina die Flucht. Im Umdrehen sah sie gerade noch ein Priestergewand flattern, das am anderen Ende der Brücke verschwand.

Am Campo dei Fiori schloss wenig später der Antiquar Giordano Fede zufrieden seinen Laden ab. Die Auslagen in dem unscheinbaren Schaufenster des Geschäfts beschränkten sich auf einige Titel italienischer Autoren aus dem 19. Jahrhundert und eher unbedeutende Drucke mit Ansichten Roms. Es waren Nachdrucke in Tausender-Auflagen für die Touristen. Seine wahren Schätze verbarg Fede hinter den Türen eines hohen Panzer-

schranks in seinem privaten Salon: Kupferstiche aus der Renaissance und philosophische Schriften der europäischen Aufklärung, darunter Erstausgaben von Kant, Rousseau oder Hegel.
Fede lächelte, als er an den Anruf aus den USA dachte, der ihn gerade erreicht hatte. Ein bildungshungriger Millionär und Sammler aus Boston war bereit, die extrem hohe Summe zu zahlen, die er für eine Erstausgabe von Immanuel Kants »Kritik der praktischen Vernunft« verlangt hatte. Sie war 1878 von der Preußischen Akademie der Wissenschaften publiziert worden, und wirkliche Kenner des Gebiets wussten, wo die wenigen erhaltenen Exemplare dieser Edition zu finden waren: Auf dem Markt jedenfalls nicht. Die Legitimität seines Fundes hatte Fede sorgfältig überprüft. Obwohl ihn die Motive seines Kunden eigentlich nichts angingen, dachte er: »Vielleicht will er sich damit den Respekt erkaufen, den ihm die alten Familien der Stadt verweigern.«
Der Antiquar lenkte seine Schritte in die lebhafte Menschenmenge auf dem Campo dei Fiori. Er freute sich auf ein Gläschen von dem edlen Gavi di Gavi, Jahrgang 1994, den der Barkeeper aus der Taverna Giulia nur für ihn aufbewahrte. Schopenhauers Bemerkung von der »glänzenden Trockenheit« im philosophischen Gebäude Kants schoss ihm durch den Kopf. Und das war auch schon sein letzter Gedanke: Fede spürte einen stechenden Schmerz im oberen Rücken, bevor er tot zu Boden sank.
Sofort bildete sich ein aufgeregter Kreis von Zuschau-

ern um den Toten. Rufe wurden laut: »Schnell, einen Arzt!«

»Der wird kaum noch helfen können«, meinte ein Kellner aus der Taverna Giulia. In seiner langen weißen Schürze kniete er bereits neben Fede und fühlte dessen Puls, sekundenlang. Dann schüttelte er fassungslos den Kopf. »Holt lieber den Priester. Da ist doch gerade einer vorbeigegangen! Der soll unseren guten Freund wenigstens segnen, wenn ihm schon die Letzte Ölung versagt bleibt!«

»Na, die hätte Giorgio ganz sicher nicht gewollt«, kommentierte eine Frau aus dem Kreis der Umstehenden. »Ihr wisst doch, wie er war. Mit der Kirche hatte er doch gar nichts im Sinn!« Blass und erschrocken sah sie auf den toten Nachbarn zu ihren Füßen.

Noch vor sieben Uhr zockelten zwei Frauen mittleren Alters am nächsten Morgen im Borghese-Park gemächlich ihre tägliche Runde. Auf dem Rückweg liefen sie am Borghese-Museum vorbei, einem ehemaligen Fürsten-Palais aus dem 17. Jahrhundert, das heute eine weltberühmte Gemäldesammlung beherbergt. Aber das entspannte Plaudern der beiden Spaziergängerinnen verstummte jäh, als sie an der Treppe zum Museum vorbeikamen.

Auf der obersten flachen Stufe lag bäuchlings, mit dem Kopf zur Seite, ein Toter. Schmerz und Panik hatten seine Gesichtszüge verzerrt: Er musste gespürt haben, was mit ihm geschah. Blut war aus einer Wunde an seinem Kopf in einem breiten Strom die Treppe hinuntergeflossen und hatte den weißen Kiesweg rot gefärbt. Schreiend rannten die beiden Damen aus dem gutbürgerlichen Stadtteil Parioli davon, in einem für die beiden durchaus ungewöhnlichen Tempo.

*

Kommissar Nicoló Santini kaute an einem Zigarillo, als er am selben Tag die Polizeiberichte las.
»Sehr seltsam, sehr seltsam«, sagte er zu seinem Assistenten Umberto Pratolino.
Der kannte diesen Ausspruch seines Chefs. Er bedeutete, dass der *commissario* schon eine Theorie im Hinterkopf hatte, sie aber noch nicht aussprechen wollte. Und dieser Satz war außerdem stets als Aufforderung zu verstehen. Von ihm, dem studierten Kriminologen und Soziologen, wollte der Kommissar jetzt hören, welchen Reim er sich auf die drei Mordfälle der letzten Nacht machte. »Ungewöhnlich, auf jeden Fall«, begann er vorsichtig. »Um nicht zu sagen: sensationell!«
»Ach nee«, gab der Kommissar zurück.
»Die drei Morde können eigentlich nichts miteinander zu tun gehabt haben. Aber es gibt mindestens zwei Umstände, die alle drei verbinden.«
»So, so.« Das Lächeln des Kommissars sah etwas spöttisch aus. Umberto ließ sich nicht irritieren.
»Erstens: Alle drei Opfer sind nicht beraubt worden. Und weil sie ihre Geldbörsen noch bei sich hatten, konnten wir sie zweitens sofort identifizieren.«

»Es gibt eine dritte Verbindung«, ergänzte der Kommissar.
»Klar. Alle drei waren Angehörige der gebildeten Schichten. Was eher noch untertrieben ist; sie gehörten zur crème de la crème auf ihrem Fachgebiet. Fede war Spezialist für Erstausgaben aus der Zeit der Aufklärung. Travaglia war Kernphysiker. Ziemlich berühmt, übrigens. Und der Dritte, der Frauenarzt, Dr. Tommaso Priore, der vor dem Borghese-Museum gefunden wurde, war im römischen Hochadel bekannt dafür, vom Wege der Tugend abgekommene Töchter unserer Fürstenfamilien von unerwünschten Leibesfrüchten diskret zu befreien.«
»Und das manchmal auch nach Ablauf der gesetzlichen Frist«, sagte der Kommissar und blätterte in den Praxisberichten des Gynäkologen.
»Zivilstand der drei?«, erkundigte er sich.
»Fede war Witwer, seine zwei Söhne leben in Paris. Travaglia ist nie verheiratet gewesen, sonst weiß man nichts. Priore lebte nach seiner Scheidung mit einer zwanzig Jahre jüngeren Frau unverheiratet zusammen.«
»Also allesamt nicht wirklich vorbildliche Katholiken«, vermutete der Kommissar.
»Warum auch«?, fragte Umberto. »Nur weil wir hier in Rom sind? Aber was ist mit den Priestern, *commissario*? In zwei von unseren drei Fällen ist ein Priester in der Nähe des Tatorts gesichtet worden.«
»Schwer zu sagen. Katholische Geistliche laufen einem in Rom ja ständig über den Weg. Und momentan sowieso.«

»Es sind ja auch nur noch ein paar Tage bis zu dem Konklave …«

»In genau einer Woche versammelt sich das Wahlkollegium in der Sistina«, präzisierte Santini und nahm sich ein neues Zigarillo aus der flachen Blechschachtel. »Hoffen wir mal, dass die Eminenzen einen würdigen Nachfolger für Johannes XXIV. finden. Der hat wenigstens versucht, die Kirche mutig in die Gegenwart zu führen.«

»Also noch einen Reformer, Ihrer Meinung nach?«, wagte Umberto sich vor.

»Einen gemäßigten, bitte. Die Kirche muss sich verändern, nur nicht zu schnell. Sie hat 2000 Jahren mit all ihren Fehlern ganz gut überstanden. Aber so viel Gemächlichkeit wie unsere geistliche Herrschaft können wir uns bei der Polizei nicht leisten. Also, machen Sie mal ein bisschen Druck bei der Gerichtsmedizin, Umberto! Ich möchte die Autopsieberichte, die DNA-Analysen, und die Spurensicherung hat übrigens auch noch nichts geliefert. Ich will die Sache vom Tisch haben, und zwar ein bisschen *subito!*«

Umberto schwieg, aber er dachte bei sich: »Ein eigenwilliger Mann, mein Chef. Auf die Kirche lässt er zwar nichts kommen, ihre Lehren befolgt er trotzdem nicht. Jeder weiß von seiner Affäre mit der hübschen Assistentin aus dem Fotolabor der Gerichtsmedizin. Ein bisschen Mäßigung bei den Mahlzeiten täte ihm auch gut. Er raucht zu viel, trinkt zu viel – und trotz aller Laster mindert das meinen Respekt für ihn überhaupt nicht.

Schon seltsam.« Der junge Mann mochte seinen Chef und verbot sich deshalb weitere Überlegungen oder gar Urteile über dessen Lebensführung.

Er hatte dazu aber auch keine Zeit mehr – ungeduldig scheuchte Santini ihn hoch. »Worauf warten Sie, junger Mann? Dalli, dalli, bitte!« Der Beamte sah seinem Adlatus nicht ohne Wohlwollen hinterher. An seiner Arbeit war nichts auszusetzen und auf dem Gebiet der elektronischen Recherche, nicht gerade Santinis Stärke, ergänzte Umberto ihn sogar sehr gut. Seine Kleidung, na, ja. Meist trug er Jeans und gut sitzende Oberhemden in dezenten, aber modischen Farben. Dann und wann einen englischen Lambswool-Pullover, locker über die Schultern gelegt. *Stylish* hatte Santinis Tochter seinen Assistenten nach ihrem Besuch im Präsidium genannt, und das war kein Tadel in ihrem Vokabular.

Umberto war schon unterwegs. Im Vorzimmer hörte er seinen Chef noch brüllen: »Verdammt noch mal, Paolina! Ich habe Ihnen doch schon gesagt, dass Sie keine Journalisten zu mir durchstellen sollen!«

»Cholerisch ist er noch dazu, mein Herr Chef«, dachte Umberto. Er machte sich immer wieder Sorgen um seinen Vorgesetzten, der seiner Meinung nach am Rand eines Herzinfarkts navigierte. »Wenn das nur gut geht.« Der junge Beamte schätzte die Präzision seines Chefs und auch dessen Unerbittlichkeit. Er hatte viel von ihm gelernt. Mit Paolina, der Sekretärin, hatte er kürzlich in aller Vorsicht das Thema von Santinis Gesundheit angeschnitten. Die hatte nur betrübt den Kopf geschüttelt:

»Neulich, als sein Kardiologe anrief, sah er kleinlaut wie ein Schuljunge aus. Und dann hat er wirklich ein paar Tage weniger geraucht. Aber sehen Sie sich das jetzt an!« Und mit einem Ausdruck des Abscheus im Gesicht hatte sie den übervollen Aschenbecher in einen Müllsack gefüllt, diesen fest zugeknotet und ihn sofort in den großen Container im Hof des Präsidiums getragen.

*

Zwanzig Autominuten vom Mordkommissariat entfernt traf am frühen Abend desselben Tages die Journalistin Lisa Prätorius mit ihrem fünfjährigen Sohn Jan in einem heftig verspäteten Intercity aus Stuttgart ein. Suchend sah sie sich um. Aber in dem Pulk von Menschen konnte sie ihre Freundin Elena nicht entdecken.

Und den jungen Mann, der ausgeschickt worden war, um ihre Ankunft heimlich zu überwachen, kannte sie nicht. Aber für Domenico, einen etwa 20-jährigen dicklichen Seminaristen im Priestergewand, waren Lisa und ihr kleiner Sohn leicht auszumachen. »Sie ist eine ziemlich dürre Person, etwa 1,75 groß, Mitte dreißig. Rötliches Kraushaar, blass, Sommersprossen. An ihrer Hand wird sie einen dunkelgelockten Jungen halten, der ihr trotz der anderen Haare sehr ähnlich sieht.« Standard-Bekleidung für Mutter und Sohn sei zu erwarten, nämlich Jeans und T-Shirts. Vermutlich würden sie Rucksäcke dabeihaben und etliches an Gepäck tragen.

Domenico verglich den Anblick der beiden mit einem etwas unscharfen Schwarz-Weiß-Foto von Lisa, das er in sein Brevier geheftet hatte, und wusste: Das sind sie! Die junge Frau zerrte einen riesigen schwankenden Koffer hinter sich her, dem ein Rad fehlte. Der Junge presste einen großen Plüschelefanten an sich, als könnte der ihm Schutz gewähren. Mutter und Kind ächzten unter der Last ihrer Rucksäcke und die Müdigkeit von zehn Stunden Bahnfahrt zeichnete sich in ihren Gesichtern ab.

Das Duo zog dicht an dem Priesterschüler vorbei. Lisa sah ihm einen Augenblick lang kühl ins Gesicht. Leichter Unmut kam in ihm auf. Daheim in San Luca würde niemand es wagen, einen künftigen Geistlichen so anzublicken, auch wenn dieser ziemlich jung war und eine abgeschabte, über dem Bauch etwas zu enge Soutane trug!

»Ketzerin«, hörte Domenico eine innere Stimme sagen. Es war die Stimme seines Meisters.

In der großen Halle des Termini-Bahnhofs blieb die Frau stehen. Aus ihrer aufgeblähten Umhängetasche förderte sie ein Handy zutage, das aber den Dienst zu verweigern schien. Auf dem Gesicht des Jungen machten sich winzige Schweißperlen bemerkbar.

Auch Domenico schwitzte. »Wenn sie jemand mit dem Auto abholen sollte, wird sie den rechten Ausgang zur *via Marsala* nehmen«, war ihm gesagt worden. »Nur dort dürfen Privatwagen halten. Sollte das so laufen, bleib ganz ruhig. Schnapp dir ein Taxi und fahr hinterher.«

»Sind wir im Film?«, hatte Domenico gedacht, in einer für ihn untypischen Aufwallung von Opposition. Ein eisiger Blick aus den Augen des Meisters traf ihn, als könnte dieser Gedanken lesen.

Aber dem angehenden Priester, der aus einem Bergnest in Kalabrien stammte, einer Region tief unten im Südosten des italienischen Stiefels, blieb die Prüfung einer dramatischen Autoverfolgung erspart.

Mutter und Sohn zogen weiter und strebten dem vorderen Ausgang des römischen Hauptbahnhofs Termini zu. Als die beiden sich und ihr Gepäck durch eine der Glastüren manövriert hatten, blieben sie nach wenigen Schritten erneut stehen, die Gesichter gen Himmel gewandt. Die Mutter lächelte, der Junge schaute entsetzt.

Über ihnen wogte ein Schwarm von Staren. Er legte kühne Bögen auf den wolkenlosen Himmel, verknotete sich zu grazilen Schleifen, senkte sich nieder und schoss wieder nach oben, um neue Arabesken auf das rötliche Firmament zu malen. Lisa nahm es als Willkommensgruß der ihr so vertrauten Stadt. Jan dagegen erschrak. Er sah mit seinen Kinderaugen einen zerfledderten Drachen dicht über das Dach des Hauptbahnhofs brausen, der sich in eine bedrohlich lange Schlange verwandelte. Lisa merkte, wie die kleine, knochige Hand ihres Kindes in der ihren feucht wurde.

»Es sind nur Vögel, Jan, Stare sind das«, sagte sie munter. Aber sie klang nicht wirklich gelassen und ihr Kind hörte es genau. »Wo ist Elena, ich habe Angst«, mur-

melte der Junge. Die Luft war stickig und stank nach Benzin.
Plötzlich fielen die Stare im Sinkflug wie ein Regen aus Pech vom Himmel. Sie nisteten sich in den staubigen Blättern der Platanen vor dem Hauptbahnhof ein und begannen, grell und hysterisch zu kreischen. Jan hielt sich mit beiden Händen die Ohren zu, wodurch der Plüschelefant auf die Straße fiel. Lisa bückte sich nach dem Stofftier. Das graue Fell war verschmutzt vom Vogelkot. Vergeblich wühlte sie nach Papiertaschentüchern in ihrer Tasche, aus deren Tiefen sich jetzt auch noch ihr Handy meldete. Nur dreimal erklang der Klingelton, dann verstummte es schon.
Ratlos starrte Lisa auf das Display. Unbekannter Anrufer. War das Elena gewesen? Aber deren Nummer hatte sie nicht im Kopf. Also musste ihr kleines, ziemlich zerfleddertes Adressbuch ans Licht befördert werden.
»Chaos schafft weiteres Chaos«, pflegte ihr Vater zu sagen, wenn seine Tochter mal wieder kostbare Stunden auf der Suche nach wichtigen Unterlagen verschwendete. »Einfach abheften, Kind, und zwar sofort«, war seine ständige Mahnung gewesen, »und wichtige Handynummern werden sofort gespeichert.«
Und nun fing Jan auch noch zu weinen an. Herrgott! Aber Lisa umfing ihr Kind trotz ihrer eigenen Anspannung liebevoll.
»Es wird dir in Rom gefallen, ganz bestimmt. Wir fahren am Sonntag ans Meer!«
»Aber bald ist doch Winter«, schluchzte Jan.

»Ach wo, es ist Mitte September, und für ein Eis ist es noch lange nicht zu kalt, oder?«, versuchte Lisa ihn abzulenken. »Da drüben sehe ich ein Café.«
Sie nahm das Kind wieder an ihre Hand, während sie mit der anderen den lädierten Koffer in Position brachte. Die Autos rasten über die weißen Zebrastreifen, ohne ihr Tempo zu mindern. Schließlich betrat Lisa entschlossen den Übergang und blickte einer neuen, heranbrausenden Meute von Fahrzeugen grimmig entgegen. Das half. Mutter und Sohn überquerten unversehrt den Übergang.
Domenico, der Seminarist aus der Provinz ohne Erfahrung mit dem Leben in der Großstadt, blieb zurück. Schließlich streckte er vorsichtig einen Fuß auf die Fahrbahn, hob seinen Arm und wartete, bis sein unsicheres Signal endlich von einem Autofahrer anerkannt wurde. Der hielt an, während sein Nachbar auf der Nebenspur ungerührt weiterfuhr. Aber danach tat sich eine Lücke auf, und so gelang endlich auch Domenico die Überquerung der Straße, und er folgte Mutter und Sohn in die *gelateria*.
Dort drängten sich Gäste um die Theke und hoch über ihren Köpfen dröhnte ein Fernseher. Lisa parkte ihren Jungen mitsamt Koffer an einem Tischchen. »Ein kleines Eis mit Erdbeer und Schokolade«, sagte sie dem jungen Mann hinter der Theke, und der fragte zurück: »*E la bella rossa, che cosa prende?*« Lisa drehte sich um, als gelte es, eine »schöne Rothaarige« hinter sich zu entdecken, und grinste den Kellner an: »Falls Sie mich

meinen sollten, vielen Dank, ich nehme einen doppelten Espresso.«
Als sie ihren Weg mit dem kleinen Tablett durch die Menge bahnte, bemerkte sie, dass Jan sie verängstigt mit den Augen suchte und sich an seinem Stuhl festhielt, als fürchte er, jemand könnte ihn stehlen.
»Der Junge braucht frische Luft, das Meer und ein bisschen mehr Mumm in den Knochen!«, dachte Lisa.
Kaum hatte sie sich neben ihm niedergelassen, als ihr Handy erneut klingelte. Dieses Mal lag es griffbereit auf dem Tisch.
Elenas vertraute Stimme, untermalt von dröhnenden Aerobic-Takten, drang an ihr Ohr.
»Lisa, hör zu, tut mir wahnsinnig Leid«, sagte sie in ihrem nur leicht italienisch eingefärbten Deutsch, »aber die *marchesa* hat mich, wie heißt das?, beschlagnahmt. Sie will ab sofort jeden Tag zwei private Stunden bei mir, weil sie in einer Woche unbedingt wieder in ihr Abendkleid passen will. Das wird sie nicht schaffen, aber was soll ich machen? Nehmt euch ein Taxi oder auch den Bus und kommt im Studio vorbei, da könnt ihr euch erst mal entspannen!«
»Aber wo ist denn dein neuer Club?«, stammelte Lisa. »Und wie kommen wir dahin, mit Bus oder Straßenbahn? Ein Taxi möchte ich lieber vermeiden.«
»Schicke Adresse, mitten im Zentrum, *via dei Coronari* 116! Nehmt die neue Linie 40 bis zur Brücke Vittorio Emanuele, von da sind es nur ein paar Schritte, höchstens 300 Meter.«

»Das ist doch fast ein halber Kilometer! Mit all unserem Gepäck und dem Kopfsteinpflaster und meinem kaputten Koffer, den ich nicht mehr richtig ziehen kann. Jan ist völlig fertig … «, protestierte Lisa, aber Elena hatte bereits aufgelegt.
Die Journalistin merkte, dass sich ihre Augen mit Tränen füllten, und wandte den Kopf ab, um Jan das nicht sehen zu lassen. Sie fühlte sich ausgelaugt.
Zwei Stunden vorher, als der Zug im magisch-rötlichen Licht des späten Nachmittags an Orvieto vorbeigeglitten war, hatte die Freundin ihr noch versichert, sie werde sie und das Kind mit ihrem scheppernden Panda am Bahnhof abholen. Vorfreude war in ihr aufgestiegen. Jetzt wurde Lisa von der gnadenlosen TV-Beschallung in der Bar und den Zweifeln in ihrem Hinterkopf gequält, ob es nicht ein Fehler war, sich an die Berichterstattung über das Konklave zu wagen – mit nur geringer Aussicht, eine Akkreditierung beim Presseamt des Heiligen Stuhls zu erhalten.
Auch die Hoffnung, dass Simon seine selbstgebaute Trutzburg im Priesteramt verlassen und seinen Sohn endlich annehmen würde, schien ihr plötzlich zu entgleiten.
Aber mit dem kleinen Energieschub aus ihrer Espresso-Tasse hob sich auch ihre Stimmung. »Es kann einfach nicht alles schief gehen. Ich brauche nur etwas Geduld«, ermutigte sich Lisa. Amüsiert beobachtete sie einen jungen Priester, der in ihrer Nähe sein Eis in konzentrierter Andacht bearbeitete. Dabei fiel ihr auf, dass sie

dessen fast kindliches Gesicht gerade erst am Bahnsteig gesehen hatte. Und das Gedächtnis von Lisa Prätorius funktionierte ganz hervorragend – im Gegensatz zu ihrem sonstigen eher schusseligen Umgang mit den Anforderungen des Alltags.

Domenico blickte auf und schnell wieder weg. Als Lisa sich wieder ihrem Jungen zugewandt hatte, betrachtete er seinerseits die Deutsche. An ihren langen, dünnen Armen zeichneten sich gut trainierte Muskeln ab. Er mochte die weichen, vollen Arme der Frauen von San Luca lieber. Seine Mutter hatte solche Arme. Auch Luigina, die er im Alter von zwölf Jahren besinnungslos geliebt hatte, war ein fülliges Kind wie er selbst gewesen.

Die Deutsche hatte ihr rotes Kräuselhaar zu einem dicken Zopf geflochten, der meistens auf ihrem Nacken ruhte. Aber wenn sie nachdachte, und das tat sie jetzt, holte sie ihren Zopf nach vorn und fummelte an dem Gummiband herum. Jan kannte das. »Worüber denkst du nach, Mami?«, fragte er.

»Ob wir uns vielleicht doch ein Taxi leisten, Süßer«, antwortete seine Mutter. »Oh ja«, schrie ihr Sohn. Und dann tat er, was ihm immer so gefiel: Er zog das Gummiband vom Zopf seiner Mutter ab. Im Handumdrehen löste sich die Frisur und Lisas dichte Haare sprangen befreit auseinander.

Domenico gefiel die plötzlich aufgeblühte rote Pracht auf dem Kopf der deutschen Frau. Aber derartige Gefühle verbot der ihm eingebläute moralische Imperativ.

Und triumphierend dachte er: »Ich weiß etwas über deine Zukunft, und die wird nicht schön sein!«
Dabei bemerkte Domenico ein seltenes Gefühl von Macht in sich, von dem er wusste, dass es eigentlich nur dem Meister zustand. Er hoffte nur, dass die Frau und ihr Kind die Bar nicht verlassen würden, bevor er die rituellen Wanderungen seines Löffels über die Schichten von Vanille, Nuss und Schokolade in seinem Becher vollendet hätte. Zuerst schob er den Löffel von unten nach oben, sodass Schokolade an der Spitze des Löffelchens saß und seinen Gaumen als Erstes erreichte. Eine Runde um das kleine Gebirge, um nur einen einzigen Geschmack, Vanille, zu genießen, variierte sein ebenso genüssliches wie konzentriertes Spiel mit der Eiscreme. Außerdem ließ er sich dazu hinreißen, seinen Kopf zum Fernsehapparat zu heben, als die sich überschlagende Stimme des Kommentators einen dramatischen Höhepunkt der Begegnung zwischen Inter Mailand und AS Rom ankündigte. Seit dem Beginn seiner Priesterausbildung in der italienischen Hauptstadt hielt er diesem Club eine treue, wenn auch heimliche Gefolgschaft. Auch das Fernsehen war im strengen Regiment des Meisters verboten.
Als er sich vom Fußball-Geschehen losreißen konnte und zum Tisch der Deutschen blickte, waren Mutter und Kind verschwunden. Innerlich fluchend und in unpriesterlicher Hast stürzte er auf die Straße, traurig, dass er ein gutes Drittel seiner Eiscreme zurücklassen musste. Domenico trat auf die Straße und sah Mutter

und Sohn bereits auf der gegenüberliegenden Seite in ein Taxi steigen. Schlimmer hätte es nicht kommen können: Domenico war noch nie Taxi gefahren. Er wusste nicht einmal, wie das geht. Und jetzt waren die Deutsche und ihr Kind längst verschwunden. Die Süße der Eiscreme, die er eben noch genossen hatte, verwandelte sich in ein bitteres Schuldgefühl. Die verbotene Lust hatte ihn entscheidende 30 Sekunden zu lange von seiner ersten wichtigen Aufgabe fortgelockt. Nun war es zu spät. Mission gescheitert ... Niedergeschlagen und ängstlich angesichts der Konsequenzen, die ihn wahrscheinlich hart treffen würden, begann er den mühseligen Heimweg zum Seminar.

Dreimal musste er umsteigen und scheiterte schon beim ersten Versuch. Die Wand der Fahrgäste am Einstieg des 182ers war so dicht, dass es unmöglich gewesen wäre, auch nur eine Aktentasche zwischen die aneinander gepressten Körper zu schieben. Schließlich entschloss sich Domenico, den Rest der Strecke zu laufen. Dabei würde er durch den Park des Gianicolo wandern, dem höchsten der sieben römischen Hügel. Von dort aus blickte der italienische Nationalheld Garibaldi auf seinem bronzenen Ross auf ein grandioses Panorama von Rom. Mit seinem Sieg über den Kirchenstaat hatte der schnauzbärtige Feldherr im 19. Jahrhundert das Fundament des modernen Italien gelegt, und nun schien Garibaldi zufrieden auf sein Werk zu blicken.

Aber nicht seinetwegen strebte Domenico dem Aussichtspunkt zu – ihn zog der Kiosk an, der dort stand.

Dessen unwiderstehliche *granita* aus giftgrünem Pfefferminzsirup über zerstoßenem Eis hatte er schon seit Tagen nicht mehr genossen. Eine dritte Sünde den zwei vorherigen hinzuzufügen war nun auch schon egal. Doch noch während er den süßen Saft durch den dicken Strohhalm sog, kroch Furcht in ihm hoch.

Das Taxi bahnte sich seinen Weg durch den römischen Abend-Verkehr. Selbst auf der Spur für öffentliche Busse und Taxis schoben sich Privatwagen im Schritttempo voran. Der Fahrer fluchte und sah im Rückspiegel seine Fahrgäste an. Die Frau war für seinen Geschmack viel zu dünn, aber er mochte ihre weiße Haut mit den vielen Sommersprossen. »Wenigstens die ist nicht dem allgemeinen Bräunungswahn verfallen«, stellte er fest. »Sie sprechen sehr gut Italienisch«, sagte er dann nach hinten.
»Das sollte ich auch«, gab Lisa zurück. »Ich habe zwei Jahre lang in Italien studiert.«
»Und der Kleine, spricht der auch Italienisch?«
»Ganz gut. Wir waren oft im Sommer hier.«
»Also ist der Papa Italiener?«
Jetzt reichte es Lisa.
»Ich hatte wirklich nicht vor, Ihnen meine Familienverhältnisse im Einzelnen darzulegen«, sagte sie, bemüht um einen freundlichen Ton.
Aber nun schwieg der Fahrer beleidigt. »Auch gut«, dachte Lisa.
Gestärkt vom Eis und eng an seine Mutter geschmiegt,

sah Jan nun auf die ungewohnte Großstadt-Kulisse: Hohe Bauten mit gerahmten Fenstern, die ihn an Schlösser erinnerten, mit Balkonen, die von halbnackten Steinfrauen getragen wurden. An den Vorderseiten der Kirchen flatterten dicke, kleine Engel aus Stein. Wenn er nach oben schaute, sah er Kirchtürme wie vom Konditor gedreht. Auf den Gehsteigen wälzte sich eine dichte Menschenmenge voran, die Jan nur von Weihnachtsmärkten oder Volksfesten kannte.

Einmal wies seine Mutter im Vorbeifahren auf ein kaputtes Stadion und sagte: »Das Kolosseum, Jan. Du weißt doch: Wo früher die Christen den Löwen zum Fraß vorgeworfen wurden.« Jan nickte beklommen. Als Lisa ihm zum ersten Mal von den blutigen Vergnügungen des alten Rom erzählt hatte, war er nachts schreiend aufgewacht ...

»Vor der Nummer 116 kann ich Sie nicht absetzten, das letzte Stück der *via Coronari* ist jetzt Einbahnstraße«, erklärte der Fahrer.

»Das ist mir neu«, sagte Lisa kühl. »Aber Sie haben sicher Recht.« Innerlich fluchte sie. Jetzt mussten sie immer noch ein paar hundert Meter zu Fuß gehen. Verärgert gab sie dem Fahrer kein Trinkgeld. Und damit war die Sache für sie auch schon abgeschlossen. Eine ihrer nützlichen Eigenschaften war, dass sie Ärger nicht aufbewahrte, sondern ihn sofort als unnötigen Ballast aus ihrem Kopf entfernte.

Sie brauchte ihre Energie auch bereits für andere Dinge. Auf der *via Coronari* kamen den beiden unzählige Reisegruppen über die gesamte Breite der Straße entgegen. Dann wieder blockierten Touristen den Bürgersteig, um die Auslagen der Antiquitäten-Läden zu betrachten, was Mutter und Sohn zu komplizierten Ausweichmanövern zwang. Aber aus einem der Läden erschien unerwartet ein Retter.

»*Permesso,* Signora, wo soll es denn hingehen?«, fragte ein kräftiger jüngerer Mann, der die graue Schürze eines Restaurators trug und einen Vertrauen erweckenden Duft nach Möbelpolitur verströmte. Er nahm Lisa den Koffer ab, nickte, als sie die Adresse nannte, und führte die beiden in weniger als fünf Minuten zu Elenas Fitness-Club, der sich in einem Innenhof verbarg. »Grazie infinite«, strahlte Lisa ihn an ...

Auf dem kurzen Rückweg in seine Werkstatt ging dem spontanen Helfer Lisas Gesicht nicht mehr aus dem Sinn. Auch Lisa hatte den Restaurator nicht nur als Samariter wahrgenommen: Der Mann war groß, seine Augen strahlten hellgrün und mit ebendiesen grünen Augen hatte er ihr einen Blick geschenkt, der in ihrer Seele Funken schlug. Lisas müdes Gesicht leuchtete auf, und mit einem sehr besonderen Lächeln betrat sie die Rezeption des Fitness-Centers.

Elena flog ihr entgegen. Gebräunt, rundlich, aber mit festem Körper, verkörperte sie Wohlbefinden und Lebensfreude. Sie trug einen engen knallgrün-blauen Fitness-Anzug und ihre dichten schwarzen Locken wurden von einem rosa Schweißband zusammengehalten. Genau wie Lisa war auch sie Mitte dreißig. Die beiden so unterschiedlichen Freundinnen lagen sich in den Armen, drückten und küssten sich. »Du hast dich überhaupt nicht verändert«, versicherten sie sich gegenseitig, obwohl Elena ein paar Kilo zugenommen hatte, während Lisa deutlich schmaler geworden war. Aber die tiefe Vertrautheit zwischen den beiden war sofort wieder hergestellt.

Dann hob Elena den kleinen Jungen hoch. »Na, du Fliegengewicht«, rief sie, während Jan seine Arme um ihren Hals wickelte, als wollte er sie nie mehr loslassen. »Da bist du ja endlich, Elena«, murmelte Jan, während er sein Gesicht in ihren Locken vergrub. Sie hatte seine frühe Kindheit begleitet und ihm oft genug die Mutter ersetzt, wenn Lisa auf Reportagen unterwegs war.

Elena, berühmt für ihre leckeren Süßspeisen, hatte Deutsch und Englisch in Tübingen studiert. Dort war Lisa geboren und aufgewachsen und hier fand sie wieder Zuflucht nach dem Debakel von Simons plötzlicher Entscheidung für das Priesteramt. Elena hatte sie in einem italienischen Restaurant kennen gelernt, in dem Elena als Aushilfe jobbte. Die beiden hatten sich schnell angefreundet. Dass Elena nur wenige Jahre später in Rom ein Fitness-Studio eröffnen würde, war dem schwäbischen Sternenhimmel damals nicht abzulesen. Schließlich konnte niemand ahnen, dass ihr mit Glanz absolviertes Fremdsprachenstudium ihr ein paar Jahre später in Italien keinen Job ermöglichen würde. Das Fitness-Studio hingegen lief glänzend und für die Arbeit an der Rezeption hatte Elena im Bedarfsfall einen

Mitarbeiter. Sie nickte dem jungen Mann zu, der sie vertrat, nahm Jan den Rucksack ab und ergriff mit der anderen Hand Lisas Koffer.
»Auf geht's«, verkündete sie.
»Und die *marchesa?*«, fragte Lisa.
»Die habe ich so gequält, dass sie nach einer Stunde völlig alle war und geflohen ist.«
Elenas Panda, der seit ihrem letzten Besuch in Deutschland offensichtlich noch ein paar unschöne Begegnungen mit anderen römischen Autos oder Mauern hatte, wartete hinter der nächsten Ecke, abenteuerlich schräg auf dem Bürgersteig geparkt. Triumphierend hob die Trainerin ein imponierendes amtliches Schild auf dem Armaturenbrett.
»Meine Wunderwaffe, ich darf ins Zentrum damit, sogar jetzt! Und falls ich mal irgendeine Regel brechen sollte, ich kenne die Jungs vom Revier«, erklärte sie.
»Die freuen sich, wenn sie bei mir dann und wann umsonst Gewichte stemmen können.«
»Wie geht's Chiara?«, erkundigte sich Lisa, nachdem Elena ihren Panda mit ein paar ziemlich gewagten Manövern, hupend und meist von rechts überholend, in den zähflüssigen Strom der Autos auf dem Lungo Tevere bugsiert hatte.
»Sie ist bombig. Süß und stark, und sie lässt sich nichts gefallen. Die Nonnen haben sich schon bei mir beschwert.«
»Haut sie andere Kinder?«, fragte Jan vorsichtig von der Rückbank.

»Mach dir keine Sorgen, Jannie. Sie freut sich schon auf dich!«
»Und die Großen?«, fragte Lisa weiter.
»Matteo studiert wie gehabt Jura, und ich glaube, er nimmt die Sache wirklich ernst. Und Maria muss sich nach den Monaten in den USA ziemlich auf den Hintern setzen, um aufzuholen. Die Lehrer behandeln sie, als hätte sie mutwillig die Schule geschwänzt. Typisch Deutsche Schule Rom. Spießig und gnadenlos.«
»Und woran arbeitet Oliviero?«
»Er arbeitet. Das ist schon mal eine gute Nachricht. Die Zeiten sind beschissen, genau wie bei euch. Da kann man froh sein, wenn eine Produktion über mehrere Monate läuft. Und der Gute braucht diesmal ein besonders dickes Fell. Tausend Komparsen in historischen Kostümen, der Regisseur erscheint jeden Morgen verkatert und zudem ausgestattet mit den Fläschchen aus seiner Mini-Bar am Set. Der Kameramann wiederum - eine Diva, die Alkohol verabscheut und zudem Veganer ist. Keine gute Kommunikationsbasis zwischen den beiden. Ganz zu schweigen von der besonderen Herausforderung, die so ein Fanatiker für das Catering bietet.«
Lisa kicherte. »Aber das stemmt dein Ollie schon.«
»Klar, je schwieriger die Lage auf dem täglichen Schlachtfeld, desto besser kommt mein Produktionsleiter-Gatte in Schwung. Außerdem scheucht er die Damen des Trupps, von der Assistentin der Assistentin der Maske bis hin zur weiblichen Hauptrolle, einer ziemlich lau-

nischen Person, jeden Tag zu mir ins Studio, wo ich sie mit BBP wieder in Form bringe.«
»Womit bitte?«
»Lisa, hallo, aufwachen – Gegenwart! Noch nie von Bauch-Beine-Po gehört?«
»Ach so. Muss einer dummen kleinen Vatikan-Spezialistin doch gesagt werden. Vielleicht sollte ich auch mal bei dir vorbeischauen.«
Elena strahlte ihre Freundin an. »Du bist immer willkommen bei mir. Für dünne Damen hab ich mein Spezialprogramm.«
Sie überquerten den Tiber. Gelblich-trübes Wasser schleppte sich über trockenes Geröll. Das Flussbett war nahezu leer. Unter den Brückenpfeilern breitete sich ein kleines Lager aus: wackelige Hütten aus Kartons und Kisten, dazwischen eine Feuerstelle. In einer Männerrunde wurde eine Weinflasche herumgereicht. Ein paar Kinder wateten im kümmerlichen Strom.
»So viele Obdachlose«, merkte Lisa an.
»Ja, die Armut wird immer sichtbarer«, entgegnete Elena.
Von der Brücke aus zeigte Jan auf die Kuppel des Petersdoms. »Da hat der Papst gewohnt«, verkündete er. »Aber jetzt ist er gestorben, und der liebe Gott sucht gerade einen neuen Papst aus.«
»Wer hat dir denn das erzählt?« Lisa klang geradezu erschrocken.
Elena lachte amüsiert. »O weh, und dabei geht dein Kind nicht mal in einen katholischen Kindergarten!«

»Das hat Frau Kowalski gesagt, die wohnt unter uns«, verteidigte sich Jan. Seine Mutter belehrte ihn: »Der Papst wird gewählt, wie jeder andere Präsident. Nur nicht vom Volk, sondern von den Kardinälen.«

»Lisa!«, rief Elena mahnend. Nach einem kurzen Schweigemoment im Auto plauderte sie weiter. »Ollie hat uns ein Essen versprochen, ihr habt doch Hunger, oder?«

Die Fitness-Trainerin lenkte das Auto geschickt durch das chaotische Blechgewühl auf der *Viale Trastevere*. Jetzt war es nicht mehr weit. Lisa sah erfreut, dass der kleine Park noch existierte, um den die ganze Nachbarschaft gekämpft hatte. »Ihr habt euren Park-Kampf gewonnen!«, sagte sie anerkennend.

»Aber nur knapp. Die Baulöwen im Stadtrat sind stärker denn je, und der Bürgermeister hat sich dem Druck unserer Initiative nur zähneknirschend ergeben. Wenn wir nicht aufpassen, geht das Spiel schon bald von vorne los. Ist Simon nicht Gemeindepfarrer in dieser ziemlich schäbigen Gegend an der *via Aurelia*? Das halbe Viertel soll abgerissen werden, um einem Businesscenter Platz zu machen.«

»Lass ihn bloß aus dem Spiel. Ganz besonders jetzt, in Gegenwart meines *cucciolo*«, sagte Lisa erschrocken und lauter, als es ihr lieb war. Aber Lisas »kleiner Welpe« döste vor sich hin.

Elena lenkte den Panda mit kräftigen Kreiselbewegungen in einen minimalen Freiraum in der dichten Mauer aus Fahrzeugen vor ihrem Haus. »Was für ein Glück!«, strahlte sie. »Meine Parkplatz-Fee ist wieder dabei.«

Gemeinsam wuchteten die beiden jungen Frauen das Gepäck aus dem Kofferraum. Das dreistöckige Mehrfamilienhaus aus rotem Ziegelstein, in dem Elena und Oliviero mitsamt den drei Kindern seit langem lebten, stand wie ein Monument vergangener Zeiten zwischen den grauen Schachtelbauten aus den fünfziger Jahren, die das Straßenbild beherrschten. Auch um dieses Haus, umgeben von einem Garten, hatten Elena und Ollie zusammen mit der gesamten Mietergemeinschaft kämpfen müssen. Den lange nicht gestrichenen Flur verschönten Filmplakate italienischer Meister. Ein Manifest, ziemlich verblasst, erinnerte an die Kämpfe der feministischen Bewegung.

Aus Elenas Wohnungstür zog ein köstlicher Duft nach gebratenem Speck und frischem Gemüse in das Treppenhaus. »*Amore,* wir sind da«, rief Elena in die Wohnung. Aus dem Kinderzimmer stürzte sich ein kleines Mädchen ungestüm in ihre Arme. Über die Schulter ihrer Mutter hinweg betrachtete sie Jan mit Neugier.

Der wich einen Schritt zurück. Lisa nahm ihn bei der Hand. »Schau, das ist Chiara. Du kennst sie doch schon von der Weihnachtskarte!«

»Aber sie ist jetzt viel größer«, murmelte der kleine Junge eingeschüchtert.

Aus der Küche trat Oliviero in den Flur. Hoch gewachsen, schmückte ihn ein prägnantes Römergesicht in glücklicher Verbindung mit dem hellen Haar der normannischen Vorfahren seiner Mutter aus Sizilien. Die gut fünfzig Jahre standen ihm blendend, woran auch die Küchenschürze nichts änderte. Ollie breitete die Arme aus, um Lisa zu begrüßen. »*Signora*, Sie werden immer schöner«, verkündete er, »führen Sie einen alten Mann nicht in Versuchung!«

»Ach, Ollie«, lachte Lisa. »Du weißt doch, dass ich nicht verführbar bin! Nicht mal, wenn ich mit feinster Pasta abgefüllt werde.«

Ollie zwickte sie in die Taille. »Nix dran. Gibt es denn keine guten Köche in Deutschland?«

»Nimm deine schmutzigen Pfoten von meiner besten Freundin«, fuhr Elena lachend dazwischen. »Für Lisas Körper bin ich zuständig!«

»Wie darf ich denn das verstehen?«, neckte Ollie zurück.

»An den Herd, wo du hingehörst«, befahl ihm seine Frau.

»Aber nur, wenn du die Kinder badest! Und zwar genau bis zwanzig nach acht«, ordnete Ollie mit einem Blick auf seine übergroße Armbanduhr an, als sei er an einem Filmset.

Chiara heulte auf: »Ich geh doch nicht mit einem Jungen in eine Badewanne!«

»Keine Widerrede, *tesoro*. Jannie ist praktisch dein Bruder. Und nach euch muss Lisa noch duschen. Bis 20.35, bitte nicht länger, meine Liebe. Um 20.45 gibt's Antipasti.«

Die Villa, in die Domenico nach den Umwegen und Zwischenstopps für seine süßen Ausschweifungen zurückkehrte, lag am Anfang der *via Aurelia Antica*, der uralten Römerstraße. Sie war hinter einer hohen Mauer versteckt; ein gut erhaltenes Überbleibsel aus Roms Vergangenheit.

Das dreistöckige Gebäude war im 17. Jahrhundert von einem Prinzen aus einem der vielen Geschlechter der Stadt erbaut worden, die seit der frühen Renaissance bis fast in die Gegenwart zu den wichtigsten gehörten. Sie hatten etliche Päpste und zahllose Kardinäle gestellt, wobei dann und wann beauftragte Mörder das Feld ihrer Rivalen lichten mussten … Ein gewaltiges Tor zur Straße hin trug auf den beiden Eckpfeilern sich aufbäumende Drachenfiguren, die Wappenfigur der Borghese.

Die Stäbe des verrosteten Gitters zwischen dem Steinwerk waren mit Lanzenspitzen besetzt. Das viereckige Schloss des Portals, mittlerweile kaputt, ersetzte eine dicke Eisenkette. Ehemalige Fackelhalterungen waren herausgebrochen und nicht ersetzt worden. Festlich gekleidete Gäste wandelten wahrscheinlich seit vielen Generationen nicht mehr durch dieses Portal. Durch die Gitterstäbe sah man einen verwilderten Garten und ganz im Hintergrund ein düsteres Gebäude, dessen ursprünglich ockerfarbener Putz in großen Schollen abgeblättert war. Auf den flachen Stufen, die zu einem von Säulen getragenen Vorbau führten, wucherte Unkraut.

»Ein Gespensterhaus«, hatte Domenico gedacht, als er mit seinem Köfferchen vor drei Jahren hier eingetroffen war. Bilder aus Disney-Filmen oder Computer-Spielen, in denen Dämonen in ihrem unheimlichen Domizil ihren Opfern auflauern, waren ihm durch den Kopf geschossen. Aber er kam nicht ganz unvorbereitet. In einem Brief aus Rom, gewichtig schon allein wegen der Schwere des Papiers, war ihm vor gut zwei Jahren mitgeteilt worden, dass die ehrwürdige Contessa Teresa Russo di Grattanera aus seinem Heimatdorf San Luca ein Stipendium für ihn ausgesetzt hätte. Als Domenico, noch völlig verwirrt von dem ungewohnten Großstadt-Trubel, dann zum ersten Mal vor den Meister trat, hatte der ihm mit herrischer Stimme gesagt, was ihn erwarten würde.

»Wir arbeiten im Verborgenen für Gott. Unter bestimmten Voraussetzungen – wenn du dich dieser Ehre als würdig erweist – wirst du eines Tages zu den Erwählten gehören. Luxus, mein Sohn, ist auf dem Weg dorthin nicht vorgesehen, sondern Verzicht, immer wieder Verzicht, absoluter Gehorsam und absolute Verschwiegenheit.«

Selbst seiner Mutter durfte er nicht erzählen, welchem Orden der Konvent, in den er eintreten würde, zuzuordnen sei. Glücklicherweise hatte sie nicht mal gefragt – mehr aus Unwissen heraus als aus mangelndem Interesse. Sie wusste nur: die Contessa Russo di Grattanera, immer noch Herrin über San Luca, hatte an Domenicos Familie etwas gutzumachen. Ihr Mann war in deren Diensten als Faktotum der Burg gestorben: beim Holzfällen hatte ein dilettantisch angesägter Baum Domenicos Vater vor ein paar Jahren erschlagen. Eine Witwenpension zahlte die Contessa der Witwe nicht. Aber als die Gnädige ihr gravitätisch mitteilte, dass sie dem damals 19-jährigen Domenico zum Abschluss seiner Priesterausbildung ein Stipendium in Rom schenken würde, war seine Mutter in die Knie gesunken und hatte der Contessa die Hand geküsst.

Die einfache Frau, deren Garderobe im Wesentlichen aus zwei Kittelschürzen und einem Sonntagsgewand für festliche Anlässe bestand, war stolz auf ihren Sohn. Eine besondere Mission, eine Gemeinschaft Auserkorener, so war ihr gesagt worden, erwartete Domenico in Rom – dieses Wissen reichte ihr. Sie selbst hielt sich mit ihrem kleinen Garten und ihrer ganz besonderen Fähigkeit, die köstlichen Süßigkeiten des ländlichen Kalabrien herzustellen, über Wasser. Und den dörflichen Klatsch über den Sohn der Contessa selbst, der in ein Kloster gegangen war, wies die Mutter Domenicos seitdem eifernd zurück.

Das Gebäude der Sekte war über einen unauffälligen und wehrhaften Seiteneingang zu erreichen. Er bestand aus zwei Flügeln aus Stahl, die sich lautlos auf Schienen bewegen konnten, um Autos einzulassen. Eine schmale Pforte, ebenfalls aus schwerem Stahl, öffnete sich für Fußgänger, sofern sie nach dem Klingeln die Bildschirm-Kontrolle bestanden hatten. Die Überwachungskamera in einem Baum erfasste Ankömmlinge, schon während sie sich dem Anwesen näherten. Domenico wusste, dass er erwartet wurde, was seine Schritte nicht beschleunigte. Und noch bevor er klingeln konnte, öffnete sich die schwere Haustür.

Ein hagerer Seminarist, Sebastiano, stand vor ihm. »Du hast um 21.15 Uhr vor den Meister zu treten«, teilte ihm sein blasser Studienkollege, zwei Jahre älter als er selbst, mit und wandte sich umgehend ab. Domenico hatte ihn noch nie lächeln sehen.

Im Gegensatz zum Äußeren der heruntergekommenen Villa, das die Pracht von einst nur noch erahnen ließ, bestimmte nüchterne Funktionalität ihre Innengestaltung. Von einer schmucklosen Halle aus blickte man durch eine geöffnete Flügeltür in eine geräumige Kapelle und direkt auf den Altar. Dort stand ein hohes, schwarzes Kreuz, auf dem die Figur des leidenden Christus auffällig fehlte. Dicht daneben war ein silbern gerahmtes Foto aufgestellt, das einen älteren Mann im bischöflichen Ornat zeigte. Sein Gesicht ließ deutlich indianische Vorfahren erkennen.

Im Vorbeigehen an der Kapelle ging Domenico kurz vor dem Kreuz in die Knie und neigte anschließend seinen Kopf vor dem Foto des Gründers.

Neben der Kapelle führte eine schwere, gepolsterte Eichentür zu den Gemächern des Meisters. Davor stand ein Tischchen, hinter dem ein sehr kräftiger Mann saß. Er trug ein Knöpfchen im Ohr und an einer geschwungenen Halterung ein Mikrofon vor dem Mund. Der Knauf einer Pistole zeichnete sich unter seiner Soutane ab.

Der junge Mann aus Kalabrien ging am Speisesaal vorbei, aus dem leichter Küchendunst drang. »Graupensuppe«, dachte Domenico angewidert. Über eine geschwungene Holztreppe kam er zu den Seminar-Räumen im ersten Stock. Am Schwarzen Brett las er die Ankündigung einer neuen Exerzitien-Reihe, die sich der Abendmesse anschließen sollte, was seine Zeit zum Schlafen, so überschlug er blitzschnell, auf fünf Stunden reduzieren würde.

Er seufzte. Eine schmale Treppe brachte ihn in den zweiten Stock. Die Zimmer der Seminaristen, die sie zu zweit oder zu dritt bewohnten, reihten sich an einem langen Korridor auf. In den asketisch eingerichteten Räumen herrschte eine sterile, unpersönliche Ordnung. Nicht einmal Fotos von Eltern und Geschwistern waren erlaubt.

Domenico warf sich auf sein schmales Bett, unruhig und besorgt. Noch knapp 15 Minuten bis zum Termin mit dem Meister … Vorsichtig angelte er nach dem Karton, in dem er die von seiner Mutter selbstgemachten *mostaccioli*, Makronen aus Feigensenf und Mandeln, aufbewahrte. Die kleinen, cremegefüllten kalabrischen Windbeutel, die den verheißungsvollen Namen *anime beate* – glückliche Seelen – trugen, hatte er gleich nach Ankunft des Pakets als Erstes verschlungen. Daraufhin war ihm schlecht geworden – was er als wohlverdiente Strafe für seine Gier verstanden hatte.

Als er nach der Schachtel langte, merkte er sofort, dass die Schachtel zu leicht und ihr Deckel verschoben war. Er griff hinein. Der Kasten war leer. Nur einen Zettel konnte er herausfischen: »Ich musste deinen schweren Verstoß gegen die Regeln dem Meister melden, zu deinem Besten und zum Wohl deiner Seele«, hatte sein Zimmergenosse darauf geschrieben.

Fünf Minuten nach der von Ollie angeordneten Zeit fand sich Lisa im Morgenmantel in der Küche ein. Kaum saß sie an ihrem angestammten Platz mit dem Blick auf den Herd, merkte sie, wie sich wohlige Wärme in ihr ausbreitete. Wie sehr hatte sie diese Freunde im kühlen Deutschland vermisst – vor allem das Ritual der täglichen, gemeinsamen Tafelrunden, zu der sich um 21 Uhr unweigerlich die Familienmitglieder um den Tisch zusammenfanden. Bei vielen ihrer römischen Bekannten war das nicht anders. Doch bei anderen hatte Lisa oft genug die unterirdischen Schlachtfelder der Angehörigen wahrgenommen, unbehagliches Schweigen erlebt oder plötzlich aufflammenden Zank. Hier saß sie nun endlich wieder an dem schmalen Küchentisch aus Kiefernholz, vor sich ein Glas Weißwein nebst einem Teller mit Salami und Mozzarella-Kügelchen.
Sie seufzte vor Glück. Aus dem Kinderzimmer war Elenas Stimme zu vernehmen, die mit den beiden Kindern auf Deutsch und Italienisch Memory spielte. »Bravo, Jan«, rief sie. »Dein Italienisch ist ja noch richtig gut. Bis zum Essen wird es schon viel besser gehen.«
»Das ist Elebam«, hörte Lisa ihren Sohn sagen. Er stellte Chiara seinen Elefanten vor. Ein erster Schritt. Sie lächelte.
Ollie gab derweil klein geschnittene Artischocken zu dem brutzelnden Speck in die Pfanne und füllte die Mi-

schung mit Sahne auf. In einer kleinen Kasserolle blubberte eine harmlose, nicht zu stark gewürzte Tomatensoße für die Kleinen. Das Wasser im hohen Pasta-Topf hielt Elenas Mann auf Siedetemperatur.
Lisa sah sich um. Nichts hatte sich verändert. Die Kiefernholz-Einbauschränke hatten der Familie schon gut anderthalb Jahrzehnte lang gedient, die Arbeitsflächen aus Resopal trugen allerlei Narben. Auf einem langen Bord neben dem Herd paradierte eine eindrucksvolle Truppe von Marmeladengläsern mit selbst getrockneten Kräutern. Eine fast leere Literflasche ohne Etikett enthielt Oliven-Öl, eine Nachfolgerin stand bereits an ihrer Seite zum Einsatz bereit. »Holt ihr das Öl immer noch aus den Abruzzen?«, fragte Lisa.
»Unser *frantoio* hat dichtgemacht«, antwortete Ollie. »Der Sohn wollte ihn nicht übernehmen. Aber im Nachbar-Tal gibt es eine fast genauso gute Ölmühle.«
Bei der Aussicht auf das üppige, mehrgängige Mahl, das sie nun erwartete, fiel Lisa Elenas gequältes Gesicht ein, als sie zum ersten Mal in Tübingen zum Abendessen bei der Professoren-Familie Prätorius eingeladen gewesen war: zu belegten Broten und Kräutertee. »Ist jemand von deinen Eltern magenkrank?«, hatte Elena ihrer Freundin zugeflüstert. Lisa hatte lächelnd den Kopf geschüttelt und gut verstanden, dass Elena abendliche Einladungen bei ihren Eltern fortan vermied. Sie stand auf und begann den Tisch zu decken. »Zu wie vielen werden wir sein?«, erkundigte sie sich.
»Die Familie Bianchotti besteht immer noch aus fünf

Mitgliedern, über deren pünktliches Erscheinen ich als Familienoberhaupt streng wache«, entgegnete Ollie mit gespielter Würde.

»Du und Jan stehen selbstverständlich auch unter meinem Regiment, solange ihr unter meinem Dach weilt. Es sei denn, du lässt dich von Nebensächlichkeiten vom Essen abhalten – zum Beispiel der Frage, welche Farbe der Rauch hat, der nach den Wahlgängen aus dem Schlot der Sistina quillt. Aber die Herren Kardinäle speisen jetzt auch.«

Während sich der große Zeiger der Küchenuhr der vollen Stunde näherte, wurde die Haustür aufgeschlossen. Matteo und Maria, die Kinder aus Ollies erster Ehe, betraten die Wohnung. Sie eilten als Erstes ins Kinderzimmer, um Elena und die so lange nach ihnen geborene kleine Schwester Chiara zu umarmen, und stürmten anschließend in die Küche. Lisa wurde aufs Herzlichste begrüßt, dann hob Maria den Deckel von der Pfanne, um Vaters Pasta-Sauce zu inspizieren, und schnalzte zufrieden mit der Zunge.

»Das Kind hat immer noch Entzugserscheinungen«, kommentierte Ollie. »Ihre Gastfamilie in den USA hat ihr nur Tiefgekühltes vorgesetzt.« Bevor er sich weiter über die kulturellen Abgründe zwischen Europa und Amerika, eines seiner Lieblingsthemen, auslassen konnte, klingelte Lisas Handy. »*Pronto!*« Nach ein paar Sekunden mit dem Telefon am Ohr verkündete sie: »Jemand war in der Leitung, aber er hat nichts gesagt.«

»Nun ja, da hat sich einer verwählt. Oder ein armer

Römer hat sich erschrocken, als er deine schnarrende teutonische Stimme vernahm«, rief Ollie vom Herd.
Lisa lächelte flüchtig, dann drückte sie die Anrufliste ihres Handys. Nichts, eine Nummer wurde nicht angezeigt. »Stell das Ding aus«, befahl Ollie, »Handys werden zum Essen bei uns grundsätzlich ausgeschaltet. Darin sind wir so streng wie die Fluglinien.«
Aber schon ließ sich der Apparat aufs Neue vernehmen. Lisa drückte zögernd auf den Annahme-Knopf, lauschte und rief dann auf Italienisch: »Hallo, können Sie mich hören? Wer sind Sie, was wollen Sie?«
Kopfschüttelnd legte sie das Telefon neben den Teller. Noch bevor sie es ausschalten konnte, klingelte es erneut. Wieder nur Schweigen und ein leichtes Atmen.
»Ich finde das merkwürdig.« Lisa klang nun leicht beunruhigt.
»Kennt Simon deine Nummer? Vielleicht hat er Sehnsucht nach deiner Stimme?«
»Das nun ganz bestimmt nicht. Meine Nummer hat er. Aber wir streiten uns lieber übers Festnetz. Das kommt billiger.«
»Dann weiß ich die Lösung«, versuchte Ollie zu scherzen. »Die wollen dich zur Päpstin machen und müssen jetzt erst mal herausfinden, wo du steckst.«
Er lag mit seiner Vermutung gar nicht so verkehrt – jedenfalls, was die Ortung von Lisa betraf. Mit dem dritten Anruf war ihre Unterkunft trotz der deutschen Handynummer fast metergenau ermittelt worden.
»Bingo«, sagte jemand etwa zehn Kilometer entfernt in

einem fensterlosen Raum, dessen Wände mit hochentwickelter Überwachungs-Elektronik bestückt waren.
»Von nun an werden wir jeden ihrer Schritte verfolgen können«, sagte einer der Techniker. »Vor allem die, die zum Kardinal führen«, ergänzte sein Kollege. »Hat das mit der Wanze bei dem Alten geklappt?«
»Was denn sonst? Männer in den Uniformen der Elektrizitätsgesellschaft kommen überall rein.«
»Ja, Enel ist genau das richtiges Zauberwort«, erwiderte der Erste zufrieden. »Jetzt telefoniert er gerade.«
»Lass mal hören.« Sein Kollege drehte den Lautstärkeregler der Abhörgeräte auf, um das Telefonat des Kirchenoberen besser verfolgen zu können.
Die Stimme des Kardinals klang besorgt. »Es gibt Anzeichen dafür, dass sich die Brasilianer mit den Fundamentalisten zusammentun.«
»Das wäre fatal! Es würde die Kirche in genau die Richtung führen, die wir nicht wollen, nämlich nach rückwärts«, wurde ihm geantwortet.
»Aber wir wollen das, Hochverehrter«, lachte der Techniker im Kontrollcenter, was der Kardinal natürlich nicht hören konnte.
»Und das wird auch geschehen«, antwortete sein Kollege. »Danach wird es eine ganz andere Kirche geben als die der liberalen Weicheier. Mit Feuer und Schwert wird sie für den wahren Glauben kämpfen wie einst die Kreuzritter gegen die Muselmanen.«
»Musst du mir nicht erzählen, ich arbeite ja auch daran. Und das Mädel, diese Journalistin?«

»Kommt drauf an. Wenn sie unterwegs ist, mit Bus oder Tram oder wie auch immer, wird's schwierig. Aber sie wohnt ja wohl weiterhin hier und plaudert ihren Freunden hoffentlich was aus. Die entkommt uns nicht.«
»Wie wär's mit einem kleinen Unfall?«
»Mann, die hat ein Kind! Der Junge ist genauso alt wie meiner.«
»Reg dich nicht auf. Diese Frau muss das Fürchten lernen.«
»Recht hast du. Aber das können wir ihr doch auch anders beibringen, stimmt's?«
»Der Meister wird sich jedenfalls nicht über uns beklagen.«

Als die Zeiger seines Weckers auf 21 Uhr zeigten, erhob Domenico sich von seinem Lager, auf dem er sich nach dem kärglichen Abendessen niedergelassen hatte. Seufzend wusch er sich die Hände und fuhr sich mit seinem gelben Plastik-Kamm durch die Haare. Er strich sein Priestergewand glatt und wollte dessen Knöpfe gerade wieder schließen, als der mittlere von 20 schwarzen Knöpfen absprang, über das Linoleum hüpfte und unter seinem Bett entschwand. Ein Fluch fuhr ihm durch den Kopf und wurde umgehend zensiert. Dann stieg Domenico über die knarrende Treppe nach unten.
Der Leibwächter wusste offensichtlich von seinem Termin. Mürrisch erhob er sich, klopfte an, nannte den Vornamen des Besuchers und warf dann den rechten Flügel der Tür mit der Schulter auf. Domenico legte

seine Hand auf die Stelle, an der sein Mantel wegen des fehlenden Knopfes auseinander klaffte, und trat ein.

Der halbrunde Saal schien ihm größer denn je zu sein. Die weißgekalkten Wände waren kahl bis auf ein großes Kreuz hinter dem hohen Stuhl des Meisters. Darunter stand in Bronzelettern der Leitspruch des Ordens: »Tradition und Treue.«

Der antike Florentiner Schreibtisch aus dunklem Holz stand auf seinen geschwungenen Seitenteilen im Zentrum des Raums. Seine dicke Tischplatte musste nur wenig tragen: Eine grüne Filz-Unterlage zum Schreiben, eine Schale mit edlem Schreibgerät und ein altertümliches Tintenfass, das war alles.

Dahinter kauerte der Meister. Er war winzig, fast wie ein Insekt. Dennoch wirkte der klapprige, kleine, kaum mehr als fünfzig Jahre alte Mann riesig und machtvoll. Er sah jung und zugleich uralt aus. Das lag vor allem an seinem Gesicht. Die feinporige, weiße Haut war von einem Netz winziger Fältchen überzogen. Aber seine hellgrünen Augen richteten sich hellwach wie Scheinwerfer auf den Besucher und leuchteten jeden heimlichen Fluchtgedanken aus.

Es war unmöglich, diesem Blick standzuhalten. Domenico kapitulierte, ohne einen Gedanken an Widerstand zu verschwenden. Er senkte demütig den Kopf. Mit Bedacht war natürlich ein besonders niedriger Stuhl vor dem Schreibtisch aufgestellt worden. In ihm sitzend, musste jeder Besucher zum Herrscher der katholischen Sekte aufblicken.

Wieder stoben Disney-Bilder durch Domenicos Kopf. Die bleiche Hexe mit den riesigen Krallen. Der bitterböse Zauberer. Der zornige König. Und ein Kind, er selbst, das mit großen, erschreckten Kulleraugen vor den Schrecklichen flieht. Natürlich hatte Domenico im Seminar etwas von dem quadratischen, festen Kissen auf dem Stuhl vernommen, das die Körpermaße des Sektenführers im Sitzen um Etliches aufbesserte. Er verstand schon, warum ältere Seminaristen und die jungen Priester der Ordensgemeinschaft insgeheim über die künstliche Selbsterhöhung ihres Herrn spotteten, der nicht einmal mithilfe eines Sitzkissens ein männliches Normalmaß erreichte. Aber so eingeschüchtert war er, dass er es nicht einmal wagte, seinen Blick auf die Beine des Meisters zu richten, die auf einem kleinen Hocker ruhten. Sie waren zu kurz, um den Boden zu erreichen.

Der junge Mann versuchte weiterhin, seinen widerspenstigen Mantel zusammenzuhalten, doch die Hand, die die knopflose Stelle kaschieren sollte, bebte. Der Meister sprach sehr leise, aber es klang schneidend, als er zu Domenico sagte: »Was für ein verlotterter Aufzug. Ich erwarte geordnete Kleidung, wenn ich Schüler empfange.«

Domenico senkte den Kopf. Ihm wurde heiß, obwohl eine leise surrende Klima-Anlage die Raumtemperatur auf kühle 12 Grad hielt.

»Es war eine so einfache Aufgabe, mit der ich dich betraut hatte«, hielt ihm der Meister nun vor. »Für das heilige Ziel unserer Gemeinschaft war es wichtig zu erfahren, wo die junge Deutsche mit ihrem kleinen Bastard in Rom Wohnung nimmt. Du bist intelligent. Deswegen hatte ich dich ausgeschickt. Aber du hast erbärmlich versagt. Selbstverständlich habe ich für die Information, die ich brauchte, nun die Gottesgabe der elektronischen Künste zum Einsatz gebracht, die mir auch in diesem Hause hilft, eure zügellosen Triebe, eure verderbten Impulse und eure geheimen Lüste unter Kontrolle zu halten.«

Domenico kroch noch enger in sich zusammen.

»Richte dich auf. Schaue mich an. Bekenne deine Schuld. Bitte um deine Züchtigung.«

In der Formel, die der Verhaltenskodex des Meisters vorgegeben hatte, murmelte Domenico: »Ich habe eine Strafe verdient und begehre eine gehörige solche.«

»Das soll dir gewährt werden. Du wirst die Nacht betend in der Kapelle verbringen. Ich werde sie persönlich abschließen. Und um zu lernen, auch deine kindische Naschsucht zu zügeln, wirst du am morgigen Tage an den Mahlzeiten teilnehmen, damit dir die Segnungen unserer gemeinsamen Gebete und unserer Gemeinschaft nicht fehlen müssen. Aber dein Teller wird leer bleiben.«

Obwohl Domenico gerade gegessen hatte, überfiel ihn ein trostloses, verzweifeltes Hungergefühl, in das sich, ohne dass er es sich eingestand, auch ohnmächtige Wut mischte.

2

In der *via delle Lanze* wehte aus dem geöffneten Fenster eine warme Brise über die kleine Abendgesellschaft. Die ersten Herbstgerüche mischten sich hinein. Die beiden Großen waren gleich nach der Pasta und dem Salat zu ihren abendlichen Verabredungen aufgebrochen.

Lisa, Ollie und Elena hatten eine weitere Flasche Weißwein aus den Hügeln von Frascati geleert. Dazu aßen sie verschiedene Käsesorten aus der Region, liebevoll von Elena auf einer Holzplatte mit rötlichen Trauben und Walnüssen dekoriert.

Die Kleinen schliefen, Jan mit seinem Elefanten im Arm, und Chiara umschlang ein ehemals weißes Lämmchen. Wenn das kleine Mädchen sich im Schlaf bewegte, klingelte ganz leicht das Glöckchen am Hals des Kuscheltiers.

Die Erwachsenen gruppierten sich im Wohnzimmer um ein winziges Fernsehgerät und verfolgten die Spätnachrichten. Das Konklave war das beherrschende Thema der Sendung. Am Flughafen, vor dem für den Vatikan reservierten Bereich, warteten lange Limousinen und viele Journalisten. Die meisten Kardinäle waren bereits in den vorangegangenen Tagen aus aller Welt an-

gereist. Jetzt trafen nur noch Nachzügler aus abgelegenen Winkeln des Schwarzen Kontinents, aus dem Herzen Russlands oder aus katholischen Enklaven in der Nähe Shanghais ein. Niemand kannte sie.
Besonders viele Fernsehreporter hatten auf Carlo Giovanni Martino gewartet, der sich schon vor Jahren nach Jerusalem zurückgezogen hatte und sich fern der römischen Kurie seinen Bibelstudien widmete. Jedermann wusste aber, dass er insgeheim den verstorbenen Reformpapst mit seinen klugen Ansichten über die konträren Fraktionen im Vatikan unterstützt und vor notorischen Intriganten gewarnt hatte. Den Journalisten winkte er lässig zu, ohne auf die ihm zugerufenen Fragen zu reagieren.
Gegen Ende der Berichterstattung erschien der mit seinen 55 Jahren besonders junge Kardinal Romero y Capriano aus La Paz in Bolivien, umgeben von drei sehr viel jüngeren Priestern.
Auch er galt als liberal, und er war der Einzige, der ein kurzes Statement abgab: »Die Reformen müssen weitergehen«, sagte er entschieden. »Wir schulden es den Straßenkindern von Lateinamerika und nicht nur denen.«
Lisa notierte die Bemerkung und schüttelte leicht den Kopf dabei. »Also der und die Jungs von der Straße, das Thema sollte er tunlichst meiden«, murmelte sie.
Aber Ollie hatte verstanden. »Also ein Päderast?«
»Hör zu, vielleicht ist das alles nur Klatsch. Lass mich, ich muss jetzt zuhören!«

»Also, wer wird denn nun der nächste Papst?«, fragte Oliviero nach dem Ende der Sendung.
»Der Erzbischof von La Paz ganz bestimmt nicht«, antwortete sie. »Und von solchen, die es aus verschiedenen Gründen auch nicht werden können, weiß ich schon etliche.«
»Klar«, lachte Elena, »so viel wissen wir auch. Es wird keinen zweiten polnischen Papst geben und auch keinen deutschen. Jedenfalls nicht in den nächsten tausend Jahren.«
»Ein Amerikaner dürfte wohl auch keine Chancen haben, sonst würde es weltweit einen wilden Aufschrei geben: Herrschaft der USA nun auch in der katholischen Kirche! So ähnlich würde die Schlagzeile wohl lauten«, spekulierte Ollie.
»Ganz zu schweigen von den Pädophilie-Skandalen«, ergänzte Lisa und gab zu: »Viel schlauer als ihr bin ich auch nicht. Aber es wird eine interessante Woche werden.« Dabei fiel ihr die Verabredung für den morgigen Tag ein, die noch bestätigt werden musste. Wie hatte sie das nur vergessen können! Hoffentlich schlief der alte Kardinal noch nicht. Sie verließ den Raum, trat vor die Haustür und wählte eine römische Nummer.
»*Prrronto*«, hörte sie eine junge, energische Frauenstimme. Ihre amerikanische Herkunft verriet sich selbst an diesem einzigen Wort.
Verwirrt stotterte Lisa: »Ich habe 8679891 gewählt, bin ich falsch verbunden?«
»Sind Sie nicht. Sie sind Lisa, stimmt's? Seine Eminenz

erwartet Sie morgen Vormittag um 10 Uhr. Denken Sie daran, dass morgen die meisten öffentlichen Verkehrsmittel bestreikt werden. Und bitte, geben Sie mir Ihre Telefonnummer, falls sich die Pläne des Kardinals ändern, was in diesen Tagen sehr gut möglich ist.«

Lisa begann, ihre Handynummer aufzusagen. Schon nach der Vorwahl unterbrach sie die unbekannte Frau, die auch die kleinste Kleinigkeit im Griff zu haben schien, und bemerkte: »Lisa, Sie sollten ihren italienischen Chip ins Handy einlegen! Sonst zahlen Sie ein Vermögen für ein simples Stadtgespräch in Rom.«

»Klar«, entgegnete die Journalistin, während sie gleichzeitig in leichter Panik dachte: *Wo habe ich den Umschlag mit dem Chip nur hingesteckt?*

»Was ist mit Augusta? Ist sie krank?«, fragte Lisa noch, aber ihre Gesprächspartnerin hatte bereits aufgelegt. Augusta, die bei ihrer letzten Begegnung weit über achtzigjährige Haushälterin des Kardinals, hatte die junge Deutsche ins Herz geschlossen. Und wenn es um deren Termine mit ihrem ehrwürdigen Chef ging, hatte sie immer dafür gesorgt, dass die Gespräche in ein üppiges Abend- oder Mittagessen mündeten. Abruzzesische Küche: viel Öl und viele Gewürze.

Hoffentlich lebt Augusta noch, dachte sie. Ihre Nachfolgerin klang nicht so mütterlich. »Ob die kochen kann?« Lisa schämte sich umgehend für diesen Gedanken, der ihr durch den Kopf schoss.

Ollie verabschiedete sich in Richung Schlafzimmer. »*Ragazze*«, sagte er, »der Familienvater trägt die größte

Verantwortung hier. Er braucht seinen Schlaf.« Die Freundinnen lachten. Elena goss einen Pfefferminztee auf, dessen aromatische Blätter aus ihrem eigenen kleinen Kräutergarten stammten. Die beiden Frauen nippten an dem heißen Getränk. Lisa erkannte den Becher wieder. »Du hast ihn immer noch«, sagte sie gerührt. »So ein richtig blödes Souvenir-Stück vom Westminster Palace!«
»Die Geschenke meiner Freunde werden in Ehren gehalten. Ich sehe euch noch vor mir. Turnschuhe, zerrissene Jeans, keinen Penny auf der Naht, aber Mitbringsel kaufen.«
»Was waren wir jung! Erst Schottland, dann England, und um anschließend nach Griechenland zu kommen, haben wir eine Woche gebraucht. Aber ein Interrailticket war damals die Eintrittskarte für ganz Europa.«
»Und eure frühen römischen Jahre waren doch einfach gut. Manchmal konnte ich euch zwar nicht ganz folgen mit eurem frommen Engagement für die Armen … «
»Wir euch doch auch nicht! Die ewigen Demonstrationen. Die Schlagworte. Die Arbeiterklasse, zu der ihr nicht gehört habt und die nichts von euch wissen wollte. Und das mehr als ein Vierteljahrhundert nach den 68ern! Wie hieß noch dieses Relikt dieser Jahre? Der mit dem schütteren Pferdeschwänzchen, der bei euch ein- und ausgegangen ist?«
»Enrico. Lass ihn. Er ist in Frieden mit sich selbst gestorben, sozusagen mit geballter Faust noch auf dem Sterbebett.«

»Unsere Ansichten gingen ganz schön auseinander«, erinnerte sich Lisa.
»Wahrhaftig. Und warum Simon dann plötzlich Priester werden musste, verstehe ich immer noch nicht.«
Lisa seufzte. »Mir geht es genauso. Ich werde den Tag nie vergessen, an dem er mir eröffnete, dass er die Altphilologie aufgeben würde, um Priester zu werden. Das war in einer schäbigen Pizzeria hinter der *piazza Navona*. Vor ziemlich genau sechs Jahren …«
»Ich entsinne mich. Du wusstest noch nicht mal, dass du schwanger bist.«
»Mein Periode war erst einmal ausgefallen, nichts Ungewöhnliches. Und ich war auch viel zu beschäftigt mit meinem Kummer über Simons Verlust.«
»Tja, und ziemlich zur gleichen Zeit erfuhr ich von Chiaras Ankunft. Bei uns war das so anders. Es war eine wunderbare Nachricht für Oliviero und mich. Aber ich habe dich so vermisst, obwohl ich froh war, dass die kleine Dachwohnung im Haus deiner Eltern gerade wieder frei geworden war. Hattest du Kontakt mit Simon?«
»Kaum. Aber ich wollte nicht aufgeben und dachte immer noch, ich könnte ihn umstimmen. Trotzdem, es war zu spät. Er hatte mir ja schon eine ganze Weile verheimlicht, dass er die Fakultät gewechselt hatte. Die Rolle, die sein Kleriker-Freund aus dem Vatikan bei dieser ganzen Geschichte gespielt hat, durchschaue ich heute noch nicht.«
»Zahlt er denn wenigstens?«
»Anfangs kam gar nichts. Aber seitdem er seine Pfarr-

stelle an der *via Aurelia* hat, überweist er regelmäßig ein paar hundert Euro im Monat für Jan. Weniger als das gesetzliche Minimum, aber von wem soll ich das einklagen? Von der katholischen Kirche etwa? Die behandelt ›Gottes heimliche Kinder‹, wie sie in Deutschland genannt werden, ziemlich schäbig. Und seine Gemeinde soll wohl richtig glücklich mit ihrem Halbitaliener sein, hat mir seine Mutter erzählt.«
»Und Jan?«
»Der fragt nicht viel. Wahrscheinlich spürt er, dass dieses Thema heikel ist im Hause Prätorius. Außerdem ist er in seinem Kindergarten ja keineswegs der Einzige, dessen Eltern getrennt sind. Irgendwann werde ich ihm wohl sicherlich sagen müssen, warum sein Papa nicht mit uns zusammenleben kann.«
Elena nahm sich ein weiteres Praliné aus der Schachtel mit Schweizer Schokolade, die Lisa mitgebracht hatte. Sie biss eine Ecke ab, um die Füllung zu erkunden, und legte es weg. Der bräunliche Sirup darin blieb wohl deutlich unter ihren Erwartungen. Ungeniert griff sie erneut in die köstliche Mischung.
»Aber du selbst, Lisa. Wie steht es um dich? Es kann doch nicht immer nur um Jan gehen! Bist du zur Nonne geworden? Nur Arbeit und das Kind, das Kind und die Arbeit? *Ein* Zölibat reicht doch wohl in deiner Geschichte!«
»Ach, vergiss es. Ein paar Affären hat es gegeben. Du weißt doch: Journalisten unterwegs. Aber man amüsiert sich in einem Hotel. Und danach …«

»Heimkehr der Herren zur Gattin. Klar. Aber Lisa, so kann es doch nicht bleiben. Soll das schon alles an Liebe gewesen sein?«

Sofort fiel Lisa ihr attraktiver Helfer aus der *via dei Coronari* ein. Aber sie hütete sich, ihn zu erwähnen, und wehrte ab: »Hör zu, Elena, ich bin geschafft. Ich kann doch mein ganzes Leben an diesem Abend nicht neu entwerfen. Lass mich jetzt mal schlafen. Morgen ist ein langer Tag, und ich weiß noch nicht mal, ob ich die Akkreditierung bekomme.«

Elena stand auf und schloss ihre Freundin in die Arme. »Dein Bett ist fertig, ich hab dir ein Wasser hingestellt. Und der neue Krimi von Camillieri liegt auch da. Vergiss mal den Papst.«

In der einstigen Garage des Hauses hatte Oliviero sein Büro eingerichtet. Das hatte Phantasie und viel handwerkliches Geschick erfordert. Die Türen waren nun verglast und seitlich war ein winziges Badezimmer mit einer rudimentären Dusche eingerichtet worden. Außerdem gab es hier einen elektrischen Heizkörper. Von seinem penibel aufgeräumten Schreibtisch überblickte der Produktionsleiter eine große Metall-Tafel, an der Magneten die gerade aktuellen Organisationspläne festhielten. Seinen superflachen Rechner, das neueste Modell, ergänzten Drucker und Scanner. Von den zwei Telefonen gehörte eines zum Faxgerät. Ein Kabelhaufen auf dem Fußboden sorgte für die blitzschnelle Internetverbindung. Der imposante Kopierer stand seitlich beim Schreibtisch, sodass der Herr über die gesammelte Elektronik ihn bedienen konnte, ohne aufzustehen.

Zwei Mini-Videokameras warteten seitlich im Regal auf ihren Einsatz, desgleichen zwei Fernsehgeräte, ein Video- und ein DVD-Player. Im Bücherbord hatte Ollie sauber beschriftete Produktions-Ordner gelagert. Außerdem warteten neue Drehbücher in Reih und Glied auf ihre Inspektion. Alle erdenkbaren Handbücher, Kataloge von Agenturen aus der Branche und Fachliteratur in verschiedenen Sprachen füllten das Regal bis auf wenige Zentimeter.

Aber an den Wänden seiner High-Tech-Werkstatt war viel Platz geblieben für Fotos und allerlei schriftliche Äußerungen seiner Familie. Der erste Schnappschuss von Elena und Ollie, am Strand von Ostia. Er hielt triumphierend das Oberteil ihres Bikini in der Hand, während sie in gespieltem Entsetzen ihre bloßen Brüste bedeckte. Eine Dame von der Liege nebenan blickte missbilligend.

Ein weiteres Foto zeigte die hochschwangere Elena im engen Fitness-Anzug, der die mächtige Kugel ihres Bauches triumphierend hervorhob. Dann die ersten Bilder von Chiara in den Armen von Ollie, der vor Glück zu schmelzen schien. Postkarten der beiden Älteren von ihren Reisen rings um den Erdball. Eine ausgedruckte E-Mail von Marie aus den USA mit der flehentlichen Bitte um sein Rezept für Spaghetti al Mare, endend mit der Frage, ob man möglicherweise auch tiefgefrorene Meeresfrüchte nehmen könne. Nein!, hatte Ollie mit grünem Marker darauf geschrieben, dann aber in seiner Antwort eine Brokkoli-Garnelen-Pasta vorgeschlagen, für die wegen des kräftigen Gemüse-Geschmacks Krustentiere aus dem Tiefkühlschrank der Gastfamilie vertretbar wären – für amerikanische Gaumen jedenfalls.

Lisa freute sich an der Korrespondenz und merkte sich das Brokkoli-Rezept. Dann streckte sie sich auf dem einfachen Sofa mit abnehmbaren Polstern aus, das den zahlreichen Freunden der Familie als Bett diente. Es war kurz nach Mitternacht. Sie war schläfrig vom Wein, übermüdet von der Reise und besorgt über den Verlauf der nächsten Woche. Simon hatte sich nicht gemeldet. Dennoch schlief sie umgehend ein.

Kaum zwei Stunden später schreckte sie hoch. Durch das kleine seitliche Fenster der Garage schickte ein fast voller Mond sein bleiches Licht in den Raum. Geisterstunde, dachte Lisa. Plötzlich meinte sie, aus dem Garten ganz leichte Schritte zu hören, knackende Zweige, das Rascheln von Gebüsch. Sie versuchte, sich zu beruhigen. Der dicke Kater von nebenan. Oder ein streunender Hund aus dem Park. Sie richtete sich auf.

In diesem Moment fiel der Schein einer starken Taschenlampe auf ihr Gesicht. Vor dem kleinen Fenster stand ein Mann. Er duckte sich schnell, als er Lisa sah. Sie wollte aufschreien, aber der Ton blieb in ihrem Mund stecken. Ihr Herz schlug rasend vor Entsetzen. Wieder war das Rascheln von Zweigen zu vernehmen. Der Mann lief weg. Aber nun ging auch das Licht im

Schlafzimmer ihrer Freunde an. Oliviero beugte sich aus dem Fenster und rief: »Hallo, wer da?«
Natürlich vergeblich. Der Eindringling war in schnellen Sprüngen davongelaufen. Oliviero beugte sich aus dem Fenster.
»Lisa, alles okay?«, fragte er laut in Richtung Garage.
»Kein bisschen. Ich zittere.«
»Warte, ich hol dich rüber.«
Oliviero erschien in seinem verblichenen Frotteemantel. Er packte Lisas Bettzeug unter den Arm. »Jetzt musst du halt im Wohnzimmer schlafen! Das Sofa dürfte ein bisschen kurz für dich sein, aber hier würde ich an deiner Stelle auch nicht bleiben wollen.«
Fürsorglich bereitete Oliviero Lisas neue Bettstatt. Elena erschien in der Tür. »Soll ich dir einen Kamillentee kochen?«, fragte sie.
»Lisa braucht jetzt etwas Stärkeres, glaube ich«, entgegnete ihr Mann und goss der Freundin einen gut doppelten Whisky ein. Sie nippte vorsichtig an ihrem Glas und merkte sofort, wie der starke Alkohol sich dämpfend auf ihren Schrecken legte.
»Wir hatten in jüngster Zeit ein paar nächtliche Einbrüche in der Gegend«, erklärte Elena. »Wahrscheinlich hatte jemand es auf Olivieros elektronische Hoch-Technologie abgesehen.« Es klang nicht sehr überzeugend. Sie holte ein paar Teelichte und verteilte sie auf dem flachen Tisch vor dem Sofa, dann legte sie eine CD ein, die den Raum mit sanften Klängen einer Meditationsmusik füllte.

Lisa musste lachen. »Das reicht schon, Elena, bitte keine Räucherstäbchen. Von denen wird mir schlecht.« Sie fühlte sich erleichtert und beschützt von der Nähe ihrer Freunde, aber sie konnte nicht wieder einschlafen. Der Einbruchsversuch. Die quälende Frage, ob die merkwürdigen anonymen Anrufe mit dem unerwünschten nächtlichen Besuch zusammenhingen, drängte sich auf. Und wenn das in der Tat so war, was bedeutete es?
Sie knipste das Licht an und las ein paar Seiten aus dem Krimi von Camillieri. Aber eine grausame Mordserie in Sizilien war jetzt nicht das Richtige. Seufzend öffnete sie ihren Koffer und entnahm ihm ein Bündel mit Artikeln, vornehmlich aus der italienischen Presse, die sie sich zur Vorbereitung des Konklaves aus dem Internet heruntergeladen hatte. Zu den wichtigsten Themen, die sie morgen mit ihrem Mentor diskutieren wollte, gehörte das starke Anwachsen der aggressiven, fundamentalistischen Bewegung in der katholischen Kirche, vergleichbar mit der islamischen Dschihad, nur älter.
Die Bewegung nannte sich »Tradition und Treue« und stammte aus Brasilien. Dort und anderswo in Lateinamerika stützte sie sich auf die reaktionärsten Schichten von Latifundien-Besitzern. Todesschwadrone, die von der Bewegung ausgeschickt wurden, hielten aufständische Bauern und linke Politiker in Schach. Immer wieder verschwanden Menschen, die der Bewegung ein Dorn im Auge waren. Die meisten wurden später tot und grässlich verstümmelt an symbolträchtigen Orten wieder aufgefunden – etwa mitten auf der Plaza vor der

örtlichen Kathedrale. Und nun war ausgerechnet ein brasilianischer Kardinal, der dieser Bewegung sehr nahe stehen sollte, zu einem aussichtsreichen Kandidaten auf den Thron Petri avanciert.

Gegen vier Uhr früh war Lisa wieder in einen unruhigen Schlaf gefallen. Im Traum stürzte die Decke über ihr ein, und unter dem Schutt, der sie bedeckte, hörte sie Jannies klagende Stimme.

Als um sieben Uhr der Wecker im benachbarten Elternschlafzimmer schnarrte, blieb die weinende Stimme von Jan aus dem Traum in ihrem Ohr, und das Bild von ihrem Sohn, der sie mit seinen kleinen Händen aus den Trümmern freigraben wollte. Erst als sich der kleine Haushalt der Bianchottis mit den vertrauten morgendlichen Geräuschen füllte, wurde sie ruhiger. Die Dusche im Badezimmer rauschte und Espressoduft stieg in Lisas Nase. Sie erhob sich und öffnete das kleine Fenster, das einen Blick auf den winzigen Hintergarten der Bianchottis gewährte. Erste Sonnenstrahlen fielen hinein und die frische Luft roch leicht nach großstadtresistenten Rosen.

Am Frühstückstisch herrschte freundliches Chaos. Jedes Familienmitglied durfte seinem eigenen Geschmack und Zeitplan folgen. Entsprechend überfüllt war der Tisch: In der Mitte thronte ein Brotkorb mit duftenden Croissants und Hefeteilchen, umgeben von hausgemachten Marmeladen. Drei verschiedene Müslis, Joghurt und ein Teller mit Obst standen für die Gesundheitsbewussten bereit. Am Herd versuchte Elena, jede

Schale Milchkaffee auf die persönlichen Wünsche ihrer Lieben abzustimmen.

Matteo versteckte sich hinter der *Repubblica*, während er dann und wann nach einem Vollkornkeks griff. »Wow«, rief er plötzlich, »drei ermordete Männer und alle vorgestern Nacht.«

»Na, so was«, rief Elena. »Und das, obwohl uns die Rechten mehr Sicherheit auf den Straßen versprochen hatten. Kennt man die Opfer?«

»Nicht, dass ich wüsste. Aber reich waren sie wohl alle.«

»Na, dann«, erwiderte seine Mutter, und damit war das Thema in der politisch eher links orientierten Familie abgeschlossen.

Lisa nahm einen Platz gegenüber von Matteo ein, um auf der Titelseite den Kommentar der Zeitung zum bevorstehenden Beginn des Konklaves entziffern zu können. Für ihren Besuch bei der Eminenz hatte sie ein beige-weiß gemustertes Kostüm gewählt, dessen Jacke ihre Arme bedeckte. Die kleine Konzession an die Etikette fiel ihr leicht und der alte Herr würde sie wohlwollend zur Kenntnis nehmen. Oliviero entschwand mit einem Hörnchen in der Hand, nachdem er reihum seine Lieben mitsamt Jan und Lisa zum Abschied geküsst hatte. Maria nagte an einem Apfel und hob den Kopf nicht von ihrem Mathebuch. Lisa sah Elena an, die besorgt den Kopf schüttelte. »Das geht seit Monaten so. Ich musste ihr die Jeans schon zweimal enger machen.«

Maria hatte ihre Mutter verstanden. »Ich bin nicht magersüchtig und werde es nie werden. Warum kaufst du mir auch immer solche Elefanten-Hosen? Die Röhre ist Mode, Mama, und von der verstehst du nichts. Wie man sieht.« Damit stand sie auf, wickelte den angebissenen Apfel in Alufolie und warf ihn in ihre Schultasche. Sie umarmte ihre Mutter und sagte: »Verlass dich auf mich. Ich kenne die Grenzen.«

Derweil redete Chiara unverdrossen in munterem Wortschwall und gestikulierend auf Jan ein, der nicht viel verstand und schweigend seine Haferflocken löffelte. Seinen Plüsch-Elefanten hielt er fest im Arm, als müsste er ihn vor dem Temperament seiner kleinen Nachbarin beschützen.

Eine aufgeregte Radiostimme berichtete von einem Handgemenge unter Kameraleuten auf einer privaten Dachterrasse in der *via della Conciliazione*, die einen guten Blick auf die Sixtinische Kapelle bot. Um für den Tag X gerüstet zu sein, hatten gleich mehrere Fernsehanstalten mit dem Hauseigentümer einen angeblich exklusiven Vertrag abgeschlossen. Vermutlich hatte der geschäftstüchtige Römer nicht damit gerechnet, dass es so schnell zu einem neuen Konklave kommen würde.

»Nur ein Quadratzentimeter von so einem Dach würde uns für immer sanieren«, seufzte Elena.

»Aber ich als beglaubigter Atheist würde derart schmutziges Geld niemals akzeptieren, das solltest du doch wissen«, rief Oliviero, bevor nach ihm die Haustür zuklappte.

»Du und deine Ideale«, rief Elena ihm lachend nach.
Die Tür öffnete sich noch mal: »Lisa, du kannst meinen Roller nehmen. Der Streik geht bis heute um 14 Uhr, und Taxis dürften unmöglich zu bekommen sein.«
»Du bist ein Schatz«, bedankte sich Lisa entzückt.
Kurz nach Olivieros Aufbruch betrat ein junges Mädchen, den Motorradhelm unterm Arm, die Küche. Moni, das Teilzeit-Au-pair der Familie, begrüßte zuerst Lisa, bevor sie von ihrem Schützling im Sturm belagert wurde. Chiara warf sich in ihre Arme. »Moni, Mama hat gesagt, dass du mit uns schwimmen gehst«, rief sie.
»Natürlich, *tesoro*, aber nur, wenn du deine Schwimmflügel nicht wieder vergisst.«
Jan blickte fragend auf seine Mutter.
»Klar, deine sind in meinem Rucksack«, erklärte Lisa ihrem Sohn. Aber der sah immer noch besorgt aus.
»Und wenn wir vom Schwimmen zurück sind, bleibt Moni dann bei uns?«
»Wir werden euch doch nicht allein hier lassen«, beruhigte ihn Elena.
In diesem Moment dachte Lisa wieder an die vergangene Nacht. Der gerade vergessene Schrecken kehrte zurück. Die knackenden Geräusche von Zweigen, die vorsichtigen Schritte des Anschleichers hallten in ihren Ohren nach wie eine Armee von Angreifern, und sie spürte das grelle Licht der starken Taschenlampe auf ihren Augen, als sollte sie auf immer geblendet werden. Dass der Unbekannte schnell davongelaufen war, als

auch Ollie und Elena ihn bemerkt hatten, schützte sie nicht vor den Wellen der Panik, die sie überrollten.
Doch der Termin mit dem Kardinal rückte näher. Gleich würde sie sich dem römischen Straßenverkehr stellen müssen. Also verdrängte sie die Furcht, griff nach ihren Unterlagen, küsste die in der Küche verbliebenen Familienmitglieder zum Abschied und stülpte sich einen der Schutzhelme auf, die in der Garderobe in Reih und Glied bereitstanden. Wenig später wehte ihr der Fahrtwind ins Gesicht und trug ihr schönere Erinnerungen zu als das Entsetzen der ersten Nacht bei Elena und Ollie.
Eine Reise in die Vergangenheit, dachte Lisa, während sie den Roller mit der rechten Hand vorantrieb, um ihn mit der linken zu bremsen. Acht Jahre – oder waren es zehn? – eine Ewigkeit jedenfalls. Sie dachte an ihre Entscheidung, Simon nach Rom zu folgen, der an der katholischen Universität Rom in Altphilologie promovieren wollte.
Dazu passte ihre eigene »göttliche Eingebung«, wie sie beide damals spaßten, ihr Thema für eine Magisterarbeit, die sie am Deutschen Historischen Institut in Rom schreiben konnte: italienische Frauen im Faschismus. Drei herrliche, gemeinsame römische Jahre lagen vor ihnen, die sie mit dem Kauf einer gebrauchten Vespa feierten.
Olivieros Maschinchen war kaum jünger als das ihrige damals, aber es schnurrte zuverlässig und sanft. Lisa reihte sich in den Hornissenschwarm von Roller-Fah-

rern ein, die sich an jeder Ampel in Rom sammeln, um mit der ersten Zehntelsekunde Grün wie besessen davonzuschwirren. Junge Frauen in engen Kostümchen und Stöckelschuhen. Manager mit festgeschnallten Aktenkoffern auf dem Rücksitz. Ältere Damen in wehenden Röcken. Schüler. Nonnen. Blitzschnelle Kommunikation unter den Sichtblenden der Schutzhelme. Ein kleines Lächeln. Ein nach oben gestreckter Zeigefinger. Ein Flirt, ein Fluch. Rechts an den Autos vorbei. Auch schon mal links.

Und immer wieder kamen die Bilder von gestern und vorgestern hoch. Lisa spürte sehnsüchtig und genauso wie früher Simons Arme um ihre Taille. Seine Jeans. Ihr dünnes Kleid. Seine langen Beine, die er von hinten ein wenig gegen ihre drückte. Seine Ausrufe. Sein Anfeuern, mal auf Deutsch, mal auf Italienisch. Ihre gemeinsame Euphorie über die steinernen Zeugen aus Jahrtausenden, an denen sie auf den dicken Rädern der Vespa vorbeischwebten. Vorbei an den fast intakten Stadtmauern aus der Römerzeit, einem perfekt restaurierten Rund-Tempelchen in der Nähe des Tibers oder dem Kapitol mit seinen beiden von Jahrhunderten geschichtlicher Entwicklung getrennten Treppen. Links die schweren hohen Steinquader, die zur romanischen Prachtkirche Santa Maria Aracoeli führen, ein mühseliger Pilgergang für bußfertige Sünder. Gleich daneben, um Äonen historischer Entwicklungen zwischen Mittelalter und Renaissance entfernt, die flachen Stufen zum Rathausplatz der Stadt und zur Reiterstatue in ihrem Zentrum. Hoch oben grüßt der römische Imperator und Freizeit-Philosoph Marcus Aurelius mit ausgestrecktem rechten Arm seine Untertanen und liefert damit das Vorbild für den faschistischen Gruß im 20. Jahrhundert.

Fast immer hatten sich, damals wie heute, Brautpaare vor dem Rathaus aufgebaut, umschwärmt von ihren privaten Hochzeitsfotografen und Kameraleuten. Wie sehr hatten Lisa und Simon immer wieder den Blick vom Kapitol auf die wollüstigen barocken Kuppeln der Stadt genossen! Danach folgte ihr obligatorischer Wettlauf hinunter zur Straße, zurück zu ihrer Vespa und dem tosenden Verkehr Roms.

Lisa und Simon: Sie waren ein übermütiges deutsch-italienisches Paar, und gut ausgerüstet mit Zitaten. Was Cary Grant zu Audrey Hepburn gesagt hatte, war ihnen geläufig gewesen wie die römischen Verse von Conrad Ferdinand Meier, Goethe, Gregorovius oder Rilke. Selten beendeten sie ihre langen Nächte vor dem ersten Morgenlicht, um sich dann auf völlig leeren Plätzen dem Rauschen der Brunnen hinzugeben, bis zum Aufsteigen ihrer eigenen Lust.

Wo war all das geblieben? Jetzt trug der Mann, den sie so geliebt hatte, einen langen schwarzen Mantel und einen weißen, steifen Plastik-Kragen um den Hals. Ihr gemeinsames Kind war schüchtern und ängstlich. Von wem hatte Jan das nur geerbt?

Von mir nicht, beschloss Lisa, während sie mit dem Roller durch eine sehr schmale Lücke zwischen zwei

Autos nach vorne wedelte, wie beim Abfahrtslauf. »Aufwachen, Lisa«, ermahnte sie sich. Aber die Erinnerungen schwappten über, an jeder Kreuzung, die sie zum Halten zwang, an jeder Kuppel, deren Namen ihr Gehirn abspulte wie die automatische Ansage der Stationen im Bus.

Simon und Lisa lebten in ihren römischen Jahren unbekümmert und mit einem äußerst schmalen Budget. Lisas Magisterarbeit wuchs vor sich hin, nicht sehr schnell. Simon konnte sich in dem weiten Feld der altgriechischen Lyrik nicht auf eine einzelne Dichtergestalt konzentrieren. Vorerst zitierte er, mit Vorliebe nachts und im Freien, in wilden Sprüngen durch die Literaturgeschichte Verse von Sappho, Pindar, Melachos oder Archilochos.

Lisa schrieb dann und wann Artikelchen über römische Kuriosa, für die sich die süddeutsche Provinzpresse interessierte – ein erster Schritt zu ihrem späteren Beruf. Wenn ihr Vater aus Tübingen anrief, klang seine Sorge über die Dauer ihres Studiums durch. Ihre Mutter fragte allgemein nach »Freunden«, und Lisa vernahm ihren forschenden Unterton nach dem »Richtigen«. Daher beendete Lisa diese Gespräche meist ziemlich rasch.

Dabei roch Simon wie »der Richtige«. Er fühlte sich so an. Und was er sagte, klang auch so. Dass er die Altphilologie aufgegeben hatte, noch während sie zusammen in einer winzigen Mansarde in der römischen Altstadt lebten, erfuhr sie erst viel später.

Auf der linken Seite der Fahrbahn wurden nun die Leoninischen Mauern sichtbar, kurz auch die Kuppel von St. Peter. Gleich würde sie die Brücke überqueren, wo bombastische Skulpturen an den Sieg des weltlichen Italien über den Kirchenstaat am Ende des 19. Jahrhunderts erinnerten. Sie sah bereits den langen Tunnel, der auf die Brücke führte.

»Das muss sie sein«, sagte der Fahrer einer langen schwarzen Limousine, die in einiger Entfernung hinter Lisa langsam über die Straße glitt. »Genau«, antwortete sein Beifahrer. »Rote Haare, blauer Helm, uralte Vespa. So hat sie der Kollege beschrieben.«

»Dann rücken wir ihr mal etwas auf die Pelle …«

Lisa bemerkte das große schwarze Auto erst, als es schon fast das hintere Rad des Rollers berührte. »Warum überholt der Kerl mich nicht? Ein bisschen schneller als ich müsste diese Pracht-Karosse doch fahren können«, fragte sich Lisa.

Sie bremste leicht und lenkte die Vespa nach rechts. Der Wagen blieb hinter ihr. Im Rückspiegel erkannte sie zwei Männer im Auto. Beide trugen schwarze Jacketts, weiße Hemden und schwarze Krawatten. Ihre Mienen blieben unbeteiligt und ihre Augen verbargen sich hinter den großen schwarzen Gläsern ihrer Sonnenbrillen. Sympathisch sahen sie nicht aus. Mit einer beinahe ungeduldigen Handbewegung gab Lisa ihnen zu verstehen, dass sie doch überholen sollten. Aber nichts geschah. Der Wagen blieb dicht hinter ihr. Lisa entzifferte das Kennzeichen der Limousine: SCV, eine Buchstabengruppe, die für *Stato della Città del Vaticano* steht und in Rom quasi einem ausländischen Nummernschild gleichkommt. Es war den Regierenden des Kirchen-Staates vorbehalten. Einfache Bewohner des Vatikans mussten sich mit einem CV, *Città del Vaticano*, begnügen.

»Zweifelhafte Ehre für mich«, dachte Lisa. Sie kannte das Spiel der vatikanischen Chauffeure, die, wenn sie nicht mit dem Transport von Würdenträgern beschäftigt waren, gerne mal Mädchen belästigten. Anzeigen der Betroffenen bei der römischen Verkehrspolizei nutzten nichts. Die vatikanische Gerichtsbarkeit lehnte es ab, sich mit solchen Lappalien zu befassen, und die Schriftstücke der unbedeutenden römischen Verkehrspolizei landeten meistens demonstrativ in städtischen Papierkörben.

Lisa wusste all das, aber allmählich wurde ihr die unerwünschte Männer-Eskorte unheimlich.

»Verdammt, was wollen die von mir«, dachte sie ärgerlich, beschleunigte ihr Tempo und bog in eine schmale Hofeinfahrt ein. Das Auto fuhr vorbei.

Lisa wartete einige Minuten nervös – mehr Zeit konnte sie sich nicht gestatten. Unpünktlichkeit duldete der Kardinal nicht. Einmal – sie war gerade mal zwölf Minuten zu spät – hatte er sie abgewiesen und eine ganze Woche lang auf den nächsten Termin warten lassen. Sie stellte den Roller ab, ohne ihn anzuschließen, und kehrte zur Einfahrt zurück. Dass die Limousine sie dort erwartete, wunderte sie nicht, trotzdem erschrak sie bis auf die Knochen. Die deutsche Journalistin hatte dennoch keine Wahl, sie musste zu ihrem Termin …

Die Verfolgung begann aufs Neue. Das schwarze Auto fuhr jetzt direkt und in dichtem Abstand neben ihr. Lisa blickte stur nach vorn. Die Konzentration fiel ihr schwer, Panik stieg in ihr auf. Jetzt legte das lange Auto ein wenig an Tempo zu und bog kaum einen halben Meter vor ihr rechts ab, sodass sie scharf bremsen musste. Die Vespa schlingerte, und fast hätte die abrupte Bremsbewegung sie aus dem Sattel nach vorn geschleudert. Ein hinter ihr fahrendes Auto konnte gerade noch bremsen. Der Fahrer streckte den Kopf aus dem Fenster und schrie ihr ein unflätiges Schimpfwort zu. Lisa lenkte zur Seite und hob den Roller zitternd auf den Bürgersteig. Sie atmete tief durch. Noch zehn Minuten bis zum Treffen mit dem Kardinal! Das müsste reichen. Sie gab sich noch zwei Minuten zum Durchatmen. Langsamer fahrend, um den Blick auf den Tiber zu genießen, glitt sie nun über die pompöse Brücke. Sie brauchte jetzt alle ihre Aufmerksamkeit, um den Roller geschickt durch die engen Gassen der Altstadt zu steuern. Nach römischer Sitte fuhr sie gelegentlich in falscher Richtung durch Einbahnstraßen, was niemanden störte und ihr den Weg angenehm verkürzte. Auf der *piazetta delle Coppelle* parkte sie das Fahrzeug hinter einem Marktwagen und begab sich ins Getümmel.

»Ben tornata«, rief Antonella, ihre Gemüsefrau von früher, und breitete die Arme aus. »Schau dir meine Artischocken an. Bessere findest du in ganz Rom nicht.«

»Als ob ich das nicht wüsste«, gab Lisa zurück. »Meine Freunde wären enttäuscht, wenn ich nicht ein Bündel davon mit nach Hause brächte.«
»Ich weiß auch ein neues Rezept, also hör zu ... «
»Hör ihr nicht zu«, rief die Verkäuferin vom Nebenstand dazwischen. »Antonellas Schwiegertochter hat ihr den Kopf mit lauter neumodischem Unsinn gefüllt, die nimmt kaum noch Öl. Und deshalb hat sie schon Falten mit ihren dreißig Jahren!«
Die Rededuelle der Marktfrauen, die erdigen Gerüche des Gemüses, die vertrauten Gesichter von philippinischen Hausdienern oder vornehmen alten Damen mit kunstvoll aufgetürmten weißen Haaren mit dem unvermeidlichen lila Schimmer; die robusten, überkritischen Hausfrauen aus dem Altstadtviertel, die jeden Salatkopf befühlten – auch das war für Lisa ihre römische Heimat von damals, und es wärmte ihr das Herz.
Die Piazetta war von schmalen Gebäuden umgeben, die in vielen Jahrhunderten zahlreiche Veränderungen erlebt hatten. Für die Feierlichkeiten zum Jahrtausendwechsel hatte die Stadt die Fassaden frisch streichen lassen, in ziemlich aufdringlichen Pastelltönen. Aber die immer noch ungezügelten Abgase der Autos in der Innenstadt hatten ihnen längst wieder Patina aufgelegt. Lisa blickte auf das schmale Eckhaus mit seinem zierlichen Rokoko-Stuck, der sich um die Fenster schlängelte.
Ihr Blick wanderte in den zweiten Stock. Und tatsäch-

lich – dort saß er wie immer an seinem Schreibtisch, auf dem kahlen Greisenkopf das kardinalsrote Käppi. Die Eminenz. Ein immer noch überaus wichtiger Mann in den Führungskreisen der katholischen Kirche. Ausgerechnet er war für die junge deutsche Protestantin nicht nur zu ihrer besten Quelle, sondern sogar zu einem väterlicher Freund geworden, als sie Material für ihr erstes Buch zusammentrug. Dessen Thema war heikel: Pädophilie unter katholischen Priestern. Seinen »persönlichen Beitrag zur Ökumene« nannte der Kirchenfürst seine Unterstützung für dieses brisante Buch.

Lisa winkte diskret in seine Richtung. Der Kardinal hob den Kopf und lächelte ihr zu. Sie eilte zum Eingang. Der Türöffner surrte bereits, bevor sie geklingelt hatte.

Jetzt stürmte sie beinahe die schmale, graue Steintreppe hoch.

An der geöffneten Haustür erwartete sie eine fremde Frau. Sie war wie Lisa etwa Mitte dreißig, ähnlich groß und dünn, trug Jeans, ein T-Shirt mit der Aufschrift »Hollywood forever« und darüber eine schlabberige Flanelljacke. Erst als Lisa ihr direkt gegenüberstand, erkannte sie am Aufschlag des grauen Oberteils ein kleines, goldenes Kreuz.

»Hallo, ich bin Schwester Donata«, sagte die Fremde. »Und Sie sind natürlich Lisa. Ich habe schon viel von Ihnen gehört.« Sie blickte auf ihre schlichte Armband-Uhr und schüttelte leicht den Kopf. »Das ist knapp. Zwei Minuten zu spät!« Aber sie lächelte schon wieder und wies zum Arbeitszimmer, an dessen Flügeltür der Kardinal erschienen war.

Er breitete die Arme aus, um Lisa zu umarmen, und sie merkte sofort, dass die sanfte Fülle seines Körpers geschwunden war. Er fühlte sich mager an. Seine vom jahrelangen Tragen ausgebeulte Soutane war entschieden zu weit geworden. Auch die rote Paspelierung an etlichen Knopflöchern war ein wenig ausgefranst. »Augusta hätte das niemals durchgehen lassen«, schoss es ihr durch den Kopf.

Der Kardinal wies auf eine Sitzgruppe am hinteren Ende des Raums vor einem Kamin, in dem ein rauchiges Feuer flackerte. »Meine neue *perpetua* kennt die Launen meines Kamins noch nicht«, lächelte der alte Mann. »Auch ihre Kochkünste sind ausbaufähig – aber sonst, liebe Lisa, bin ich richtig glücklich mit meiner amerikanischen Hausgefährtin. Aber nun möchte ich erst mal wissen, wie es deinem kleinen Jungen geht? Du hast doch hoffentlich ein Bild dabei?«

»Ich bin sicher keine sehr gute Mutter, aber so nachlässig bin ich nun doch nicht!« Lisa zog ihr Portemonnaie heraus, aus dessen Bilderfach ein ernster Fünfjähriger dem Betrachter entgegenblickte.

»Das dunkle Haar des Vaters und die blaugrauen Augen der Mutter. Damit wird er später bei den Damen punkten!«

»Vorläufig ist er viel zu schüchtern dazu.«

»Und sein Italienisch?«

»Darum kümmert sich Simons Mutter. Sie spricht nur

Italienisch mit ihm und verwöhnt ihn wie eine richtige italienische *mamma*.«

»Und du verstehst dich mit ihr?«

»Sehr gut! Ich wüsste nicht, was ich ohne sie täte. Sie häkelt und strickt ohne Unterlass für ihren Enkel. Jan besitzt schon viel mehr Spielzeug, als ich eigentlich möchte. Und natürlich leidet sie sehr unter Simons ›Flucht ins Priesteramt‹, wie sie das nennt, obwohl sie eine gute Katholikin ist.«

»Also hat Jan doch wenigstens teilweise eine richtige Familie.«

»Schon. Mit Großeltern von zwei Seiten, auch mit Tanten und Cousinen. Aber etwas Wichtiges fehlt halt.«

»Der Wichtigste«, korrigierte sie der Kardinal. »Und auch darüber könnte man lange streiten.«

Lisa wollte jetzt kein Grundsatzgespräch beginnen. »Wo haben Sie denn Ihre neue *perpetua* gefunden?«, lenkte sie ab. »Ihre Begeisterung für die Neue Welt hielt sich doch immer sehr in Grenzen?«

»Ihr Orden hat sie zum Theologie-Studium nach Rom geschickt.«

»Ausgerechnet nach Rom?«

»Das fand ich auch erstaunlich. Gerade unter liberalen amerikanischen Ordensfrauen wird das römische Regiment der katholischen Kirche nicht sonderlich geschätzt.«

»Sogar ich erinnere mich daran! Die erste Amerika-Reise des polnischen Papstes. Und in einer großen Audienz für den Klerus und die Ordensleute Roms steht eine

Nonne auf und fragt ihn, warum er nicht erlaube, dass Frauen Priester werden.«
»Und das hat dem Guten überhaupt nicht gefallen! Ich entsinne mich gut an die Empörung im Kardinals-Kollegium. Aber natürlich war die Frage mehr als berechtigt.«
»Vielleicht ging es mit der Entsendung von Schwester Donata einfach darum, den Feind aus der Nähe kennen zu lernen?«
»Schon möglich. Mir hat die Entscheidung der Oberinnen von St. Marta in Boston jedenfalls eine überaus interessante Gesprächspartnerin beschert. Für ihre Hilfe im Haushalt kann sie bei mir wohnen und bekommt ein Taschengeld obendrein. Das schätzt auch sie, denke ich. Aber dieses kleine quid pro quo ist nicht einmal das Wichtigste.«
Der Kardinal stand auf und wies auf seinen Schreibtisch. Zwischen den üblichen Bücherbergen, Manuskripten und Zeitschriften hatte sich ein Stück moderner Technologie angesiedelt: ein flacher, metallischer Laptop, der mit der Telefonanlage verbunden war.
»Sie haben doch nicht etwa Ihre gute alte Olivetti aufgegeben? Und sagen Sie mir nicht, dass Sie jetzt auch ins Internet gehen? Darf ich auf E-Mails von Ihnen hoffen?«
Der alte Kardinal lächelte: »All diese abstoßenden Anglizismen in meinen Sprachgebrauch aufzunehmen ist mir entschieden schwerer gefallen als das Erlernen der ziemlich simplen Handhabung des Gerätes. Natürlich

hat mir Schwester Donata auch einen ganz vorzüglichen Einführungskurs gewährt.«
»Und Sie surfen jetzt auch?«
»Ich schäme mich, es zu sagen, aber ich weiß gar nicht mehr, wie ich so lange ohne das Web leben konnte. Zwar muss ich gestehen, dass ich möglicherweise eine zu große Portion meiner mir verbliebenen Lebenszeit für törichte Vergnügen verschwende. Ich gehöre zum Beispiel einem weltweiten Bridge-Club an, der sich über etliche weit entfernte Zeitzonen organisiert. Aber mein Spiel hat sich durch die neuen Partner sehr verbessert.«
»Dann kennen Sie natürlich auch die Web-Seiten des Vatikans?«
»Langweiliger Kram. Wichtiger ist, dass ich mich über neue Entwicklungen auf dem Laufenden halten kann. Auf dem Schwarzen Kontinent ist zum Beispiel eine äußerst lebendige Bewegung von schwarzen Befreiungstheologen entstanden ...«
»... und die Kongregation für die Glaubensfragen hat das längst entdeckt.«
»Natürlich. Die hat natürlich inzwischen auch ihre internetkundigen Mitglieder. Aber ich finde es durchaus interessant, dass Rom es bisher nicht geschafft hat, diesen jungen afrikanischen Theologen das Wort zu verbieten. Aber lassen wir das. Wir haben heute, so denke ich, Wichtigeres zu besprechen.«
Lisa nickte. Aber bevor sie dem Kardinal ihre Liste möglicher Kandidaten für den Thron Petri präsentieren

konnte, betrat Schwester Donata fast lautlos auf dick besohlten Turnschuhen den Raum.

»Ihr zweites Frühstück, Eminenz«, kündigte sie an.

»Holla«, dachte Lisa. »Gesundheitskost.« Eine Schale mit Obst, zwei Tellerchen, Obstmesser, zwei Gläser und eine Karaffe mit Wasser wurden aufgedeckt. Aber sie fühlte sich einbezogen und lächelte die Neue an. Und die lächelte zurück. Und was für ein Unterschied zu früher: Weil der Kardinal sehr früh aufstand, hatte Augusta ihm zu dieser Tageszeit – gegen 10 Uhr morgens – immer eine üppige Portion Antipasti serviert: eingelegtes Gemüse, das in reichlich Öl schwamm, ein paar Wurst- und Schinkenscheiben, einen fetten Gorgonzola und ein Viertel Weißwein. Der Kardinal hatte dann und wann protestiert. »Du bringst mich noch um, Augusta«, hatte Lisa ihn einmal sagen hören. »Vom Cholesterin-Spiegel hast du wohl noch nie etwas gelesen!«

»Ich esse genauso, und mein Cola-Spiegel oder wie das heißt, ist völlig in Ordnung. Euer Gnaden lassen sich einfach zu leicht von den Illustrierten beeindrucken«, murrte die Alte dann, die zwar zuweilen die pompösen Ehrentitel in der Kirchenhierarchie verwechselte, aber immer ihre Grenzen kannte.

»Augusta hat sich vor einem Jahr, mit 86 Jahren, von mir überreden lassen, in den allzu wohlverdienten Ruhestand zu gehen, zumal ihr Augenlicht immer mehr nachließ«, bemerkte der Kardinal, als hätte er ihre Frage nach der alten Frau erraten.

Lisa fiel nun auch auf, dass die Fenster in der Bibliothek, anders als unter Augustas Herrschaft, jetzt makellose Durchsicht auf die Nachbarhäuser gewährten. Sonst hatte sich wenig geändert. Über ihr erhob sich ein hohes Kreuzgewölbe aus dem Mittelalter, das Jahrhunderte später mit dem geometrischen Dekor der späten Renaissance geschmückt worden war. Auf weißem Grund hielten kleine Fabelwesen, mal geflügelt, mal mit Fischschwänzen versehen, dem Beschauer das Wappen der noblen Familie entgegen, der das Gebäude über unzählige Generationen hinweg gehört hatte. Um die Bögen des Raums hatte der Künstler dicke Girlanden gelegt. Zierliche Bäumchen, Blumengebinde und flatternde Schleifen drapierten sich um eine verzückte in die Weite des Firmaments blickende Madonna. Der war freilich ein gutes Stück ihres blauen Mantels abhanden gekommen, und das wiederum hatte die flachen rostbraunen Ziegelsteine des Deckengewölbes freigelegt, die möglicherweise schon in der Römerzeit gebrannt worden waren.

Der Kardinal folgte Lisas Blick und seufzte: »Ich weiß, hier wäre ein kundiger Restaurateur vonnöten, aber in die Wohnungen ihrer Rentner investiert die Kurie nicht gern.«

Rings um die Wände reichten Bücherregale bis an die Decke. Die Interessen des Kardinals reichten erkennbar weit über die römisch-katholische Kirchengeschichte hinaus. Denker der klassischen Antike, viele davon in griechischem oder lateinischem Original, waren in seiner Sammlung vertreten, desgleichen hebräische und aramäische Schriften aus dem Judentum, vor und nach der Geburt des Jesus von Nazareth. Auch die Schriften der Männer, die zur wichtigsten Spaltung der katholischen Kirche geführt, die Reformation vorbereitet und dann begründet hatten, Erasmus von Rotterdam, Melanchthon, Luther und Calvin, fehlten nicht.

Die Lösung des räumlichen Grundproblems jedes Büchersammlers war auch dem Kardinal nicht gelungen. Vielfach mussten Bücher zur gleichen Thematik oder zur gleichen Epoche in Doppelreihen stehen oder sich damit abfinden, waagerecht auf ihre früher angekommenen Zeit- oder Gesinnungsgenossen gestapelt zu werden.

Hinter seinem bequemen und entsprechend verschlissenen Lehnsessel hatte der Kardinal seinen »Giftschrank« aufgestellt. In ihm standen Bücher von Hans Küng, Schillebeeckx, Boff oder anderen zeitgenössischen katholischen Dissidenten, denen der Kardinal sogar die Nachbarschaft zu den Werken der revolutionären deutschen und protestantischen Theologin Dorothee Sölle zugemutet hatte.

Auf dem Tischchen vor den beiden Sesseln, in denen die junge Frau und der greise Kirchenfürst sich niedergelassen hatten, lagen sorgfältig gestapelt mehrere Tageszeitungen: zwei italienische Blätter, die *Herald Tribune*, *Le Monde* und, ganz unten vergraben, auch der *Osservatore Romano* mit seinem unverkennbaren rosa Papier.

Der Kardinal griff nach der ersten Zeitung, der *Repubblica*, und wies auf das Foto der Titelseite. »Gesehen?«
»Flüchtig, sind die wichtig?«
»Als Personen nicht. Aber unsereins schaut immer auf das Dahinter.«
»Manchmal zu Recht, manchmal nicht«, wagte Lisa zu entgegnen.
»Aber in diesem Fall fällt die Symbolik doch wohl auf. Dir etwa nicht?«
»Sie wollen mir doch wohl keine vatikanische Rabulistik aufdrängen ...«
»Der Vergleich ist nicht schlecht, liebes Kind. Wir haben der jüdischen Gelehrsamkeit viel zu verdanken. Aber muss ich dir erklären, was jedem auch nur bescheiden informierten Betrachter der Szene ins Auge springen dürfte?«
Lisa ärgerte sich. Aber sie wusste, dass sie selbst nach all den Jahren des Umgangs mit den Herrschern und Unterherrschern der katholischen Kirchenregierung und ihren professionellen Geheimniskrämern die labyrinthische Denkweise des vatikanischen Sophismus nicht ausreichend beherrschte.
»Bitte, Eminenz, erhellen Sie meinen Unverstand.«
»Nun, der Fall ist doch wohl klar. Alle drei Toten verkörperten Anathemen der radikalen Reaktionäre in unserer Kirche. Der Frauenarzt ...«
»Abtreibungen?«
»Richtig. Fede, der Antiquar, vertrieb unter reichen Bibliophilen Erstdrucke von Kant, Rousseau ...«

»Ach so, die Epoche der Aufklärung also.«
»Allmählich scheint sich dein Blick zu schärfen. Zum dritten Toten: Er war unverheiratet.«
»Aber nicht homosexuell.«
»Doch, meine Tochter. Und wehe dir, du erwähnst nur ein Wort davon. Das würde dir ungemein schaden. Von mir ganz zu schweigen.«
Lisa schüttelte den Kopf. »Eminenz, ich schätze Ihren Scharfsinn. Aber was Sie hier vortragen, könnte ich meinen Redakteuren nicht mal als Ansatz einer Hypothese vortragen.«
Der alte Kirchenfürst reagierte scharf und heftiger, als Lisa es erwartet hatte.
»Und ich weiß offiziell nicht einmal, so unsere Vereinbarung, dass du irgendetwas mit Redakteuren zu tun hast! Für mich bist du eine junge deutsche Historikerin, mit der zu reden mir dann und wann gefällt. Zumal du mir in unseren Kolloquien auch immer wieder einmal Interessantes zu bieten hast. Immerhin, von wem wüsste ich über die vor sich hindämmernde, wenn nicht sogar gescheiterte Kirchenvolksbewegung, wenn nicht von dir?«
Lisa schwieg. In der Tat bestand ihre lange Beziehung zu dem weit über Achtzigjährigen aus einer fragilen Übereinkunft, in der das Ungesagte überwog und die ohne sein absolutes Vertrauen auf ihre Diskretion niemals überlebt hätte. Immerhin hatte dieser hohe Würdenträger, vor gut sechs Jahren sogar noch im Amt, außerordentlich viel gewagt, als er ihr strengvertrauliche

Dokumente aus dem Staatssekretariat zum Fotokopieren überlassen hatte. Sie protokollierten die Vatikaninterne Diskussion über das unter katholischen Priester weltweit verbreitete Verbrechen der Pädophilie.
Der Heilige Stuhl hatte ein raffiniertes Doppelspiel aufgebaut. Zwar sollten »auffällig gewordene Priester« sofort in Rom gemeldet werden. Aber vor den jeweiligen staatlichen Behörden der Länder wollte man diese Männer zugleich schützen – angeblich, bis ihre Vergehen in einem kircheninternen Verfahren zweifelsfrei erwiesen worden waren.
Den Kardinal hatte das empört. Lisas Buch zeigte an zahllosen Fällen die Kontinuität einer Politik des Verschweigens und Vertuschens. Dank der geheimen Hilfe aus dem Netzwerk des Kardinals hatte Lisa Namen nennen und betroffene Kinder und ihre eingeschüchterten Eltern überzeugen können, auszusagen. Bei der katholischen Kirchenregierung stand die junge Journalistin aus Deutschland seitdem unter dem schriftlich niedergelegten Bannspruch der Kongregation für Glaubensfragen. Auf jeden ihrer Artikel, und seien sie nur in süddeutschen Provinzblättern erschienen, erfolgten bösartige Repliken in katholischen Blättern.
Der Kardinal hatte das mit wachsender Sorge verfolgt.
»Hier sind mächtige Interessen im Spiel, liebes Kind, aber auch mächtige Kräfte«, sagte er jetzt. »Ich selbst kann mir dabei gewisse Vorwürfe nicht ersparen. Zweifellos war es wichtig, die Wahrheit über diese Übeltäter ans Licht zu bringen. Aber ungewollt – vielleicht, weil

die Macht der Fundamentalisten in unserer Kirche damals noch nicht so erkennbar war – habe ich dazu beigetragen, dass du jetzt in eine sehr prekäre Lage geraten könntest. Bitte, sei vorsichtig! Du hast ein Kind, auf dessen Vater anscheinend kein Verlass ist. Beschützen kann er dich sowieso nicht, ebenso wenig wie ich. Ich kann dich nur warnen.«

Lisa dachte an die Anrufe des vergangenen Abends, die Ereignisse der Nacht und die Verfolgung am Morgen zurück. Die aufsteigende Angst wollte ihr fast den Atem rauben, aber sie beschwor sich: *Ich darf mich selber nicht in Panik reden. Eine Kette von dummen Zufällen, weiter nichts. Ich werde ihm nicht mal etwas davon sagen.*

Erneut betrat die Haushälterin nach kurzem Anklopfen den Raum. Sie hielt dem Kardinal ein Telefon hin und formte mit dem Mund einen Namen, den Lisa nicht entziffern konnte.

Der Kardinal schüttelte den Kopf.

»Niemanden durchstellen«?, fragte die Nonne. Ihr Chef überlegte. Dann winkte er sie zu sich und flüsterte ihr etwas ins Ohr. Die Hausangestellte nickte.

»Also nur diese drei ...«

Lisa hätte zu gern die Namen gewusst, um die es ging. Aber eine Frage wäre grundverkehrt gewesen. Aus ihrer Tasche zog sie nun einen Stapel von kleinen Karteikarten. Auf jeder stand der Name eines Kardinals, der an der Kür zum neuen Papst teilnehmen konnte – an die 120 Karten insgesamt.

»Darf ich Sie jetzt zum Konklave-Lotto bitten?«

Der Kardinal lächelte: »Ein völlig unsinniges Glücksspiel. Aber irgendwie sind ihm selbst die Aufgeklärteren unter den Beobachtern zunehmend verfallen.«

»Ich schließe mich nicht aus«, erwiderte Lisa.

»Dabei spielt der Heilige Geist am Ende doch immer wieder Schabernack mit den Auguren! Wer hätte gedacht, dass ein konservatives Wahlkollegium, das erst einen Polen und dann einen Deutschen auf den Thron Petri gewählt hatte, einen Mann küren würde, der sich in kürzester Zeit zum größten Reformer der Kirche seit Generationen entwickelte?«

»Schon seine Namenswahl schockte die Konservativen«, erinnerte sich Lisa.

»Und wie. Das versammelte Volk auf dem Petersplatz brach in Jubel aus, als der neue Pontifex sich als Johannes XXIV. vorstellte. Womit er sich unerschrocken auf Johannes XXIII. berief, der in den 60er-Jahren des 20. Jahrhunderts mit dem Zweiten Vatikanischen Konzil etwas Frischluft in die katholische Kirche gebracht hatte. Es war ein bewegender Moment.«

Lisa konnte das nachvollziehen. Ihr Mentor hatte den Reformer schließlich benannt und durch geschickten Ausgleich zwischen den Fraktionen und Strömungen nicht unwesentlich dazu beigetragen, dass am Ende der liberale damalige Kardinal von Venedig den Stuhl Petri besteigen konnte. Ihn und niemand anderen hatte der Kirchenfürst von der *piazza delle Coppelle* in diesem hohen Amt sehen wollen. Seitdem er damals in der Kardinalsversammlung aus allen Kontinenten seinen

Willen durchsetzen konnte, galt er unter den mächtigen Kirchenfürsten als *grande elettore*, als der wichtigste Kurfürst unter allen und einer der wenigen wirklichen Papstmacher. Zugleich war er populär. Das Kirchenvolk, das noch immer auf dem »*wir* sind die Kirche« beharrte, verehrte ihn.

Der wachsenden Schar von Fundamentalisten in der katholischen Kirche dagegen war der Reformpapst fast ebenso verhasst wie jener arme dänische Witzzeichner, der ehedem mit seinen Mohammed-Karikaturen eine Welle von anti-westlicher Gewalt unter den radikalen Islamisten ausgelöst hatte.

»Wie schade, dass Johannes XXIV. sein Werk nicht vollenden konnte«, bemerkte Lisa.

»Fünf Jahre reichen nicht für eine Jahrtausendreform«, entgegnete der Kardinal.

Wieder klopfte die Haushälterin und trat mit dem Telefon in der Hand ein. Sie flüsterte einen Namen, und dieses Mal bat der Kardinal seinen Gast mit einer Handbewegung, den Raum zu verlassen. Also begleitete Lisa Schwester Donata in die Küche. Sie hatte der alten Augusta hier öfter Gesellschaft geleistet, wenn der Kirchenfürst telefonisch konsultiert wurde.

Die Küche hätte damals gut und gern in einer Ausstellung als Beispiel für Italiens häusliche Kultur der 50er-Jahre dienen können. Der Gasherd mit seinen vier Brennern war in eine lange Marmorplatte eingelassen, die über die gesamte Länge des Raums reichte. Ein Vorhang aus verblichenem, nicht ganz fleckenfreiem Lei-

nen versteckte die beiden Gasflaschen zum Kochen. An einem schmiedeeisernen Ring in der Nähe des Herds hing eine Vielzahl von schweren Eisen-Töpfen.
Der Kühlschrank brummte wie ein Stromaggregat. Manchmal schien er seinen Geist aufzugeben. Dann versetzte Augusta ihm einen kräftigen Stoß und ermahnte das altersschwache Gerät: »Willst du wohl!« Das Geräusch setzte dann in der Regel wieder ein. Augusta beklagte die Schwächen solch neumodischer Erfindungen und wünschte sich den Eismann zurück. Noch vor wenigen Jahren hatte er mit einem großen Block Eis auf der ledergepolsterten Schulter zweimal in der Woche die Vorläufer der Elektro-Kühlschränke mit Kälte versorgt.
Gemauerte Wände unter der langen Marmorplatte teilten weitere Abteile der Küchenzeile ab. Hier stapelte sich handgeformtes, vielfach angeschlagenes Geschirr, das heute antiquarischen Wert hätte.
In einer Holztruhe, einer *madia*, versenkte Augusta einmal in der Woche ihre Arme, um den Brotteig ausdauernd zu kneten. Sorgfältig mit Handtüchern abgedeckt, brachte sie den fertig geformten Teig dann zum Bäcker in der Straße, der ihn in seinem Holzofen buk. Das modernste Gerät, das Lisa damals in der Küche entdecken konnte, war ein Multimix. Aber Augusta benutzte ihn natürlich nicht. Für Pesto zerrieb Augusta kleingeschnittene Basilikumblätter in einem Steinmörser, gab den Knoblauch dazu und mischte das Ganze mit zerriebenem Käse, der zur Hälfte aus teurem Parmesan und

zur anderen aus gut gereiftem Pecorino aus Augustas eigener Produktion stammte. Ein Küchenwecker erinnerte die Alte daran, die Pasta sehr al dente in ein Sieb zu schütten, unter dem drei Teller standen, die auf diese Weise vorgewärmt wurden. Die Pasta wurde dann in eine große gusseiserne Pfanne geschüttet, bei kleinster Flamme mit dem Pesto vermischt und so auf den perfekten Biss gebracht.

Zwei Teller setzte Augusta schließlich auf ein Tablett. Dort warteten bereits schneeweiße Servietten, die von gravierten Silber-Ringen gehalten wurden. »*E pronto, Eminza* – das Essen ist fertig!«, schrie sie dann in Richtung Bibliothek, in der ein schwerer runder Esstisch auf seine Gäste wartete. Das edle Holz wurde durch dicke Strohmatten geschützt, worauf Augusta die dampfenden Teller setzte.

Eine Karaffe mit sehr gutem Rotwein und eine größere mit Wasser standen bereit. Der Kardinal pflegte seinen Wein tagsüber sehr zu verdünnen. Hatte er zur Mittagszeit einen Gast bereits entlassen, durfte Lisa mit ihm speisen. Sonst blieb sie in der Küche, aß mit Augusta und half ihr hinterher beim Abtrocknen.

Der alte Herr ruhte eine gute halbe Stunde und rief Lisa dann erneut in die Bibliothek, um noch etwas weiter zu reden. Meist ließ er sich anhand ihrer Notizen eine Zusammenfassung des bisherigen Gesprächs vortragen, da und dort leichte Korrekturen anbringend.

Neugierig sah sich Lisa jetzt in Schwester Donatas Wirkungsstätte um.

Richtig viel verändert hatte sie nicht. Immerhin thronte ein Entsafter auf der Marmorplatte. Der Kühlschrank war durch ein modernes Gerät ersetzt worden, das keinen Laut von sich gab und sehr wenig Strom verbrauchte.

»Darf ich?«, fragte Lisa die Nonne, bevor sie den Kühlschrank öffnete.

»Aber gern. Sie werden sehen, ich habe die Ernährung der Eminenz etwas umgestellt.«

»Habe ich bemerkt«, erwiderte Lisa. »Und ich weiß nicht, ob ihm das wirklich gut tut.«

Säuberlich aufgereiht, fand Lisa auf den Etagen mehrere Glasbehälter mit Mager-Joghurt, desgleichen entrahmte Milch. Beides stammte aus biologischer Produktion, desgleichen die wohlgeformten Mozzarella-Kugeln, die in einer Wasserschale ruhten. Ein hohes Glas mit Schraubverschluss enthielt ein Vollkorn-Müsli. In einer weiteren Schale mit Wasser schwammen Tofu-Platten. Lisa war entsetzt, aber Donata schien stolz zu sein.

»Ich weiß, das Zeug schmeckt nach nichts. Aber Sie sollten sehen, wie würzig es in einer Curry- oder in einer Tomatensoße wird.«

»Natürlich auf Vollkorn-Pasta«, ergänzte Lisa trocken. »Ich finde schon die Farbe solcher Nudeln furchtbar. Sieht so aus, als wären Sie Vegetarierin. Ehrlich gesagt, das ist nicht mein Ding.«

»Und was ist schlimm daran, nur Pflanzenkost zu essen? Denn: ›Wer Fleisch isst, soll den anderen nicht verach-

ten, aber wer kein Fleisch isst, soll den anderen auch nicht verurteilen.«
»Klingt nach fernöstlicher Gelassenheit.«
»Nein, steht im Römerbrief. Kapitel 14, Vers 2–4.«
»Donnerwetter. Bibelfest.«
»Erwarten Sie anderes von einer Nonne?«, lächelte Donata. »Und gegen Bio-Anbau haben Sie hoffentlich nichts, Lisa!«
»Solange er nicht zum Dogma erhoben wird und mit selbst gewebten Stoffen einhergeht!«
»Aber sehen Sie doch mal, Lisa!«
Äpfel, Birnen, ein Kopf Salat, eine Gurke, Zwiebeln, eine Aubergine und eine Rispe mit fünf prallen roten Tomaten füllten das Gemüsefach.
»Ich muss keine Riesenvorräte halten. Endlich hat sich auch in Rom herumgesprochen, dass Bio einfach besser schmeckt. Jetzt gibt es sogar direkt vor unserer Haustür, auf der *piazetta delle Coppelle,* neuerdings einen Naturkost-Stand. Und der wird gut frequentiert! Ich kaufe jeden Tag nur das, was die Eminenz braucht, und muss nicht mehr stundenlang durch die Abgaswolken in Rom radeln.«
Donata hielt Lisa eine Tomate unter die Nase. »Merken Sie? Wie die duftet? Da ist einfach doch mehr Tomate zu spüren als bei dem Plastikzeug aus dem Supermarkt, in Zellophan verpackt und monatelang haltbar.«
Während Lisa gehorsam schnupperte, entdeckte Donata eine winzige Faulstelle. »Sieht aus wie ein schlechtes Zeichen, ist aber in Wirklichkeit ein gutes. Die Plastik-

tomaten sind nicht totzukriegen. Dafür schmecken sie nach nichts. Diese hier schon.«
Vorsichtig entfernte Donata den dunklen Flecken, dann schnitt sie diese Tomate und eine weitere auf, belegte die acht Scheiben mit Mozzarella, die sie gut mit frisch gemahlenem Pfeffer und Meersalz würzte, legte ein Blättchen Basilikum darauf und beträufelte das Ganze mit gutem Olivenöl. Sie verteilte die schlichte Speise auf zwei Teller und sagte zu Lisa: »Bitte, nehmen Sie Platz. Ich sehe, dass der Kardinal noch telefoniert. Sein Rat ist viel gefragt in diesen Tagen.«
Beide aßen mit Appetit und tranken Wasser dazu, das Donata fast täglich aus einer kleinen Quelle an der *via Aurelia* holte, bei der sich die römische Bevölkerung umsonst bedienen durfte. Unauffällig musterte Lisa die neue Haushälterin. Ihre Haar trug sie in einem stacheligen Kurzhaar-Schnitt, dem ein römischer Friseur erkennbar einen modischen Schliff verpasst hatte. Donatas längliches Gesicht erinnerte Lisa an die Porträts vornehmer Ostküsten-Ladys aus dem 18. Jahrhundert, die sie in einer Ausstellung gesehen hatte. Ihre Augen waren grau mit grünen Einsprengseln, der Blick wach. Die Hände der Nonne waren lang und zartgliedrig. Bis auf den Ring, den sie bei ihrer endgültigen Aufnahme in den Orden feierlich erhalten hatte, trug Donata keinen Schmuck.
»Wie gefällt's Ihnen denn in Rom?«, fragte Lisa.
»Es geht. Zu viel Dreck in der Luft, zu viele Autos, zu viel Lärm. Zu viele Touristen.«

Lisa lächelte. »Und die Baukunst aus mindestens zwei Jahrtausenden interessiert Sie überhaupt nicht?«
Jetzt grinste Donata. »Ich wollte Sie doch nur ein bisschen provozieren! Jeder schwärmt von Rom, Ewige Stadt und so. Ich habe nur als Erstes die Umstände benannt, unter denen die normalen Bewohner zu leiden haben. Touristen sind meist nur ein paar Tage hier, hinterlassen Berge von leeren Plastikflaschen und anderem Müll. Für die ist es einfach, die Schönheit Roms zu preisen.«
»Na, ganz so naiv sehe ich die Stadt natürlich auch nicht. Ich habe immerhin zwei Jahre hier gelebt, um für meine Magister-Arbeit in Neuerer Geschichte zu forschen. Außerdem war ich verlobt, oder so ähnlich, mit dem Vater von meinem Sohn Jan.«
»Und wo steckt der jetzt?«
»Er ist in Rom geblieben. Aber lassen wir das Thema. Zu unerfreulich.« Lisa verschränkte die Arme, und ihr Gesichtsausdruck sagte eindeutig: »Bis hierher und nicht weiter.« Donata verstand und schwieg einen Moment.
»Und wie kommen Sie mit der Eminenz klar?«, fragte Lisa.
»Er ist, wenn ich das mal das so sagen darf, ein zauberhafter alter Herr und zugleich ein höchst würdiger Vertreter des hohen Klerus. Ich wünschte nur, es gäbe mehr von seiner Sorte in der Führung unserer Kirche.«
»Ihrer Kirche! Ihr wollt mit uns Protestanten ja nicht mal das Abendmahl teilen«, spöttelte Lisa.

»Wenn ich etwas zu sagen hätte, wäre ich sehr viel großzügiger. Immerhin haben wir beide doch wenigstens schon mal einen Imbiss geteilt. Schwesterlich.«
»Hier verhandelt doch hoffentlich eine gute Katholin mit einer Protestantin nicht über die letzten Dinge, Schwester Donata«, erklang es von der Tür, wo der Kardinal erschienen war. Er lächelte. »Das kann ich keinesfalls zulassen. Das haben selbst die überzeugtesten Ökumenen aus unseren beiden Lagern nicht geschafft. Also, Lisa, zurück zu mir in die Bibliothek. Und Donata, meine Liebe, hatten Sie mir nicht für heute Mittag eine ganz und gar biologische Gemüsesuppe versprochen?«
Nachdem die beiden sich in der Bibliothek wieder auf ihren Sesseln niedergelassen hatten, begann der Kardinal: »Es ist schon ein merkwürdiges, faszinierendes Spiel, so eine Papstwahl ... Sobald ein alt gewordener Pontifex erste Anzeichen einer ernsten Erkrankung zeigt, wuchern die Spekulationen. Selbst seriöse römische Tageszeitungen scheuen sich dann nicht, ausführlich mögliche *papabile* vorzustellen. Die wiederum müssen es vermeiden, zu oft genannt zu werden. Immer wieder hat sich für ehrgeizige Kardinäle das alte *dictum* bewahrheitet, dass, wer als Papst in das Konklave hereingeht, als Kardinal wieder herauskommt. Gerne werden stattdessen sogar Artikel gefördert, die viele Gründe aufzählen, warum jemand eben *nicht* als künftiger Chef der katholischen Kirche in Frage käme. «
»Welche Raffinesse«, sagte Lisa bewusst neutral.

»Man kann es auch gerissen nennen«, antwortete der Kardinal weniger zurückhaltend.
»Und Sie, Sie selbst haben also nie, ganz im Geheimen natürlich, darauf gehofft, dass der Heilige Geist dann im entscheidenden Moment …«
»… seinen güldenen Strahl auf mich lenken könnte? Lisa, wer es in der Hierarchie der katholischen Kirche bis zum Kardinal geschafft hat, kann sehr selten, um nicht zu sagen nie, freigesprochen werden von der Todsünde des Stolzes. Und ebenso wenig von der ihr verwandten Ruhmsucht, die seit dem 5. Jahrhundert auf der offiziellen, schwarzen Liste unserer Kirche steht. Er kann nur auf Vergebung hoffen.«
»Oder darauf bauen. Wäre das nicht unerhört? Sündigen und sich darauf freuen, dass die Gnade Gottes all den Schmutz der eigenen Biografie einfach auslöschen wird. Das kann doch nicht im Sinn des Tischlers aus Nazareth gewesen sein.«
»Willst du einen theologischen Disput mit mir gewinnen?«
»So vermessen wäre ich niemals.«
»Es gibt eine zweite, ungeschriebene Regel bei den Papstwahlen. Auch die taugt natürlich nicht zum Einsatz in Londoner Wettbüros. Aber sie hat sich in jüngster Zeit mal wieder bestätigt.«
»Der polnische Papst war 58 bei seiner Wahl – sehr, sehr jung.«
»Genau. Das meine ich. Attraktiv war er auch. Ich erinnere mich an unschöne Szenen. Nonnen, die ihm auf

dem Petersplatz fast die Kleider vom Leib rissen. Wie bei einem Rockstar ...«

»Und seines war das längste Pontifikat seit Pius IX. im 19. Jahrhundert.«

»Natürlich musste dann ein etwas älterer Pontifex folgen – um eine kurze Regierungszeit zu haben. Das sind alte, sehr weise innere Mechanismen einer 2000 Jahre alten Institution, die sich mit solchen ungeschriebenen Regeln erneuern kann. Aber nun zeig mir mal, was du dir zusammenspekuliert hast. Die Karten auf den Tisch, meine Freundin!«

Der Kardinal griff nach dem Stapel der Kandidaten-Karteikarten mit dem Geschick eines professionellen Glücksspielers und sortierte ihn. Zehn Karten legte er am Ende aus. Und mit jedem Namen, den er anschließend aufdeckte, nickte Lisa. Auch als die Eminenz den bolivianischen Kardinal von La Paz in den Kreis der Papstanwärter legte, war sie nicht überrascht.

»Eine etwas zwielichtige Gestalt«, bemerkte sie vorsichtig. »Er spricht mir ein wenig zu viel von Straßenkindern ...«

»Du hast Recht« sagte der Kardinal. »Aber welches dieser elenden Kinder aus den Slums würde gegen ihn aussagen ...«

»Das Risiko, dass seine Gegner passend zum Konklave einen Jungen kaufen, der vor laufenden Kameras aussagt, ist doch riesig«, wandte Lisa ein.

»Seine Macht ist enorm und sie reicht weit. Bis nach Rom. Es gab unschöne Gerüchte über ihn, als man ihn ernannte. Ein Prälat am päpstlichen Hof, der sich eine Andeutung erlaubt hatte, erkrankte kurz darauf und war wenige Tage später tot. Dass er Kinder schändet, ist nur eines seiner Laster. Mein Dossier über ihn führt direkt in die Hölle Lateinamerikas, über die er als Fürst der Finsternis regiert.« Der Kardinal schwieg.

Und Lisa wagte nicht, weiter nach diesem Dossier zu fragen. Das warf sie sich später vor. Traue niemandem aus der Kurie, so hatte sie den Spruch für über 30-Jährige abgewandelt. Aber sie blieb. Am Ende hatten sich der alte Mann und die junge Deutsche auf drei Kandidaten mit wirklich guten Aussichten geeinigt. Der Mann aus Bolivien zählte nicht dazu, gehörte aber zu den oberen fünf ihrer Liste. Als Lisa ihre Karteikärtchen wieder einsammelte, schenkte ihr der Kardinal ein Lächeln, das ihr amüsiert, wenn nicht eine Spur spöttisch vorkam.

»Es erstaunt mich, meine Tochter, dass du noch mit den papiernen Methoden arbeitest, die ich aus meiner eigenen Seminarzeit kenne. Ich glaube aber, es gibt heute effektivere Methoden, den möglichen Entscheidungen des Heiligen Geistes im Voraus auf die Spur zu kommen.«

Er erhob sich, ging an seinen Schreibtisch und klappte den Laptop auf. Mit einer Handbewegung wies er Lisa an, sich neben ihn zu setzen. Flink tippte er ein Passwort ein, um das Programm zu öffnen; ein nächster Code öffnete ihm einen extra geschützten Ordner. Danach präsentierte sich der verblüfften Lisa ein erstaunliches Bild: die Sixtinische Kapelle im fragwürdig bunten Gewand ihrer japanischen Restaurierung vor der Jahrtausendwende. An langen Tischen, deren Beine mit Vorhängen verhüllt waren, saßen darin die 122 wahlberechtigten Kardinäle in einer hervorragenden Computermontage. Lisa erkannte sofort den vor zwei Jahren ernannten Brasilianer und auch die drei neuen schwarzen Gesichter aus West- und Südafrika konnte sie identifizieren.

Mit einem Mausklick auf einen der Kardinäle, den Österreicher Alois Buchinger, öffnete sich eine wiederum bebilderte Biografie des Kirchenfürsten. Sie umfasste neben den Lebensdaten auch die Position des Kardinals in der kirchlichen Hierarchie, seine Mitgliedschaften in den verschiedenen Kongregationen sowie Stimmverhalten in deren Grundsatzentscheidungen. Auf dieser Grundlage konnte ein hervorragendes kirchenpolitisches Profil der jeweiligen Eminenz erstellt werden.

»Genial!« Lisa war sprachlos.

»Technik«, entgegnete der Kardinal. »Im Übrigen will ich dir nicht verbergen, dass ich für meine zweifellos untypischen Fertigkeiten auf dem Gebiet der Computerkünste ganz und gar meiner neuen Haushälterin verpflichtet bin. Sie ist die Informatikerin ihres Ordens und hat auch dessen Website entworfen. Das elektronische Bilderspiel stammt von ihr.«

»Und die Informationen von Ihnen ... Sie und Schwester Donata geben offensichtlich ein gutes Gespann ab!«

»Zweifellos, meine Tochter. Ich bin sehr glücklich über mein neues Spielzeug. Und Donata ist mehr als zufrieden, dass sie ihre raffinierten technischen Künste hier voll einsetzen kann.«
»Sie vertrauen Donata«, merkte Lisa an.
»In den engen Grenzen, die ein Leben im Vatikan meiner Fähigkeit zu vertrauen gesetzt hat. Was du hier siehst, ist eine intellektuelle Übung. Sie hilft mir, den Überblick zu bewahren und Tendenzen zu erkennen. Mein wirkliches Geheimarchiv ist woanders gespeichert.« Der Kardinal tippte vielsagend gegen sein Käppi und lächelte. Dann schloss er schnell das Programm. Lisa hätte gern mehr davon gesehen, aber sie kannte die Regeln. Immerhin wagte sie noch eine Frage.
»Das Profil von Kardinal Buchinger haben Sie mir nicht zufällig gezeigt.«
»Das wäre nicht meine Art.«
»Die Fundamentalisten haben an Boden gewonnen.«
»Das ist deine Schlussfolgerung. Aber leider muss ich dich jetzt bitten zu gehen, ich habe einige Rückrufe versprochen. Du kannst in den nächsten Tagen gern noch mal kommen. Ich werde dich anrufen.«
»Hoffentlich bald«, dachte Lisa etwas enttäuscht. Was sie erfahren hatte, reichte kaum für einen größeren Artikel – und sie hatte sehr auf eine ganze Seite in der Wochenendausgabe gehofft.
Zugleich war sie begeistert von dem Elan, mit dem der greise Kirchenfürst das Gebiet der Computer-Elektronik erobert hatte. »Was für ein beweglicher Geist in die-

sem alten Kopf«, dachte sie auf ihrem Rückweg. Dabei kam sie an Elenas Fitness-Studio vorbei. Durch einen verglasten römischen Torbogen blickte sie auf den merkwürdigen Anblick von schwitzenden Menschengestalten, die sich auf Laufbändern, an Cross-Trainern oder an gewaltigen Maschinen mit allerlei Gewichten mechanisch hin- und herbewegten, vor sich hin starrend, ohne miteinander zu reden, als seien sie selbst Bestandteil einer komplizierten mechanischen Maschinerie.

»All das erspare ich mir, weil ich jogge«, stellte Lisa zufrieden fest. Einen Moment lang erwog sie, Elena zu einem Espresso einzuladen und ihr von den Geschehnissen des Vormittags zu erzählen. Aber dann folgte sie einer anderen Eingebung. Sie steuerte die Restauratoren-Werkstatt an, aus der vor zwei Tagen ihr attraktiver Helfer aufgetaucht war, um ihren Koffer zu tragen.

Lisa fuhr vor, stellte den Motor aus, hob den Roller auf seine Stützen, setzte sich wieder auf den Sattel, verschränkte die Arme und blickte einfach nach vorn.

Sie brauchte nicht lange zu warten. Aus seinem dunklen Gewölbe tauchte der Restaurator auf. Er baute sich vor Lisa auf und grinste sie an.

»Welche Veränderung, *signora!*«, kommentierte er. »Gestern noch in Jeans und T-Shirt, heute in züchtigem Kostüm. Und einen römischen Roller haben Sie sich auch schon zugelegt. Kompliment! Und *il bambino?*«

»Bei meiner Freundin zu Hause.«

»Wie praktisch. Die Kinder werden geparkt, damit die *signora* shoppen gehen kann.«
»Ziemlich daneben, der Herr. Sehen Sie hier irgendwelche Einkaufstüten?«
»Eine Vespa hat viel Stauraum.«
»Dann überprüfen Sie den doch mal!«
»Dazu müsste ich Sie bitten abzusteigen, den Roller zu parken und mit mir einen Espresso zu trinken.«
»Nur, wenn Sie mir Ihren Namen verraten. Ich heiße Lisa.«
»Und ich bin Roberto.«
»Und mein Stauraum wird nicht kontrolliert, verstanden?«
»Das würde ich mir nie erlauben, zumindest noch nicht. Sie wissen doch, wie eifersüchtig italienische Männer sind.«
Lisa strahlte. Ihren doppelten Espresso hatte sie lange nicht mehr in der Gesellschaft eines so attraktiven Mannes getrunken.

3

Wie jeden Morgen erhob sich Don Gregorio in seinem spartanischen Apartment in der Vatikanstadt auch an diesem Tag um fünf Uhr früh. Er zog lockere, weiße Baumwollhosen und ein weites Hemd aus demselben Material an und begab sich ins Freie. Die ersten Morgenstrahlen sandten ihr zögerliches Licht über die vatikanischen Gärten und zeichneten schwach umrissene Gestalten von Schirmpinien, Palmen, Zypressen, Steineichen und Buchsbaumhecken gegen die Dunkelheit der Nacht ab. Mit vor der Brust gefalteten Händen schritt Don Gregorio gemessen dem Ort seiner morgendlichen Exerzitien entgegen.
Der Kleriker bewegte sich lautlos über die feuchten Rasenflächen des Parks. Etwas entfernt von den Gebäuden der Vatikanstadt erreichte er eine kleine, ebene Anhöhe. Ein dichtes Magnoliengebüsch, überdeckt und geschützt von den breiten, gefächerten Zweigen einer Zeder, begrenzte eine halbrunde Lichtung. Dies war der Tempel des Don Gregorio, seine persönliche Andachtsstätte in der Natur. Er schritt in die Mitte des Raums, zog seine Sandalen aus und setzte seine nackten Füße auf den feuchten, frisch gemähten Rasen. Die Schnittflächen der Grashalme gaben den Nervenenden unter

den Fußsohlen des Priesters ganz besondere, belebende Impulse und füllten seinen Körper mit vibrierender Energie, bis in die feinsten Verästelungen seines Gehirns. Don Gregorio kannte die wechselnden Kräfte, die sich der Erde mit den Mondphasen mitteilen. Er nutzte sie und plante sie ein.

Tief inhalierte Don Gregorio den Duft des frisch gefällten Grases: ein Sensenmann, der das subtile Aroma des Todes genießt. Dann begann er mit seinen Atemübungen. Der Kleriker fixierte die Kuppel des Petersdoms, die sich über den Wipfeln des Parks erhob, und begann, sein Gehirn von allen Gedanken und jeder Empfindung zu entleeren.

In lockerer Haltung, mit leicht geöffneten Beinen, konzentrierte er sich auf seinen Atem. Einer geläufigen Methode des Yoga folgend, pumpte er die Morgenfrische durch den linken Nasenflügel, während er den rechten mit dem Ringfinger geschlossen hielt, in seine Lungen ein und hielt die Luft für acht Sekunden an. Dann ließ er sie bei geschlossenem Mund zwölf Sekunden lang ausströmen. Das wiederholte er 40-mal, mit wachsender Konzentration.

Diesen Vorgang, den er alten fernöstlichen Kampfkünsten entlehnt hatte, verband er zunächst mit den fließenden, meditativen Bewegungen des Tai-Chi. In einer Figur, die »Der Jäger« heißt, hob er in Zeitlupen-Tempo den linken Arm, winkelte den rechten an und zog ihn nach hinten, als wolle er einen Bogen spannen. Wie ein Jäger peilte er ein Opfer an und schickte den imaginären

Pfeil seinem unsichtbaren Ziel entgegen. Hätte sich das Geschoss in diesem Moment in Materie verwandelt, wäre der klerikale Jogger, der plötzlich nur wenige Meter von Don Gregorio entfernt vorbeikeuchte, tödlich getroffen worden. Irritiert hielt der Priester inne, bis der Schall sich entfernt hatte.

Der junge, schwitzende Koloss hatte ihn jedoch dermaßen gestört, dass der Priester seine Tai-Chi-Übungen abbrach, um sich einer weit komplizierteren östlichen Kampfkunst, dem Bagua Chan, zuzuwenden. Vor vielen Jahren, als Missionar in Shanghai, hatte er die ausgeklügelten, komplexen und ineinander greifenden Bewegungsfolgen von einem chinesischen Meister gelernt. Unzählige spiralförmige Verdrehungen und Richtungsänderungen, blitzschnell und gleitend aneinander anschließend, eröffnen dem geübten Kämpfer einen Blickwinkel von 360 Grad. Jeder Angriff wird vorhergesehen und gekontert.

Ein Meister des Bagua Chan braucht keine Waffen, um seinen Gegner zu schlagen. Der Angreifer läuft ins Leere. Oder er prallt einfach mit seiner Attacke gegen eine sehr reale Wand. So sehr hatte Don Gregorio diese hohe Kunst verfeinert, dass er davon überzeugt war, sie auch gänzlich im Geiste, ohne seine physische Präsenz, ausüben zu können. Erste Versuche auf den weiten Korridoren der Zweiten Loggia im Apostolischen Palast hatten interessante Ergebnisse gebracht. Einer seiner Feinde, ein Monsignore der Kongregation für die Orientalischen Kirchen, war ohnmächtig niedergesunken, als Don Gregorio sich ein Stockwerk unter ihm darauf konzentriert hatte, ihm gedanklich einen Schlag gegen die Schläfe zu versetzen. Die ärztliche Untersuchung des Mannes hatte allerdings eher gewöhnliche Ursachen für seinen Schwäche-Anfall angenommen, nämlich Fettleibigkeit und zu hohen Blutdruck.

Dennoch hatte sich Don Gregorio in seiner Methode bestätigt gefühlt. Jetzt, im ersten Licht der Morgensonne, gestärkt von den Übungen der mentalen Kampfkunst, schritt er aufrecht und zügig durch den päpstlichen Park dem relativ modernen Apartmenthaus entgegen, das den Dienern des Kirchenstaates hinter den vatikanischen Mauern zur Verfügung steht.

Er duschte lange und sorgfältig und ölte anschließend seinen mageren Körper mit einer Essenz von Aloe Vera ein, die seiner alten Haut jugendliche Geschmeidigkeit gab. Aus seinem Schrank wählte er einen Satz blütenweißer Unterwäsche und ein maßgeschneidertes Klerikerhemd mit Kollar, dem gesteiften Stehkragen. Einer ledernen Schatulle entnahm er silberne Manschettenknöpfe, die seine Initialen trugen. Aus der akkurat ausgerichteten Reihe seiner sieben Soutanen zog er die vordere von ihrem Bügel. Auch dieser knöchellange Gehrock aus bestem Tuch entstammte der Werkstatt des römischen Maestro klerikaler Schneiderkunst, Vittorio Gammarelli, dessen Familie seit Generationen Päpste und Kleriker standesgemäß einkleidet.

In seiner penibel aufgeräumten, beinahe steril sauberen Küche bereitete sich Don Gregorio sodann einen Fruchtsalat aus Papaya, Mango und wilden Blaubeeren. Dazu trank er grünen Tee aus China, der aus dem biologischen Anbau seiner ehemaligen Missionsstation in Shanghai stammte. Langsam leerte der Priester mehrere Schälchen des edlen Getränks. Vom Fenster aus überblickte er die *via del S. Pellegrino*, die Hauptstraße der Vatikanstadt. Jetzt, kurz vor sieben Uhr früh, nahm die Zahl der schwarz gekleideten Männer, die ihren verschiedenen Tätigkeiten im Staat der katholischen Kirche entgegeneilten, deutlich zu.

Auch er stand auf und griff nach der schwarzen Tasche aus weichem Ziegenleder, die er am Vorabend für den neuen Tag akkurat gepackt hatte. Zügig schritt er dann dem Sankt-Anna-Tor entgegen, dem Haupt-Eingang des Vatikans. Die Schweizer Gardisten in ihrer blauen Alltagsuniform mit dem weißen, runden Kragen salutierten.

Über die *via della Conciliazione*, der breiten Prachtstraße, die Mussolini nach seiner Versöhnung mit dem Kirchenstaat in faschistischem Größenwahn hatte anlegen lassen, bewegte sich Don Gregorio auf den Tiber zu.

Einen kleinen Umweg in Kauf nehmend, überquerte er den Fluss über die Engelsbrücke. Schwarzafrikaner begannen bereits damit, dort ihren Bazar von Imitaten, Sonnenbrillen, Taschen und Schmuck, samt und sonders gefälschte Markenartikel, für die Touristen auszubreiten. Die Händler blickten nicht auf, als er vorbeieilte. Schnell war der Priester im Gewirr der römischen Altstadtgassen verschwunden.

Am nächsten Morgen wählte Lisa noch vor dem Frühstück die Nummer des Kardinals. Zu ihrer Überraschung nahm der Kirchenfürst selbst den Hörer ab. Er klang anders als sonst und sehr viel schwächer als üblich, fand Lisa besorgt.
»Komm bitte gleich, Lisa, wenn es geht. Ich habe Post erhalten, die mich ein wenig beunruhigt.«
Kaum zwanzig Minuten später parkte Lisa den Roller vor dem Stadtpalais an der *piazza delle Coppelle*. Kaum hatte sie geklingelt, als sich die Tür öffnete. Sie stürmte nach oben. An der einen Spaltbreit geöffneten Wohnungstür erwartete ihr Mentor seine Besucherin. Er ließ sie ein und verschloss die Tür zweifach.
»Und Schwester Donata?«
»Die ist zum Joggen im Pamphili-Park. Das passt mir ganz gut, wir bleiben ungestört. Ihren Schlüssel hat Donata dabei.«
»Eminenz, was ist geschehen?«
»Gleich, setzen wir uns erst einmal. Ein Glas Wasser?«
»Nein, danke. Bitte erzählen Sie mir von diesem Brief!«
»Er ist, kaum dass Schwester Donata gegangen war, unter meiner Wohnungstür hereingeschoben worden. Hier, lies selbst.«
Lisa faltete den Brief auseinander, der auf ungebleichtem, kariertem Papier geschrieben war.
»Der Block stammt aus vatikanischen Beständen. Ein Cervino-Block. Ist nirgendwo zu kaufen und wird direkt an das Staatssekretariat geliefert«, merkte der Kardinal an. Lisa versuchte derweil das Schriftstück zu ent-

ziffern, das in sehr großen, zittrigen Buchstaben und mit nach unten absinkenden Zeilen geschrieben war.

»Hochverehrte, gnädigste Eminenz!«, begann das Schreiben. »Verzeihen Sie, dass ich Ihre so unschätzbar kostbare Zeit in Anspruch zu nehmen wage, aber ich erlaube mir diesen Schritt in einer Angelegenheit, die Sie selbst betrifft. Es geht um Ihr und das Leben einer anderen Person, die ich nicht kenne, möglicherweise um eine Journalistin.

Ich war bis vor einem Jahr ein schlichter Bote im Staatssekretariat, musste aber meinen Posten aufgeben, weil sich mein Augenlicht nach einer Erkrankung dramatisch verschlechtert hat. Dafür ist aber mein Gehör weitaus schärfer geworden.

Ich stand also vorgestern in einer Schlange vor einem Schalter des Vatikanischen Postamts. Hinter mir warteten zwei Kleriker, die ich von meiner Arbeit her nicht kannte. Sie unterhielten sich flüsternd in einer mir fremden Sprache, aber es könnte Spanisch oder Portugiesisch gewesen sein. Mehrfach fiel Ihr Name, jedoch in einem Tonfall, der den hohen Respekt vermissen ließ, der Ihnen, Eminenz, in höchstem Maße gebührt. Dann vernahm ich auch den Namen Tisserant, der Ihnen genau wie mir bekannt sein dürfte. Sie werden sich daran erinnern, dass der Kardinal vor etlichen Jahren sehr plötzlich starb. Selbst wir, die Untersten der Unteren im Staatssekretariat, wussten von seinem Tagebuch, das er während seiner langen Tätigkeit in der Kurie penibel Tag um Tag geführt hat. Als er nach einer

nur zweitägigen Krankheit verschied, begann eine hektische Suche nach seinen Unterlagen, die aber nie gefunden wurden.
Bis ich am Schalter angelangt war, verstand ich noch ein Wort, das mit Journalismus zu tun haben muss. Ich verlängerte meinen Aufenthalt in der Warteschlange mit einer großen Zahl postalischer Einkäufe, aber die beiden ausländischen Kleriker schwiegen jetzt. Noch einmal bitte ich um Vergebung für die Störung Ihres gerade jetzt so wichtigen, umsichtigen Waltens in der Vorbereitung der Wahl des nächsten Heiligen Vaters, ich erflehe vom Allerhöchsten Schutz für Euer Gnaden und neige in Demut meine Knie vor Ihnen.«
Eine Unterschrift fehlte.
»Eminenz, ich verstehe, dass dieser Brief Sie beunruhigt«, sagte Lisa und bemühte sich um einen leichten Tonfall, obwohl ihr eigenes Herz ihr bis zum Halse schlug. Auch sie fand das Schreiben bedrohlich – nicht nur für den Kardinal ... Aber sie wollte ihren Mentor beschwichtigen und seine Sorge dämpfen. Und so klang sie sachlich und ruhig, als sie ihm erklärte: »Verzeihung, bitte halten Sie mich nicht für vorwitzig – sollten Sie nicht in Erwägung ziehen, dass der Inhalt des Schreibens möglicherweise harmlos sein könnte? Dass in gewissen Kreisen der Kurie nicht besonders gut über Sie gesprochen wird, dürfte Ihnen nicht neu sein. Der Name Tisserant sagt mir allerdings nichts.«
»Den solltest du aber kennen! Eugène Tisserant ist ermordet worden – eben wegen seiner Tagebücher. Da-

von sind etliche von uns in den höheren Etagen des Apostolischen Palastes absolut überzeugt. Wir haben seinerzeit eine interne Untersuchung des Falles gefordert, aber die hat es nie gegeben. Nicht einmal eine Autopsie.«

»Wie bei Johannes Paul I., dem lächelnden Papst, der trotz bester Gesundheit nach einer Amtszeit von nur 38 Tagen starb«, erinnerte sich Lisa an einen der berühmtesten, immer noch nicht aufgeklärten Todesfälle hinter den Leoninischen Mauern, und versuchte, in lockerem Tonfall weiterzusprechen: »Dennoch, Eminenz, ich bitte Sie, bleiben Sie ruhig. Wie gesagt, es fällt mir sehr schwer, Ihnen zu widersprechen. Wer bin ich, Ihnen Ratschläge zu erteilen? Dennoch: Die Interpretationen dieses Mannes sind abenteuerlich. Er beherrscht die beiden Sprachen nicht, von denen er schreibt, und lediglich aus einem vermeintlich bedrohlichen Tonfall, in dem über Sie und den verstorbenen Kardinal Tisserant gesprochen wurde, Schlüsse zu ziehen? Ich bitte Sie! Und wollen Sie wirklich glauben, dass vor dem Schalter eines öffentlichen Postschalters über Mordpläne gesprochen werden könnte, und sei es im Flüsterton? In einer Menschenschlange?«

»Das habe ich mir natürlich auch gesagt. Wahrscheinlich ging es einfach nur um Klatsch. Die beiden Kleriker werden irgendwelche Gerüchte gehört haben. Du weißt doch auch, in der beengten und im Grunde bürokratischen Welt der Kurie ist Klatsch ein Lebenselixier, das großen kommunikativen Handelswert hat.«

»Also vergessen wir das.« Lisa versuchte forsch zu klingen. Dabei jagte ihr das Wort Journalismus, das angeblich gefallen sein sollte, einen kalten Schrecken durch ihre Seele. Beim Gedanken an Jannie fühlte sie ihre Panik fast körperlich. Wenn ihr etwas zustieße, bliebe er, quasi vaterlos, ganz allein auf der Welt zurück. Sie fühlte sich wie in einen düsteren Dschungel verbannt, in dem von jedem Baum in jedem Moment eine hochgiftige Schlange auf ihren Kopf fallen könnte. Ihr Versuch, die Todesangst des alten Mannes zu mindern, schlug dennoch an.
»Du hast Recht, meine Tochter. Kehren wir zu unserem Thema zurück. Wo waren wir stehen geblieben?«
»Sie hatten, als wir uns gestern sahen, von fünf denkbaren Kandidaten für den Thron Petri gesprochen. Haben Sie Neuigkeiten?«
»Meine Prognose ist richtig. Allerdings hat wohl die Kandidatur des Brasilianers an Gewicht gewonnen. Es heißt, dass sich die Anhänger der Fundamentalisten auf seine Seite geschlagen haben. Und deren Bedeutung ist natürlich in der Kirche gewachsen, seitdem wir mit dem rabiaten Islamismus konfrontiert sind. Keine angenehme Vorstellung, dass wir tatsächlich auf einen neuen Glaubenskrieg zusteuern könnten!«
»Haben Sie eine Ahnung, wie sich das im Stimmenverhältnis und in der mögliche Dauer des Konklaves niederschlagen könnte?«
Der Kardinal schüttelte den Kopf, obwohl er darüber sicherlich längst nachgedacht hatte. Und an der Anzahl

der Anrufe, durch die ihr Gespräch unterbrochen wurde, war der hohe Wert seiner Meinung unter den Konklave-Beteiligten abzulesen.

Immer wieder musste Lisa den Raum wegen der vertraulichen Telefonate verlassen.

In der Küche suchte sie nach Gesellschaft, aber Donata schien nicht da zu sein. Also setzte sie sich auf ein Stühlchen im Flur und dachte nach. Die Journalistin sah ihre Aussichten auf eine ganze Seite in der Wochenendausgabe dahinschwinden. Aber während der Kardinal wieder einmal ein längeres Gespräch führte, das zu belauschen ihr die Redlichkeit verbot, fiel ihr ein möglicher Ausweg ein. Sie könnte doch einen historischen Bericht über die durchaus farbige und zuweilen düstere, wenn nicht gar skandalöse Geschichte des römischen Papsttums anbieten. Das würde selbst den überwiegend protestantischen Lesern ihrer schwäbischen Blätter gefallen!

Als sie nach dem Ende des Telefonats wieder eingelassen wurde, bat sie den Kardinal, aus dem umfassenden Schatz seines Wissens ihre dürftigen Grundkenntnisse aufzufüllen. »Gewählt wird also jetzt der 267. Papst, seitdem Petrus aus dem Kreis der 12 Apostel zum Stellvertreter Christi bestimmt wurde. Aber wann hat diese fast ununterbrochene Kette von Herrschern über die römisch-katholische Kirche begonnen? War das nicht erst Jahrhunderte nach der Kreuzigung Jesu?«

»Das stimmt. Aber leider, leider, auch hier, meine Tochter, bewegen wir uns auf sehr unsicherem Terrain. Die

Bezeichnung Papst gibt es erst seit dem 4. Jahrhundert. Es ist aber schwer vorstellbar, dass Jesus seinen Jüngern empfohlen haben könnte, dreihundert Jahre abzuwarten, bevor ein irdischer ›Stellvertreter‹ für den Gottessohn ausgesucht würde.«

»Aber irgendwann muss doch fester Boden in der Geschichte der Päpste erreicht worden sein. Das erste richtige Konklave, wann war das denn?«

»Das war im 13. Jahrhundert, und es fand in Umbrien, in Viterbo, statt. Damals hatten die Kardinäle schon drei Jahre lang an der Nachfolge herumgedoktert und es sich dabei außerordentlich gut gehen lassen.«

»Umbrische Trüffelgerichte zur leiblichen Stärkung, nehme ich an«, vermutete Lisa.

»Nach zwei Jahren war der Trüffelbestand selbst im weiteren Umkreis erschöpft. Die Bewohner Viterbos auch. Tagtäglich prassten wohlgenährte Kirchenfürsten von früh bis spät in der Kathedrale, während das Volk hungerte. Also wurden die Wähler erst einmal auf Diät gesetzt: Wasser und Brot.«

»Und das half?«

»Keineswegs. Die Kardinäle konnten sich immer noch nicht einigen. Immerhin ging es um einen der wichtigsten Posten der damaligen Welt neben dem Kaiserthron. Ein ständiges Hin und Her der Macht-Verteilung: Mal war der Kaiser vorne, mal der Papst. Um der endlosen Schacherei in Viterbo ein Ende zu setzen, wurden die Herren Kardinäle in der Kathedrale mit einem Schlüssel, also *con clave*, eingeschlossen. Daher auch der heutige Name der Wahlversammlung. Als das allein nicht half, deckten die zornigen Bürger Viterbos noch das Dach der Kathedrale ab. Der früh einsetzende Winter besorgte den Rest. Wenig später war der Papst gewählt, Gregor X.«

»Ziemlich wilde Zeiten in der Geschichte der Päpste folgten«, erinnerte sich Lisa.

»Das kann man wohl sagen. Jahrhundertelang wurde das höchste Amt der katholischen Kirche unter den führenden römischen Adelsfamilien, den Colonna, den Farnese, den Borgia und wie sie alle hießen, verschachert, eher versteigert. Der Meistbietende bekam den lukrativen Job. Auch das mehrfache Konkubinat, dem zahlreiche Kinder entsprossen, gehörte zum normalen Lebensstil der Päpste. Hast du mal das Porträt von Alexander VI. aus dem Clan der Borgia in den Vatikanischen Museen angeschaut?«

Lisa schüttelte den Kopf.

»Es stammt von Pinturicchio und zeigt ihn in aller Pracht, in seinem Mantel aus über und über mit Juwelen besticktem Goldbrokat. Ein abscheuliches Gesicht mit einer aufgedunsenen Wangen- und Kinnpartie, wulstigen Lippen und einem stechenden Blick. Die mit funkelnden Ringen bestückten Hände waren zu fett, um sie noch falten zu können. Er hatte zehn uneheliche Kinder, darunter den berüchtigten Cesare Borgia und seine Schwester Lucrezia, die sich in einer blutschänderischen Beziehung verbanden.

Ziemlich blutig verlief im Übrigen auch die Geschichte

der Konzilien. In weiser Voraussicht wählten unsere Kirchenväter in jenen düsteren Jahren gern Orte an großen Gewässern, Flüssen oder Seen aus, um die Entsorgung der vielen Toten zu gewährleisten, die bei den Fraktionskämpfen anfielen. Mir fällt da das Konzil von Konstanz am Bodensee im Jahr 1414 ein – einer Stadt, die auch die extra angereisten Prostituierten unterbringen konnte. An die 12 000 sollen es gewesen sein.«

»Ist das historisch verbürgt? Gibt es da wirklich Quellen für?«

Der Kardinal erhob sich und ließ seinen Blick über das Regal schweifen. Er suchte ein Buch, das er offenbar nicht besonders sichtbar ausgestellt hatte ... »Bitte, Lisa, du kannst es mitnehmen. Es ist kein sehr schmeichelhaftes Buch für die katholische Kirche. ›Gottes Erste Diener‹ stammt von einem ehemaligen englischen Priester namens Peter de Rosa. Seine Quellen sind beeindruckend.«

Lisa blätterte sofort darin. »Er greift ja auch andere schwierige Themen auf wie die Verfolgung von Hexen und Juden. Oder dieses Kapitel: ›Die Päpste, Pioniere der Scheidung.‹ O weh! Der Mann ist doch sicher exkommuniziert worden.«

»Er ist von selber aus der Kirche ausgetreten. Aber in einer Vorbemerkung sagt er: ›Obwohl ich die dunklen Seiten des Papsttums betone, ist dies das Werk eines Freundes, nicht eines Feindes.‹ Aber lassen wir das, meine Tochter. Was de Rosa beschreibt, und darin war er nicht mal der Erste, war damals der Abstieg der ka-

tholischen Kirche in den siebten, ach was, den neunten Kreis der Hölle. Heute befinden wir uns, freundlich ausgedrückt, in einer fortgeschrittenen Form des Purgatoriums. Aber lassen wir das und kehren wir in die Gegenwart zurück, auch wenn die für dich und mich unangenehme Überraschungen bereithalten könnte.«
»Also ist der Brief des Boten doch ernst zu nehmen?«
»Ich bin mir sicher. Und vor allem um dich mache ich mir Sorgen, meine Tochter. Ich bin alt. Meine Zeit ist bald abgelaufen. Ganz im Gegensatz zu dir und deinem kleinen Jungen. Ich empfehle dir dringend – halte dich fern von mir in diesen Tagen der Papstwahl. Eigentlich sollte ich dir sogar zur Abreise raten.«
»Eminenz, Sie wissen selbst, dass das nicht so einfach geht. Dann bin ich meinen Zeitungsjob los, auf immer.«
»Deshalb habe ich ja auch ›eigentlich‹ gesagt ... Also, falls es Nachrichten gibt, die du brauchen könntest, werde ich sie dir übermitteln. Durch eine uns beiden wohlbekannte Person. Adieu, meine Tochter.«
Als der Kardinal sich erhob und sie entließ, schloss er die junge Frau eine Spur länger als gewöhnlich in seine Arme.
Nachdenklich stieg Lisa die Stufen des Palais herab und hätte beinahe Schwester Donata übersehen, die von ihrer Joggingrunde zurückkehrte. Schweiß perlte über ihr gebräuntes Gesicht, das ärmellose Hemd und die Jogging-Hosen trieften. Die Muskeln an ihren Beinen bezeugten die regelmäßigen Läufe in den Parks von Rom.

Trotz der Sorge und der Angst, die auf ihrer Seele lastete, musste Lisa lächeln. Sie musterte die ungewöhnliche Kluft der Nonne und bemerkte trocken: »Jetzt kann ich aber keine Spur von einem Kreuz an Ihrem Outfit entdecken. Erlaubt das Ihre Mutter Oberin?«
»Sie ist weit weg ...«
»Wo joggen Sie denn?«
»Im Doria-Pamphili-Park, zwanzig Minuten per Fahrrad von hier. Das Gelände ist traumhaft für unsereinen.«
»Und noch dazu ganz in meiner Gegend! Die Sechs-Kilometer-Runde gefällt mir auch, die kenne ich auswendig.«
»Dann kommen Sie doch mal mit.«
Lisa zögerte. »Dazu muss ich erst mal sehen, wie sich die Beziehung zwischen meinem Sohn und der Tochter meiner Freundin entwickelt. Bisher ist das ein bisschen durchwachsen. Und natürlich bin ich durch das Konklave ziemlich eingespannt. Aber meine Nummer haben Sie ja. Der Kardinal will, aus ziemlich beängstigenden Gründen, sowieso nicht mehr, dass ich persönlich bei ihm auftauche. Er hat angedeutet, dass er mir gegebenenfalls Nachrichten über Sie übermitteln wird.«
Donata sah ihr Gegenüber erschrocken an. »Was Ernstes?«
»Ich fürchte, ja.«
»Aber laufen könnten wir doch trotzdem mal zusammen!«

»Klar, du hast Recht«, erwiderte Lisa, nach italienischer Art ohne Umstände vom formalen *Lei* zum *Tu* wechselnd.
»Also verabreden wir uns doch gleich«, schlug Donata vor. »Wie wäre es morgen früh um sieben am Eingangsportal des Pamphili-Parks? Und hinterher könnten wir uns einen Cappuccino plus *cornetto* in der Bar gleich hinterm Torbogen gönnen.«
»Die kenne ich! *Da Garibaldi* hat tolle Hörnchen! Früher war ich oft da«, sagte Lisa. Das »mit Simon« unterschlug sie.

Pünktlich um sieben Uhr am nächsten Morgen trafen sich Lisa und Schwester Donata vor dem imposanten rostroten Torbogen am Parkeingang, der in seiner barocken Pracht einem Triumphbogen gleicht. Das frühe Licht ließ die geschwungenen Rasenflächen smaragdgrün erstrahlen. Schirmpinien verströmten den Geruch nach frischem Harz. In einem sanften Bogen führte der Weg in das Zentrum des Parks. Nach ihren Dehnübungen begannen Lisa und Donata in mäßigem Tempo ihren Morgenlauf, vorbei an der üppigen Renaissance-Villa jenes römischen Kardinals aus dem Geschlecht der Pamphili, in der sich das luxuriöse Leben der damaligen Kirchenfürsten entfaltet hatte. Ein sorgsam geschnittenes Labyrinth aus Buchsbaumhecken umgab den schlossartigen Bau. Seinen prominenten Freunden hatte der Schöpfer der Anlage geschmeichelt, indem er ihre Porträtbüsten auf viereckigen Säulen entlang des Kieswegs aufgereiht hatte, der zum Portal der Villa führte. Ihre eingemeißelten Namen kannte heute niemand mehr.

Über den Park verteilt rieselten künstliche Wasserfälle über Felsformationen aus Tuffstein in kleine Teiche, auf denen würdige Schwäne ihre Bahnen zogen. Das Panorama des Parks glich einem Ölbild aus der Renaissance – nur die zahlreichen Jogger verbanden die künstlich geschaffene Landschaft mit der Gegenwart. Die beiden Frauen genossen das gärtnerische Gesamtkunstwerk, durch das sie liefen.

»Hier geht's uns noch gut«, bemerkte Lisa, weil der Weg gerade ganz eben verlief.

»Ich weiß, aber wir haben ein paar mörderische Steigungen vor uns.«

»Und gleich die breite Treppe mit ihren 40 Stufen ... «

»45 sind es«, korrigierte Donata. »Ich zähle sie jeden Morgen und es werden nicht weniger.«

»Glücklicherweise sind die Stufen flach.«

»Also los, wer als Erste oben ist«, rief Donata.

Es war schnell klar, wer gewinnen würde. Lisa schnaufte, zwang sich aber, den Lauf nicht zu unterbrechen. Sie lief jetzt hinter Donata. Und dabei fiel ihr plötzlich die lange, rote Narbe auf, die beim obersten Halswirbel begann und sich unter dem Sporthemd der Nonne fortzusetzen schien.

Lisa erschrak, aber sie wagte nicht danach zu fragen. Schweigend arbeitete sie sich weiter die Stufen empor. Schließlich fiel sie zurück, während Donata sie mit ver-

schränkten Armen am nächsten kleinen Brunnen erwartete.
»Kleine Pause?«, schlug die Nonne vor. Sie hielt ihren Kopf unter einen gusseisernen Wasserspeier, dessen oberes Ende als Kopf einer Wölfin geformt war. Freigiebig und ohne Unterlass strömte klares, kühles Wasser aus dem Maul des römischen Wappentiers.
Donata drückte ein Nasenloch auf der Schnauze des Tiers zu, worauf ihr das Wasser als kleine Fontäne entgegensprang. Auch Lisa trank einen Schluck. Erfrischt liefen die beiden weiter. Aber Donata verfügte eindeutig über die bessere Kondition.
Am Ende ihrer Runde, nachdem sie noch einen letzten Sprint zum Ziel durchgezogen hatten, setzten sie sich auf den Rasen und machten wiederum Dehnübungen. Frische Energie strömte durch ihre Körper, alles schien jetzt ganz einfach zu sein. Nur dass Lisa die Narbe nicht vergessen konnte …
»Jetzt haben wir uns den Cappuccino plus *cornetto* aber redlich verdient«, meinte Donata.
»Also auf zu Garibaldi.«
In der Bar, dicht hinter dem Torbogen, drängten sich Passanten, Jogger und andere Stammgäste, zu denen auch ein vollbärtiger Bettler gehörte. Der Mann hinter der Theke schwitzte, während er aus frischen Äpfeln, Orangen, Bananen oder Kiwis dickflüssige Säfte presste. Sein Bruder an der Kasse sah aus wie ein Enkel Garibaldis. Daher hatte die Bar auch ihren Namen. Gerahmte Lobeshymnen an der Wand stammten überwie-

gend von Stipendiaten der American Academy, die auf der anderen Straßenseite lag, darunter eine freundliche Widmung der amerikanischen Schriftstellerin Susan Sontag, die offensichtlich vor Jahrzehnten die Gastfreundschaft der Akademie genossen hatte.

Während Lisa in kleinen Schlucken ihre Saftmischung trank, betrachtete sie die bunte Schar von Gästen. Dabei bemerkte sie plötzlich den aufmerksamen Blick eines anderen Gastes, der offenbar ihr galt. Sofort sprang ihr bildliches Gedächtnis an. Krampfhaft bemühte sie sich um Erinnerung, aber der Speicher in ihrem Kopf schien leer zu sein. Sie sah wieder vorsichtig in die Richtung des jungen Mannes. Der senkte den Blick und widmete sich seinem Eisbecher. Lisa bemerkte, wie er seinen Löffel langsam von unten nach oben über die Eissorten in seiner Schale führte. Und an dieser fast rituellen Bewegung seines Löffels erkannte sie ihn wieder, den jungen Priester aus der *gelateria* am Hauptbahnhof.

»Kleinstadt Rom«, dachte sie.

Donata diskutierte unterdessen mit einem amerikanischen Professor. »Mir ist dieser klerikale Prunk, der uns hier umgibt, wirklich zuwider«, behauptete der. »Leute wie den Kardinal Pamphili hätten wir bei uns in den Staaten doch geköpft!«

»Ach, ihr unverbesserlichen Puritaner«, lachte die Nonne. »Sie wohnen doch selbst in der American Academy, die nun wirklich kein bescheidenes Bauwerk ist.«

»Das Gebäude stammt aus dem 19. Jahrhundert«, verteidigte sich der Kunsthistoriker.

»Und ist eine schlechte Kopie des Renaissance-Palais im Park«, konterte Donata.
»Sie kennen sich aus«, sagte der Amerikaner anerkennend. »Wollen Sie mir nicht die Gunst einer Stadtführung gewähren?«
»Wenn Sie mir versprechen, Ihre pseudodemokratischen Vorurteile in Ihrer Studierstube zurückzulassen, könnten wir darüber reden!«
Der Amerikaner betrachtete seine Landsmännin in ihrem knappen sommerlichen Jogging-Outfit nun ziemlich ungeniert. Donata schien das überhaupt nicht zu stören.
»Sie flirtet, und wie«, dachte Lisa und wunderte sich schon wieder. Als sie später an ihrem provisorischen Schreibtisch im Verein der Auslandspresse saß, entwischten ihre Gedanken immer wieder zu ihrem morgendlichen Lauf. Donata kam ihr ebenso attraktiv wie geheimnisvoll vor.
»Merkwürdige Mischung«, dachte Lisa. »Auf jeden Fall keine typische Nonne.« Und sie fand nun: »Mit der könnte ich mich richtig anfreunden.«

Im Laufe des Vormittags blätterte Lisa alle italienischen und die wichtigsten ausländischen Zeitungen durch. Exklusive Nachrichten über das Konklave fand sie nirgends. An der Bar lauschte sie bei einem doppelten Espresso den Gesprächen ihrer Kollegen aus aller Welt, die sie zum Teil noch vom Sehen her aus der Zeit kannte, in der sie in Rom studiert hatte. Von ihren italie-

nischen Kollegen hatten viele offenbar die Kunst der wilden Spekulation übernommen ...
Am Ende ergänzte sie ihren Bericht um die eher unbekannten dunklen Seiten des römischen Papsttums – um den »Abstieg in die Hölle«, von dem der Kardinal gesprochen hatte. Für ihren protestantisch-pietistischen schwäbischen Redakteur daheim setzte sie allerdings ein doppeltes Fragezeichen hinter diesen Absatz. Und prompt erschien dieser brisante Abschnitt auch nicht.

Als Lisa am frühen Nachmittag die Wohnung ihrer Freunde betrat, schallte ihr aufgeregter Kinderlärm entgegen. Chiara schrie: »Ich war das nicht!« Jan schluchzte. Er presste seinen Elefanten an sich. Aus dessen aufgeschlitztem Bauch quoll die gelbliche Füllung. Moni blickte betroffen.
»Wir haben den Elefanten im Garten gefunden. Jan hat ihn auf die Schaukel gesetzt, bevor wir zum Schwimmen gingen, damit er sich nicht langweilt!«
»Jannie, Chiara kann es gar nicht gewesen sein, ihr wart doch zusammen weg«, versuchte Lisa ihren Sohn zu beruhigen.
»Warum sollte sie auch?«, ergänzte Moni. »Sie hat sich im Schwimmbad sehr lieb um Jan gekümmert. Sie hat ihn allen ihren Freunden vorgestellt und gesagt, dass Jan ihr deutscher *fidanzato* sei.«
»Das tun alle italienischen Mädchen, sobald sie ihr fünftes Lebensjahr erreicht haben! Aber wer um alles auf der Welt schlitzt einem Stofftier den Bauch auf? Das

ist doch krank!« Liebevoll tröstete sie ihren Sohn und versprach: »Pass auf, Jan, der Elefant geht mit mir zum Doktor und danach ist er wieder heile. Nur ein Pflaster muss er noch am Bauch tragen, okay?«
»Ich koche den Kindern zum Trost einen Pudding«, kündigte das Au-pair-Mädchen an.
Lisa nickte. Sie ging ins Wohnzimmer und öffnete den Schrank, in dem Elena ihren Nähkasten, eine ehemalige Keksdose aus Blech, aufbewahrte. Dann griff sie sich den Elefanten, legte eine CD mit einem Konzert von Mozart ein und begann, den aufgerissenen Bauch des Plüschtiers sorgfältig zu nähen. Mit jedem Stich begann ihre Furcht zu wachsen. »Das ist doch kein Zufall! Da streifen doch nicht irgendwelche Geisteskranken durch Rom, um Kinderspielzeug zu zerstören. Jemand muss Jannie mit Elebam gesehen haben. Und das ist ein Wink an meine Adresse!«
Dennoch wehrte sie sich gegen diese Vorstellung und hatte merkwürdigerweise auf einmal die Stimme ihres Vaters im Hinterkopf. Als sie vor Ewigkeiten mit vier oder fünf Jahren einen Streit ihrer Eltern belauscht hatte, hörte sie ihren Vater sagen: »Meine Liebe, du neigst zu Paranoia. Das kennen wir beiden doch zur Genüge!«
Die beiden Kinder hörten sich in der Küche schon wieder friedlich an. Lisa erkannte den Reim, mit dem zerstrittene römische Kinder einen Friedensschluss besiegeln: »*A managia diavoletto, che c'ha fatto litiga ... pace, pace, libertà ... con i soldi di Papa ci compriamo baccha-*

la«, deklamierte Chiara. Als Moni Jan erklärte, dass es sich bei der Versöhnungsleckerei in dem Lied um getrockneten Fisch handelte, rief Jan erwartungsgemäß: »Igitt!« Und die Vorstellung von getrocknetem Fisch lenkte ihn zusätzlich von seinem Kummer um den Stoffelefanten ab.

Seine Mutter hatte inzwischen einen Entschluss gefasst. Sie wählte kurzerhand Simons Nummer und kündigte an: »Wir sind vorgestern eingetroffen. In einer Stunde kommen wir vorbei.« Bevor der katholische Pfarrer auch nur leise protestieren konnte, hatte sie schon aufgelegt.

Die Kinder verspeisten unterdessen den Pudding mit Kirschkompott, wobei der geheilte Elefant ganz offensichtlich den Duft der Kinderspeise genoss und dazu mit Lisas Stimme zufrieden brummte … Chiara war entzückt.

»Ich fahre jetzt mit Jan zu einem Freund von mir«, verkündete Lisa und eröffnete ihrem Sohn: »Du darfst mit mir auf dem Roller fahren.«

»Cool«, sagte Jan tapfer. Aber seine Mutter hatte ihm in Deutschland schon so viel vom Vespa-Fahren vorgeschwärmt, dass die Vorfreude auf das Abenteuer seine Furcht besiegte. Chiara sprang auf und holte ihren eigenen Schutzhelm. Jan neigte bedächtig den Kopf, und seine neue Freundin setzte ihm den Helm wie eine Krone auf.

Zu viert schritten sie vors Haus. Der Roller wurde von seiner schweren Eisenkette befreit, mit der er an den

Zaun gefesselt worden war. Lisa stieg auf und Moni setzte den Jungen auf den Soziussitz hinter seiner Mutter. Seine dürren Ärmchen schlangen sich fest um ihre Taille. Die Zurückbleibenden klatschten und winkten, dann entglitten Mutter und Sohn ihrer Sicht. Nach ein paar hundert Metern spürte Lisa, wie der Druck von Jans Armen sich entspannte. An einer roten Ampel drehte Lisa sich um und fragte: »Na, wie findest du das?«

Jan strahlte. »Cool«, sagte er wieder, und dieses Mal klang es echt.

Lisa steuerte den Roller durch den donnernden Verkehr auf der Olympica in das Neubau-Viertel an der *via Aurelia*. Es war in den 50er-Jahren entstanden, im internationalen Einheitslook der damaligen Zeit, die deutsche Städte mit ähnlichen Wohnkasernen geprägt hatte. Sie bog ab, fuhr um mehrere Ecken und landete schließlich vor einer Kirche aus Beton, deren stählerner Turm einem Überland-Strommast ähnelte. In dem einstöckigen Flachbau hinter dem Gotteshaus waren das Gemeindebüro, ein schmuckloser Veranstaltungssaal sowie die Wohnung des Pfarrers untergebracht.

Im Innenhof spross Unkraut zwischen den Betonplatten, die ihn pflasterten. Zwei struppige Palmen sowie eine mit roten Geranien gefüllte Plastikschale verliehen dem trostlosen Ambiente einen Hauch von gärtnerischem Dekor. Lisa parkte den Roller, hob ihren Sohn vom Soziussitz, nahm ihn bei der Hand und steuerte auf das Kirchenbüro zu. Simon kam ihr entgegen. Er schloss Lisa in die Arme und küsste sie auf beide Wangen. Zu leicht, fand sie.

Jan sah aufmerksam zu. »Erinnerst du dich an Simon?«, fragte seine Mutter. Jans Blick blieb leer. Er schüttelte den Kopf.

»*Ciao, bello*«, sagte der Fremde zu ihm.

Die kleine Nicht-Familie begab sich in das Büro des Priesters. Eilfertig erschien eine ältere Frau, Sekretärin und Haushälterin in einer Person, und bot Espresso an. Neugierig fiel ihr Blick auf Mutter und Sohn. Dass der Kleine mit seinen hellblauen Augen und dem dunkelbraunen Haar ihrem Vorgesetzten ähnlich sah, entging ihr nicht.

»Ich habe mit der Dame aus Deutschland etwas zu besprechen, Philippa«, sagte der Priester. »Können Sie sich ein paar Minuten mit dem Jungen beschäftigen?«

Erschrocken sah Jan seine Mutter an. Aber Lisa nickte ihm beruhigend zu und sagte: »Geh nur, Jan, ich komme gleich nach. Und bestimmt gibt es bei Philippa auch eine Limonade für dich! Vielleicht sogar mit einem Strohhalm?«

Die Haushälterin nickte, griff einen Becher mit Buntstiften vom Schreibtisch ihres Chefs, nahm paar Blatt Papier aus dem Drucker und entschwand mit dem überrumpelten Jungen in der Küche.

Ein paar Sekunden lange herrschte Stille zwischen seinen Eltern. Durch die Fenster des Büros drang der Straßenlärm. Wenn ein Laster vorbeidonnerte, schepperte das Glas leicht. Sonst herrschte Stille.

»Er ist so gewachsen«, sagte Simon schließlich.

»Das tun alle Kinder, sofern sie regelmäßig gefüttert werden«, erwiderte Lisa und ärgerte sich selbst sofort über die Schärfe in ihrem Ton.

»Kommt er klar?«

»In seinem Kindergarten gibt es viele Scheidungswaisen.«

»Furchtbares Wort.«

»Aber die anderen Kinder sehen ihre Väter wenigstens dann und wann.«

»Ich habe euch dreimal besucht!«

»Zweimal. Die halbe Stunde auf dem Bahnhof von Stuttgart zählt nicht.«

»Warum hast du ihn überhaupt mitgebracht? Du bist in diesen Tagen doch ständig unterwegs, oder?«

»Ich kann dir sagen, warum: Deine Mutter hat mich dazu überredet.«

»Sie sollte sich nicht einmischen!«

»Entschuldige mal bitte! Ohne ihre gütige Einmischung wäre ich ganz und gar verloren! Ich hatte gehofft, du würdest dir etwas Zeit für ihn nehmen!«

»Wie soll ich das denn einrichten?«

»Ich muss mich immerzu einrichten. Jetzt bist du mal dran.«

»Wir haben doch eben gesehen, dass ich ein völlig Fremder für ihn bin.«

»Dann wird es endlich mal Zeit, dass du das änderst! Zieh diesen blöden Priester-Schlafrock aus, wirf dich in Jeans und fahr mit deinem Kind ans verdammte Meer!«

»Und wie willst du ihm das erklären?«
»Überhaupt nicht. Du bist ein Freund. Du hast eine Überraschung für ihn. Und du fährst mit ihm ans Meer. Basta.«
Lisa kochte vor Wut und zugleich war sie enttäuscht. Es hätte so viel zu sagen gegeben, so viele unausgesprochene Hoffnungen, Wünsche und Erwartungen. Aber anstatt miteinander zu sprechen, eine gemeinsame Wellenlänge zu suchen, kreuzten Simon und sie die Klingen. Es war zermürbend. Dazu kam plötzlich ihre Angst zurück, greifbar. Sie änderte ihren Ton.
»Simon, ich bin nicht gekommen, um mit dir zu streiten. Ich muss mit jemandem reden. Seit meiner Ankunft passieren seltsame Dinge, die ich nicht einordnen kann. Elena und Ollie können mir nicht helfen. Ich will sie auch nicht beunruhigen – ich weiß nicht mal, ob ich mir alles nur einbilde.«
»An deine lebhafte Phantasie kann ich mich gut erinnern. Was ist denn passiert?« Wenn Simon von dem plötzlichen Stimmungsumschwung überrascht war, ließ er sich das jedenfalls nicht anmerken. Bei Lisa gewann er einen ersten winzigen Sympathiepunkt seit langer Zeit auf seinem Konto.
»Es könnte wirklich alles belanglos sein«, gab Lisa zu. »Dennoch, gleich am ersten Abend bei Elena und Oliviero habe ich kurz hintereinander drei komische Anrufe bekommen, von Leuten, die geatmet, aber nichts gesagt haben.«
»Solche Anrufe kriegen Frauen doch wohl öfter!«

»Aber nicht, wenn sie gerade in einer fremden Stadt eingetroffen sind. Zwei weitere Anrufe kamen gestern Vormittag dazu. Dann bin ich auf Ollies Roller zur Eminenz gefahren, du weißt, an der Piazzetta delle Coppelle. Dabei ist mir ein langes schwarzes Auto zuerst gefolgt und hat mich dann so dicht geschnitten, dass ich auf den Bürgersteig geflüchtet bin.«
»Wie ich deine Fahrweise kenne, wollte der Fahrer vielleicht nur abbiegen, während du rechts überholt hast. Hast du das Nummernschild denn gesehen?«
»Klar. SCV – *Stato della Città del Vaticano*. Die Ziffern weiß ich natürlich nicht mehr.«
»Und gab es noch andere mafiöse Verfolgungen, die du in unserer Ewigen Stadt erlitten hast, seitdem du dich wieder auf ihrem heiligen Boden bewegst?«, erkundigte sich Simon und klang nun leicht ironisch.
»Ich treffe immer wieder auf einen jungen, pausbäckigen Priester. Als ob der meinen Spuren folgen würde ... «
»Er hat wahrscheinlich Keuschheitsprobleme. Du mit deiner roten Mähne!«
»Aber es waren so unterschiedliche Orte. Als Erstes saß er in der *gelateria* am Hauptbahnhof, löffelte Eis und hat mich beobachtet. «
»Klar, sag ich doch – die attraktive junge Deutsche!«
»Aber das war vorgestern. Heute morgen war ich mit der Haushälterin der Eminenz in Pamphili-Park joggen.«
»Augusta joggt jetzt? Ich sollte mal deine Temperatur messen!«

»Ach, Simon, Augusta ist im Ruhestand, schon seit einem Jahr. Die neue *perpetua* ist eine junge amerikanische Nonne.«
»Und die joggt halb entkleidet mit dir? Kein Wunder, dass die Ordenswelt zum Teufel geht«, spottete Simon.
»Ziemlich ganz entkleidet«, ergänzte Lisa trocken.
»Nach unserer Runde waren wir jedenfalls auf einen Saft bei Garibaldi … «
»Wie wir früher.«
Lisa hörte einen Hauch von Nostalgie in Simons Stimme. Endlich einmal merkte man auch ihm an, dass er sich noch an eine gemeinsame Zeit erinnern konnte!
»Da saß dieser junge Priester jedenfalls schon wieder und löffelte Eis.«
»Scheint ein Süßmaul zu sein, das seine Sehnsucht nach attraktiven, jungen Frauen sublimiert.«
»Simon! Der Kerl hat mich nicht aus den Augen gelassen. Und eben, auf der Fahrt zu dir, habe ich ihn im Rückspiegel gesehen.«
»In der bedrohlichen schwarzen Limousine?«
»Lass diesen zynischen Tonfall! Verdammt, das hab ich immer schon gehasst«, wehrte sich Lisa. »Nein, der Junge folgte mir auf einem Roller. Zwar nicht sehr gut, er ist kein Großstadtfahrer. Aber irgendwie hat er immer wieder aufgeholt. Bis hierher zur Kirche hat er mich begleitet. Dann zog er ab.«
»Mal sehen, ob er auf deinem Rückweg wieder auftaucht.« Simons Stimme klang jetzt etwas ernster.
»Das war ja noch nicht alles. In der ersten Nacht hat

mir jemand durchs offene Fenster in Olivieros Arbeitsraum ins Gesicht geleuchtet.«
»Ein Einbrecher auf nächtlichem Streifzug?«
»Das haben Elena und Ollie auch gesagt. Aber sie haben mich doch lieber aus dem Studio ins Haus geholt. Und Ollie hat mich mit einem doppelten Whiskey abgefüllt, damit ich wieder schlafen kann. Aber das Schlimmste war gestern passiert. Als ich nach meinem zweiten Besuch beim Kardinal zu Hause ankam, war Jannie in Tränen aufgelöst. Er hatte Elebam im Garten auf die Schaukel gesetzt, damit er sich nicht langweilt, während er mit Chiara und der Babysitterin zum Schwimmen war.«
»Er hat den Elefanten immer noch?«, fragte Simon dazwischen.
»Er weiß, dass sein Papa ihm Elebam geschenkt hat.«
»Aber mich erkennt er nicht.«
»Da siehst du mal«, erwiderte Lisa. »Auf jeden Fall: Als die drei vom Schwimmen zurückkamen, lag der Elefant im Garten und jemand hatte ihm den Bauch aufgeschlitzt. Es sah furchtbar aus!«
»War das arme Tier denn noch zu retten?«
»Ich habe ihn gestopft.«
»Mit deinen beiden linken Händen? Das will was heißen!«
Lisa sprang auf: »Du nervst. Und du hilfst nicht. Du *willst* mir nicht helfen. Ich hätte es wissen sollen.« Und schon war sie auf dem Weg zur Tür. Aber da erhob sich Simon aus seinem abgewetzten Sessel, trat einen Schritt

auf sie zu und nahm sie in die Arme. Impulsiv legte sie ihren Kopf gegen seine Schulter, die sich fast wie früher anfühlte. Und ohne dass sie es verhindern konnte, strömten ihr Tränen über die Wangen.

»Was du erzählst, könnte schon ein Muster ergeben«, sagte Simon. »Jemand will dich einschüchtern. Aber warum? Eine kleine Provinzjournalistin aus Deutschland ... Deine Verbindung zum Kardinal hast du doch streng geheim gehalten?«

»Selbstverständlich. Aber natürlich ist in der Kurie bekannt, wo er steht. Und dass er meine wichtigste Quelle für das Pädophilie-Buch war, kann sich natürlich bei gewissen Leuten herumgesprochen haben. Aber jetzt? Er wählt ja nicht mal mehr mit.«

»Aber er ist ein *grande elettore*.«

»Das habe ich selbst mitbekommen. Ich war zweimal bei ihm, und das Telefon klingelte immerzu. Dabei hält er sich ja eigentlich bedeckt und lebt ganz am Rand des päpstlichen Hofstaats.«

»Aber er weiß wahrscheinlich eine Menge über die *papabili* ...«

Lisa war kurz versucht, von ihren Gesprächen mit dem Kardinal zu erzählen, beherzigte aber dessen Warnung und antwortete: »Ich hatte das gehofft, aber er hat mir nicht viel gesagt. Wir haben nur über das Für und Wider der fünf wichtigsten Anwärter auf das Amt gesprochen. Darunter sind allerdings einige ziemlich üble Figuren.«

»Ich weiß. Der Kardinal von La Paz.«

»Das ist also selbst bis in deine Vorstadt-Gemeinde gedrungen!«

Simon lächelte. »Auch wir vom Bodenpersonal des Herrn beschäftigen uns mit dem Kandidaten-Lotto. Komm, ich zeige dir mal mein Zuhause.«

Aus der Küche klang Jans helle Stimme. Er lachte. Philippa hatte einen Apfel rundum geschält – so perfekt, dass sie dem kleinen Jungen eine wippende Spirale vor das Gesicht halten konnte. Wenn er wie eine kleine Katze danach griff, zog die Haushälterin ihr Kunstwerk nach oben. Das amüsierte beide.

Lisa und Simon betrachteten die entspannte Szene von der Tür aus. »Hör mal zu, Jannie«, begann Simon. »Ich weiß, du erinnerst dich nicht gut an mich. Aber vielleicht würde es dir Spaß machen, morgen oder übermorgen mit mir nach Ostia an den Strand zu fahren? Deine Mama hat in diesen Tagen ganz viel zu tun. Und ich freue mich, wenn jemand mal wieder mit mir Fußball spielt!«

»Kannst du denn Fußball spielen in deinem komischen Kleid?«, fragte das Kind skeptisch.

»Das ziehe ich einfach aus. Ich ziehe Jeans an, genau wie du.«

Jan sah seine Mutter fragend an. Die lächelte ermunternd. »Vielleicht nehmt ihr ja Chiara mit?«

»Nein«, antwortete Simon überraschend. »Das wird ein Männer-Ausflug. Nur wir zwei. Philippa gibt uns belegte Brote und Saft mit.«

Als Lisa und Jan in die Wohnung ihrer Gastgeber zurückkehrten, fanden sie einen Zettel auf dem Tisch.
»Wir sind einkaufen. Eine Donata hat angerufen. Sie hat geweint. Und du sollst sie sofort anrufen. Die Nummer hast du, sagte sie. Bis später, Moni.«
Lisa wählte die Nummer des Kardinals. Ihr Herz raste.
»Bitte, geh dran!«, flüsterte sie beim Wählen vor sich hin.
Aber Donata war mit dem ersten Klingeln am Telefon.
»Er ist tot, ermordet«, flüsterte sie auf Englisch. »Kannst du kommen? Ich habe die Polizei noch nicht gerufen.«
»Tu das. Sofort!«
»Ich will nicht allein sein mit den *carabinieri*.«
»Gut, ich beeile mich. Aber es wird zwanzig Minuten dauern, selbst mit dem Roller.«
»Hauptsache, du kommst. Ich habe Angst.«
»Ruf bitte die Polizei!«
Lisa musste sich setzen. Ein Frösteln überzog ihre Haut und die Wohnzimmer-Einrichtung drehte sich vor ihren Augen. Ihre Gedanken überschlugen sich. Was genau war geschehen? Wann hatte Donata zum ersten Mal angerufen? Wie sollte sie die Rollerfahrt überstehen? Und vor allem: wohin mit Jannie?
Aber wenigstens diese Frage löste sich fast von selbst. Der kleine Junge war ins Wohnzimmer gelaufen und hatte eine Kassette in den Video-Recorder geschoben, deren Anfang er am Vorabend gesehen hatte. Ganz versunken kuschelte er sich vor dem Fernseher ins Sofa. Fast gleichzeitig drehte sich ein Schlüssel im Schloss.

Moni und Chiara kehrten zurück. »Himmel, siehst du blass aus!«, sagte das Au-pair-Mädchen besorgt.
»Ich weiß. Moni, ich muss los, eine Freundin braucht Hilfe. Sofort. Kannst du dich um Jan kümmern?« Mit dem Nicken des Au-pairs griff Lisa auch schon nach dem Helm. Anders als mit einem Roller wäre sie um diese Zeit nicht an ihr Ziel gelangt. »Ich denke nur an die Straße«, beschwor sie sich, als sie losbrauste.
Über die *piazza delle Coppelle* war ein infernalisches Chaos hereingebrochen. Wirbelnde Blaulichter blitzten, Sirenen kündeten Verstärkung für die Polizei an. Parkende Autos, die den Autoritäten im Wege standen, wurden wenig zimperlich unter Hinterlassung beachtlicher Schäden beiseite geschoben. Die Marktleute räumten eiligst ihre Stände. Und dann kam der Moment, den Lisa so gefürchtet hatte: Ein Blechsarg wurde in eine Ambulanz gehoben. Dumpf knallten die rückwärtigen Türen zu und Sekunden später war das Fahrzeug verschwunden.
Lisa stürmte die Steintreppen hoch.
Vor der Wohnungstür stellte sich ein schmächtiger Polizist der jungen Frau in den Weg. »Einen Ausweis, bitte!«
Lisa entschied sich blitzschnell. »Ich bin eine Nichte des Kardinals«, antwortete sie mit einem flehenden Blick. Sie wusste sofort, dass ihr deutscher Akzent ihre Aussage in Frage stellen würde, aber vielleicht half ihr eine Portion weiblicher Hilflosigkeit weiter? »Aus dem deutschen Zweig der Familie. Ich bin gerade in Rom, um

ihn zu besuchen. Hätten Sie bei einer so furchtbaren Nachricht als Erstes an einen Ausweis gedacht?«
Wortlos rückte der Wachmann zur Seite. Lisa stürmte in den Korridor. Donata saß bleich und regungslos auf einem Stuhl. Jemand hatte ihr ein Glas Wasser in die Hand gedrückt. Sie war noch in ihrem Jogging-Outfit und trug lediglich einen Bademantel darüber.
Lisa blickte durch die offene Flügeltür der Bibliothek auf ein Bild der Verwüstung. Reihenweise hatten Unbekannte die sorgfältig vom Hausherrn geordneten Bücher aus den Regalen geworfen und den Inhalt der Schreibtisch-Schubladen darüber ausgekippt. Aus geöffneten Aktenordnern waren, offensichtlich in größter Hast, Papiere herausgerissen worden. Einzelne Blätter lagen verstreut auf dem Boden. Vor dem Lesesessel des Kardinals war Blut in den Teppich gesickert. Der große Fleck glänzte noch ein wenig.
Donata wirkte wie betäubt. Sie umklammerte Hilfe suchend ihr Glas Wasser, aber sie trank nicht daraus. Umgeben von jüngeren Kriminalbeamten, stand ein Beamter vor ihr: »Sie wollen hier Haushälterin gewesen sein? Dient man heute in einem solchen Aufzug einem Kardinal?«
Lisa antwortete für die Freundin. »Sie war im Pamphili-Park. Mit mir. Schwester Donata joggt jeden Morgen dort.«
»Finden Sie das passend? Halbnackt in einem Park herumzurennen, während ihr Dienstherr wahrscheinlich auf sein Frühstück wartet? Vielmehr gewartet hat?«

»Wollen Sie hier mit uns die Verhaltensregeln von katholischen Haushälterinnen diskutieren?«, schoss Lisa zurück.

»Wir müssen die Rolle dieser Dame klären! Und die Fragen stelle ich hier. Apropos: Wer sind Sie denn überhaupt?«, herrschte der Polizist die Journalistin an.

Aber so schnell ließ sie sich nicht einschüchtern. »Erst mal sollten Sie sich vorstellen! Ich bin deutsche Staatsbürgerin und schulde Ihnen überhaupt keine Auskunft, noch dazu ohne Rechtsbeistand. Ich rufe jetzt die deutsche Botschaft an.« Lisa zog ihr Handy aus der Tasche und tippte eine erfundene Nummer ein.

Der Beamte beobachtete die couragierte junge Frau. Ihr Selbstbewusstsein imponierte ihm ebenso wie ihre rote Haarmähne. Dann fiel ihm etwas auf. Rasch nahm er ihr das Handy aus der Hand, blickte auf die Nummer und sagte: »Diese Nummernfolge gibt es in Rom nicht. Das wissen Sie als gute deutsche Staatsbürgerin wahrscheinlich nicht. Aber Sie haben Recht, ich hätte mich legitimieren sollen. Welchen Eindruck müssen Sie von der italienischen Polizei gewonnen haben?« Er zückte seinen Dienstausweis. Und jetzt lächelte er sogar.

»Also beginnen wir einfach noch mal von vorn. Ich bin Kommissar Nicoló Santini, Hauptkommissar bei der Mordkommission. Und mein Assistent heißt Umberto Pratolino, Doktor der Politik- und Sozialwissenschaften.«

Entwaffnet zückte Lisa ihren kleinen, jedoch prächtig in Leder gebundenen und mit einem Goldwappen ver-

sehenen Ausweis des römischen Vereins der Auslandspresse.
Santini studierte ihn sorgfältig, dann sagte er: »Hier fehlt der Stempel für das laufende Jahr. Damit ist dieses Dokument genau genommen ungültig, junge Frau!«
»Ich bin erst vor ein paar Tagen angekommen und hatte bisher keine Zeit, im Sekretariat der Auslandspresse vorbeizugehen«, verteidigte sich Lisa. »Dafür bin ich aber mit einiger Sicherheit die Letzte, die mit Seiner Eminenz geredet hat, zumindest über Fachfragen.«
»Das stimmt«, rief Donata dazwischen.
Lisa fuhr etwas verschnörkelt fort: »Der Kardinal hat mich in den jüngsten Jahren mit seinem Vertrauen geehrt. Noch vorgestern hatte er die Güte, mir einige seiner Ansichten über die wichtigsten Kandidaten für den Thron Petri zu gewähren. Natürlich mit der Auflage, ihn nicht zu zitieren.«
Der Kommissar grinste. »Sie brauchen nicht so geziert zu reden, wenn es um den Toten geht, ich bin kein Kleriker. Und im Übrigen herrscht absolute Nachrichtensperre, was den Kardinal betrifft. Das gilt auch für Sie, Schwester!«
Er reichte Donata ein Paar Gummihandschuhe und grüne Plastikhüllen für die Schuhe. »Gehen Sie in Ihr Zimmer, berühren Sie so wenig wie möglich und nehmen Sie mit, was Sie an persönlichen Dingen brauchen. Ihren Pass muss ich behalten. Ich erwarte Sie beide morgen früh um 11 in der Präfektur, *piazza Inerio* 1. Melden Sie sich bitte beim Empfang.«

»Am Samstag?«, fragte Lisa.
»Jawohl, am heiligen Wochenende. Bei uns werden derzeit Sonderschichten gefahren, meine Liebe!«
Als Donata Minuten später wieder erschien, trug sie einen knöchellangen, grauen Rock, eine Kostümjacke aus dem gleichen Stoff und darunter eine weiße Bluse. Das Kreuz war nun gut sichtbar. Sie trug es an einer langen Kette um den Hals: unverkennbar eine neuzeitliche Nonne. Lisa nahm ihr das leichte Plastikköfferchen ab und verstaute es im Gepäckfach des Rollers.
Die beiden Frauen steuerten ein kleines Café in einer Seitenstraße an, die von den Touristenströmen verschont geblieben war. Donata berichtete ihrer Freundin in kurzen Sätzen, was in den wenigen Stunden geschehen war, seitdem diese den Kardinal verlassen hatte. Aber viel zu schildern gab es nicht – den Tatort hatte Lisa ja selbst gesehen. Danach rührten sie stumm in ihren Espresso-Tassen.
»Ich brauche eine Zigarette«, sagte Donata leise. »Dann müssen wir uns nach draußen setzen«, erwiderte Lisa. Sie stand auf und kam mit einem Tellerchen zurück, auf dem der Barbesitzer einige Zigaretten nebst einer Schachtel Streichhölzer auf einer Papierserviette drapiert hatte. »Fehlt nur ein Blümchen!«
Gemeinsam zogen sie auf das Trottoir um, wo sich die Tische des Cafés seit dem staatlichen Rauchverbot in Cafés und Restaurants magisch vermehrt hatten. Doch das Entsetzen in ihren Seelen ließ sich nicht in Tabakrauch auflösen: Der alte Mann, der ihnen so nahe

gestanden hatte, war aus ihrem Leben verschwunden, grausam und ohne Abschied.

»Ich hätte mit Ollie über den Brief sprechen sollen. Der kennt sich doch aus im Umgang mit den Behörden, wahrscheinlich auch mit der Polizei. Die hätte informiert werden müssen. Und sie hätte den Kardinal schützen können. Vielleicht zumindest.«

Dass in dem Brief des Boten auch eine Bedrohung für sie selbst angedeutet wurde, verschwieg Lisa ihrer Freundin. Aber Furcht kroch ihr durch die Glieder und schlich sich immer wieder durch ihre Gedanken. Sollte sie doch abreisen?

Jetzt aber gab es dringende praktische Fragen zu besprechen, die von den Sorgen und der Trauer ablenkten.

»Wo kannst du denn wohnen? Hat dein Orden hier eine Niederlassung?«

Donata schüttelte den Kopf. »Ich will jetzt nicht unter Nonnen sein. Die würden zu viel fragen.«

»Bei meinen Freunden geht's auch nicht. Da ist kaum Platz für Jannie und mich. Hast du denn ein bisschen Geld?«

»Ein paar hundert Euro, gespart vom Taschengeld, das mir die Eminenz gegeben hat.«

»Dann bring ich dich zum *Buon Pastore* in Trastevere. Das war auch mal ein Kloster, aber vor langer Zeit. Inzwischen ist es ein Frauenzentrum mit einem kleinen Hotel dabei, das wenig kostet. Ein preiswertes Restaurant gibt es auch und vor allem: einen wunderbaren Innenhof. Da kannst du durchatmen.«

An der Rezeption thronte eine füllige ältere Frau mit Herrenhaarschnitt und einem weiten Oberhemd über den Jeans.

»Hier bist du gelandet, Lucia«, begrüßte Lisa ihre alte Bekannte überrascht. »Und ich habe mich immer wieder gefragt, wo du steckst!«

»Die Zeitschrift ist vor zwei Jahren eingegangen. Unsere radikal-feministischen Analysen hatten sich wohl etwas überlebt«, erwiderte Lucia und musterte Donata neugierig.

»Wir brauchen ein Einzelzimmer für ein paar Tage.«

»Gar nicht so einfach. Der Kongress mit den Afrikanerinnen hat heute angefangen. Aber warte mal – hier ist noch eine unserer Zellen für die Schwester frei.«

Eine Zelle, genau das war der Raum. Schmal und spartanisch möbliert mit Bett, Nachttisch und Schrank. Das Fenster des Raums öffnete sich zum Innenhof. Palmen, Oleander und Rosenbüsche gruppierten sich um einen Springbrunnen. Dessen schmale Fontäne verbreitete ein behagliches Plätschern, in das sich Vogelgezwitscher und die Stimmen von meist jungen Frauen mischten.

Plötzlich störte der schrille Klingelton von Lisas Handy die Idylle des ruhigen Ortes. Hastig griff sie danach. Eine aufgebrachte Männerstimme schrie in ihr Ort. »Nicht so laut, Robert«, versuchte Lisa den Anrufer zu dämpfen.

»Die Kandidatenvorschau, wo bleibt der Text, verdammt noch mal?«, brüllte der Mann aus dem fernen Tübingen ins Telefon.

»Gib mir noch eine Stunde«, flehte Lisa, griff ihre Umhängetasche und rief Donata zu: »Ich sehe dich zum Abendessen, hier im Restaurant.«
Während sie auf dem Roller mit lebensgefährlichen Manövern durch den Mittagsverkehr zum Auslandspresse-Verein, der *Stampa Estera*, preschte, versuchte Lisa erfolglos, ihren Artikel im Kopf zu gliedern. Auch an ihrem Gästeplatz im Pressezentrum verschwammen die Notizen, die sie sich in ihrem letzten Gespräch mit dem Kardinal gemacht hatte, immer wieder vor ihren Augen.
Absatz um Absatz kämpfte sie sich weiter durch ihren Artikel. Und eine knappe Stunde später mailte sie ihren 100-Zeilen-Text an die Redaktion.
Dann legte sie den Kopf auf ihre Arme, als könnte sie so die Wirklichkeit ausblenden. Donata wusste es zwar nicht, aber ihr selbst war völlig klar: Sie könnte die Nächste sein. Aber ihr Stolz ließ keine Flucht zu. Und ihre praktische Vernunft verbot eine Abreise ebenfalls. Hatte Robert ihr nicht erst neulich angedeutet, dass eine feste Anstellung bei der Zeitung möglich sein könnte? Von einer »Expertin in Fragen der Religion« hatte er gesprochen. Ihre Sachkenntnis über die geheimen Machtkämpfe um den Papstthron hatte er dabei allerdings sicher nicht gemeint …

Als Lisa bei Elena und Ollie anrief, waren aus dem Garten die Stimmen der beiden Kinder zu vernehmen, die fröhlich durcheinander redeten. Jannie füllte sein bescheidendes Italienisch reichlich mit deutschen Wörtern auf.

»Sie haben sich verkleidet«, erklärte Moni. »Chiara hat natürlich ihr rosa Prinzessinnen-Gewand vom Karneval an, und für Jannie habe ich eine Prinzenkrone gebastelt. Als Umhang trägt er den kurzen Taftrock von Elena. Sieht richtig süß aus!«

Lisa war so angespannt, dass sie kaum Ohren für die hübsche Schilderung hatte. »Ich kann nicht zum Abendessen kommen«, erklärte sie knapp.

»Hab ich mir gedacht! Elena hat mich für die Zeit deines Aufenthalts auf Überstunden vorbereitet. Das passt schon.«

Als Nächstes wählte Lisa die Nummer des Frauenzentrums und bat darum, Donata ans Telefon zu holen.

»Deine Freundin ist nicht da. Aber sie hat dir eine Nachricht hinterlassen.«

»Lies vor«, bat Lisa die Rezeptionistin.

»›Ich muss noch mal ins Sommerhaus am See. Nehme sein Auto. Ruf mich dort an. Falls du die Nummer nicht mehr hast: 0681 53789. Oder mein Handy: 0338 6174612. Umarmung, Donata.‹«

Was soll das denn?, fragte sich Lisa besorgt und irritiert. Sie kannte das Sommerhaus. Es war sehr bescheiden für einen pensionierten Kardinal, aber der alte Mann liebte das kleine Anwesen. Von der Terrasse aus blickte man über eine etwas abschüssige Wiese auf den See. Riesige Eichen, wahrscheinlich Jahrhunderte alt, schienen das Haus und seine Insassen von beiden Seiten zu beschützen. Kein Autolärm war zu vernehmen. Seitdem eine kluge Provinzregierung Motorboote auf dem See verboten hatte, war das Wasser glasklar. Im Frühsommer feierten Glühwürmchen ihr kleines, glitzerndes Feuerwerk. Einmal, als Lisa mit dem Kardinal in der Dämmerung auf der hölzernen Terrasse saß, hatten sie in der Dämmerung eine Nachtigall gehört, einen Gesang, den Lisa nie zuvor vernommen hatte.

Aber warum machte Donata ausgerechnet jetzt diesen Abstecher ins römische Umland mit einer Anfahrt von einer guten Stunde? Und das nur, wenn gnädige Verkehrsverhältnisse herrschten?

Sie braucht vielleicht frische Luft und hat das Bedürfnis nach einem langen Spaziergang, versuchte Lisa sich zu beruhigen. Aber dann grub sie doch das Handy aus ihrer Tasche. Sechsmal ließ sie die Festnetznummer klingeln, siebenmal Donatas Mobiltelefon.

Nichts.

Sie ist schwimmen gegangen, versuchte Lisa sich zu beruhigen. Meine sportliche amerikanische Freundin geht wahrscheinlich noch im Oktober ins Wasser. Oder sie ist im Dorf, um sich regional angebautes frisches Gemüse zu kaufen. Vielleicht hat auch der fünfzehn Jahre alte Lancia unterwegs gestreikt.

Ruhig, Lisa, sagte sie sich. Es gibt tausend Gründe dafür, dass ich Donata nicht erreiche. In einer Stunde klärt sich alles.

Das war ihre Stimme der Vernunft. Und die sagte ihr ebenfalls, dass sie nicht mehr als 60 Minuten vergehen lassen sollte, um zu klären, warum die gut organisierte Donata unerreichbar war – trotz der beiden Telefonnummern, die sie extra für sie hinterlassen hatte.

Lisas Unruhe wuchs minütlich. Als das Vibrieren ihres Mobiltelefons eine SMS anzeigte, merkte sie, dass ihre Finger zitterten. Ihre Mailbox meldete sich: Offenbar hatte sie das Telefon unterwegs überhört. Zweimal vertippte sie sich beim Anwählen des Anrufbeantworters, aber dann hörte sie die ersehnte Stimme. »Bin gut angekommen«, sagte Donata, »ich gehe jetzt schwimmen. Wir telefonieren später.«

Doch kaum hatte sich Lisa an der Erleichterung gefreut, als ihr einfiel, die Uhrzeit der Nachricht zu prüfen. Entsetzt starrte sie auf das Display. Donata hatte sich um 14 Uhr zum Baden abgemeldet. Jetzt war es 4 Uhr nachmittags. Sie war seit über zwei Stunden nicht erreichbar.

4

Über der Wohnung lag eine bleischwere Stille. Ohne die lebhaften Stimmen der Erwachsenen, das Geschnatter der Kinder, die Geräusche von Küchengeräten oder das Klappern von Gabeln auf Tellern wirkte das leere Heim von Lisas Freunden wie eine versunkene Stadt auf dem Meeresboden. Mit leerem Blick stand sie vor der Bücherwand im Flur, wo aus Platzmangel der Teil der Bücher stand, der nicht mehr ins Wohnzimmer passte.

Ihre Gedanken überschlugen sich, sodass sie kaum zu entscheiden vermochte, was als Nächstes zu tun war. Sie setzte sich und versuchte, gleichmäßig zu atmen. Das half, und bald reihten sich die nächstliegenden Fragen geordnet in ihrem Kopf auf: Wo bekomme ich jetzt ein Auto her? Mieten? Unmöglich. Zu teuer. Mit dem Roller an den See fahren dauert zu lange. Elena ist mit dem Panda unterwegs … Ob es das »Kinder-Auto« wohl noch gibt?

Die altersschwache Blechkiste war irgendwann, nach langem Dienst für Ollie, den beiden Älteren zugefallen, die den Wagen abwechselnd benutzten. Für den Transport von Ikea-Möbeln, Umzüge von Freunden oder spätnächtlichen Expeditionen ins szenige Schlachthof-Viertel war er ideal. Wo stand das Auto wohl?

Lisa wanderte durch die Räume, diesmal mit konzentriertem Blick, und suchte nach dem Schlüssel. An dem Brettchen im Hausflur waren die meisten Haken leer. Alle Familienmitglieder waren schließlich unterwegs. Der klobige Kellerschlüssel würde ihr kaum helfen, auch nicht der Schlüssel für den in den Garten ausgesiedelten Weinschrank der Familie.

Lisa schaute in den Zimmern der älteren Kinder nach. Matteo pflegte ein kreatives Chaos. »Nichts berühren!«, warnte ein Schild auf seinem überfüllten Schreibtisch. Darunter ringelte sich ein unentwirrbares Schlangennest von Kabeln für seine Telefon- und Internetanlage. Aber es war kein Autoschlüssel zu entdecken. Auch nicht auf dem Bücherbord, dem Nachttisch, unter dem Bett. An den schmalen Kleiderschrank des Jungen, aus dessen Tür sich ein eingesperrtes Hemd zu befreien versuchte, wagte sich Lisa nicht heran.

Weiter zu Maria. Die pflegte eine chirurgische Ordnung. Ihr Schreibtisch war leer, bis auf einen Behälter mit Kugeln und Bleistiften, die allesamt säuberlich angespitzt wie kleine Raketen aus dem Becher herausragten. Trotz der morgendlichen Eile hatte sie ihr Bett gemacht. Im Schrank reihten sich die Pullover in messerscharfen Stapeln auf. Ihr Stundenplan an der Wand reichte bis in die Abendstunden. Feste Zeiten für die Schularbeiten, den Klarinetten-Unterricht nebst Übungseinheiten, das Handball-Training, mitsamt der nötigen Fahrzeit und das Kino-Programm waren eingeplant. Abends hatte sie mehrfach wöchentlich in Rosa einen Block von Stunden markiert, in den ein R eingetragen war, umrahmt von einem Herzchen.

Zurück zum Flur. Lisa betrachtete die übereinander gehängten Mäntel, Jacken und Regencapes der Familie Bianchotti am Kleiderständer. Dann fiel ihr der rote Anorak von Matteo ins Auge, der den R4 am häufigsten benutzte. Der Kleiderständer kam fast aus dem Gleichgewicht, als sie nach der Jacke griff und vorsichtig die Außentaschen abtastete.

Die erste hatte nur eine zerknüllte, leere Zigarettenschachtel zu bieten, aber in der anderen fühlte Lisa etwas Metallisches. Sie griff zu und zog befriedigt den Schlüssel für den R4 ans Licht.

Jetzt muss ich die Kiste nur noch finden. Wird auch nicht einfach sein, murmelte Lisa zu sich selbst und nahm sich vor, Elena von unterwegs über die Ereignisse der letzten Stunden zu informieren.

Ihr Kopf organisierte ihre Handlungen wie ein Flugzeug auf Steuer-Automatik. Die notwendigen Vorbereitungen für ihre Fahrt an den See reihten sich wie an einer Perlenkette vor ihr auf und schirmten sie vor ihren Ängsten um Donata, um ihre unerledigten Arbeiten und um ihr Kind ab.

Als Erstes heftete sie einen Zettel für Moni an die Korktafel in der Küche: *Bin im Sommerhaus des Kardinals am See.* Sie überprüfte das Bargeld in ihrem Portemonnaie und ergänzte es um eine Hand voll Münzen, die sie aus ihrer Tasche fischte. Die Batterie ihres Handy war beinahe voll. *Müsste reichen.* Aber dann steckte sie doch noch das Ladegerät und ihre zweite Batterie ein. Sie griff sich einen Pullover aus ihrer Reisetasche. Vor dem Haus blickte sie auf die metallische Mauer aus geparkten Autos, die selbst am Tag nur wenige Lücken aufwies. Doch sie hatte Glück: Schon von weitem grüßte sie der rote R4. Er war schräg auf dem Bürgersteig abgestellt, um zehn Zentimeter eine Einfahrt verstellend. *Ganz die Mutter, der Knabe,* dachte sie.

Wenige Minuten später steuerte die Journalistin die römische Ringautobahn an. *Der Verkehr könnte schlimmer sein,* stellte sie fest. Dennoch konnte sie sich nur schwer auf das Fahren konzentrieren. Zu hoch türmten sich in ihrem Kopf Sorgen auf, die ihr den Magen einschnürten. Sie fuhr wie ferngesteuert immer geradeaus und verfolgte die Autobahnausfahrten nicht bewusst. Wieder spürte sie erste Anflüge von Panik. *Durchhalten. Übersicht bewahren. Prioritäten setzen,* befahl sie sich. Das kleine Mädchen, das sich früher in seinem Spielhaus verkrochen hatte, um seinen Kummer auszuweinen, ohne die viel beschäftigten Eltern zu stören, meldete sich in ihr zu Wort. *Heul ruhig, Lisa,* wollte sie sich gerade erlauben, als ihr einfiel, dass ihre Brille durch die Tränen beschlagen würde.

Zu spät ... Lisa lenkte das Auto auf den nächsten Parkplatz, legte den Kopf auf das Lenkrad und weinte los. *Ziemlich viele Tränen vergossen, seitdem du in Rom bist,* hörte sie die spöttische Stimme der Journalistin in ihr sagen. Sie riss sich wieder am Riemen und schaltete das Radio ein. *Commissario* Santini hatte seine Nachrichtensperre gut durchgesetzt. Und vom Konklave wurde kaum Neues berichtet. Die Spekulationen ihrer Radio-Kollegen zum Chancen-Barometer einzelner Kandidaten konnte sie sich längst selber vorbeten.

Der Wetterbericht hörte sich allerdings bedrohlich an. Ein Sturmtief mit Regen und Orkanböen hatte im Norden des Landes schon viele Zerstörungen angerichtet und sich nun auf den Weg nach Rom gemacht. Ein Blick auf den Himmel, über den ein bösartig aufdrehender Wind bedrohliche Wolkenschwaden jagte, bestätigte die Prognose. *Ich hätte mir die Reifen anschauen sollen. Aber wozu auch – in dieses Auto wird nicht mehr investiert. Nicht bei den Bianchottis mit ihrem schmalen Budget.*

Kaum hatte Lisa den R4 wieder auf die Straße gelenkt, stürzte ein erster Regenschwall mit unerwarteter Heftigkeit auf das Autodach. Umgehend verwandelte sich die Straße vor ihr in ein flaches, reißendes Gewässer. Fast alle Autofahrer reagierten mit verminderter Geschwindigkeit – bis auf die »Großkotzfahrer« natürlich, wie die rasenden Wichtigtuer mit schnellen, schweren Limousinen in Lisas Familie genannt wurden.

Genau so ein Auto rauschte jetzt an ihr vorbei, sodass seitlich eine Mauer aus Wasser über den Kleinwagen stürzte und sie auf den Seitenstreifen ausweichen musste. »Mistkerl«, fluchte Lisa laut.

Sie geriet ins Schlingern und das Auto mit den schlechten Reifen begann sich zu drehen. Die Gegenspur rückte gefährlich nahe. Lisa brauchte all ihre gut trainierten

Muskeln in den Armen, um nicht über den Grünstreifen auf die andere Seite zu preschen. Gut 100 Meter vor ihr hielt der andere Wagen und schaltete das Warnlicht ein.

»Lass das nicht mir gelten, lieber Gott«, flehte Lisa. »Der da vorn wartet nicht auf mich. Er kennt sich hier einfach nicht aus und muss nur seine Karte in Ruhe ansehen. Oder sich einen Schokoriegel zu Gemüte führen. Bitte, bitte, lieber Gott, schenk mir eine banale Erklärung.«

Aber dieses so lammfromm erflehte Geschenk des Höchsten blieb aus. Schon läutete ihr Handy ... Lisa hielt an. Ein Blick auf das Display kündigte wie erwartet einen unbekannten Anrufer an.

»Ich darf Sie darauf hinweisen, dass Sie sich auf der falschen Straße befinden, in mehr als einer Hinsicht«, behauptete eine ihr fremde Männerstimme.

Die Modulation seiner Stimme verriet Bildung, der betonte Doppelsinn seiner Worte klang klerikal und in seiner Aussprache erkannte Lisa eine hispanische Färbung. Sie reagierte zornig. »Wenn Sie denken, Sie könnten mich mit so einem Schwachsinn einschüchtern, sind Sie an die Falsche geraten!«

»Nennen wir es lieber Fürsorge«, erwiderte der Fremde.

»Die brauche ich nicht.«

»Ich fürchte, da irren Sie sich. Ihre Stimme bebt, meine Gute. Und Ihre Stärke ist nur gespielt. Sie haben Angst, furchtbare Angst. Darf ich Ihnen hiermit bestätigen: Sie haben allen Grund dazu!«

»Und wenn schon! Das geht Sie nichts an. Ich hingegen möchte wissen, was Sie von mir wollen. Im Übrigen hasse ich es, telefonisch belästigt zu werden. Sie haben das doch neulich Abend schon probiert.«

Stille folgte auf der anderen Seite. Dann sagte der Anrufer in gleichmütigem Tonfall: »Davon weiß ich nichts. Möglicherweise haben wir, mein Vorgesetzter und ich, Konkurrenz bekommen. Überraschend wäre das keineswegs.«

»Großartig! Vielleicht haben Sie die Aktion aber einfach nicht mehr auf dem Schirm? Ich jedenfalls fand es ungemein lästig, an meinem ersten Abend in Rom dreimal hintereinander angerufen und dann angeschwiegen zu werden. Sprechen Sie verdammt noch mal Klartext. Oder haben Sie so was nicht gelernt?«

»Wir haben nicht bei Ihnen angerufen. Und Klartext, wie Sie das nennen, ist in unserem kleinen Gottesstaat nicht gebräuchlich. Wir legen uns nur ungern fest – was Sie bei Ihren vatikanischen Recherchen durchaus gelernt haben sollten. Für Ihre Arbeit möchte ich Ihnen nebenbei auch im Namen meines Vorgesetzten meinen Respekt aussprechen.«

»Ich kenne Ihre kriecherischen Regeln. Aber die gelten nicht für mich.«

Lisa beendete die Unterhaltung. Als ihr Mobiltelefon umgehend wieder klingelte, nahm sie das Gespräch nicht an. Sie wollte das Handy schon ausstellen, aber dann setzte sich ihre Neugier doch durch. Der Fremde sprach weiter.

»Sie wissen viel, meine Gute. Sehr viel. Und wir gehen davon aus, dass unser gemeinsamer Freund, der so unbarmherzig und trotz seines hohen Alters viel zu früh aus unserer Mitte gerissen wurde, viele seiner Kenntnisse an Sie weitergegeben hat.«

»Da sind Sie leider falsch gewickelt.«

»Sie haben sich immerhin fast neunzig Minuten bei der Eminenz aufgehalten. Und Sie werden nicht nur über seine Bridge-Partien im Internet geplaudert haben!«

»Sie haben uns abgehört!«

»Das sollte Sie nicht überraschen. Aber Sie wissen sicherlich auch, dass die Störungsanfälligkeit von Technik mit dem Grad ihrer Verfeinerung zunimmt. Es gibt leider große Lücken in unserer Aufzeichnung. Und sie werden uns zweifellos gern helfen, diese anhand Ihrer Notizen zu ergänzen.«

»Ich durfte, wie immer, nicht mitschreiben«, schwindelte Lisa.

»Unser hochverehrter Verschiedener war ein Sammler von Dossiers, die er über andere anlegte.«

»Glauben Sie im Ernst, er hätte mir auch nur eines davon gezeigt?«

»Nun, er hat Ausnahmen gemacht. Das sollten doch gerade Sie wissen! Ihr eigenes Buch über die unheilige Liebe von Priestern zu jungen Knaben wäre ohne die sehr konkrete Mithilfe der Eminenz nicht entstanden.«

»Meine Unterlagen stammten aus dem Staatssekretariat des Vatikans. Was wollen Sie denn so unbedingt wissen?«

»Ach, meine Gute, bloßes Wissen ist nicht alles. Viel wichtiger kann in manchen Fällen sein, ob es auch festgehalten wurde ...«
»Dokumente?«
»Richtig. Mein Vorgesetzter muss wissen, ob es schriftliche, nun ja, sagen wir Belege, für die geradezu haarsträubenden Bemerkungen gibt, die seine Eminenz auch Ihnen gegenüber gemacht hat. Und ich spreche jetzt nicht von Pädophilie.«
»Sondern über das Kartell von Medellin.«
»So deutlich sollten Sie auch in Ihrem eigenen Interesse nicht über solche Themen sprechen. Sie haben hoffentlich Verständnis dafür, dass mein Vorgesetzter alles tun muss, um sich von derartigen Gerüchten nicht unnötigerweise seinen Weg auf den Thron Petri versperren zu lassen.«
Lisa sah auf die bleichen Knöchel ihrer linken Hand, die das Steuerrad umklammerten. »Sie haben ihn ermordet«, rief sie in ihr Telefon.
Der Unbekannte entgegnete mit einem kurzen, kalten Gelächter. »Das haben freundlicherweise andere für uns erledigt. Also denken Sie nach, wie Sie uns behilflich sein könnten. Und das ist keine Bitte, sondern eine dringende Empfehlung. Guten Tag.«
Der große, schwarze Wagen vor ihr setzte sich rauschend in Bewegung und entschwand mit einer Wasserfontäne hinter sich.
Lisa blieb völlig aufgelöst zurück. Sie wusste nicht, was sie zuerst tun sollte. Den Kommissar anrufen? Donata?

Sie würde nur stammeln können und wusste nicht einmal präzise, wo sie war. Und selbst wenn, wer sollte sie hier im Nirgendwo schützen?

»Die Sache wächst mir über den Kopf. Ich gedenke nicht die Abenteuer-Journalistin zu spielen«, dachte Lisa. »Das liegt mir nicht, das will ich nicht. Und verdammt noch mal, wo bin ich denn nur?«

Lisa erkannte die Gegend plötzlich nicht mehr wieder. Wo war die Ausfahrt für die Landstraße am See geblieben? In den drei Jahren, die seit ihren geheimen Gesprächen mit dem Kardinal im Sommerhaus vergangen waren, hatte sich der Betongletscher, der den Radius der römischen Peripherie ständig erweitert, beträchtlich vorgeschoben. Neue Supermärkte, brutale Plattenbauten und veränderte Straßenabzweigungen hatten eine monotone Kulisse geschaffen, in der selbst Lisa Prätorius' Orientierungssinn versagte. Zum Glück verzog sich das Unwetter ebenso rasch, wie es gekommen war, sonst wäre ihr die Suche bei der schlechten Sicht noch schwerer gefallen.

Die kleinen Wäldchen, die bunt gemusterten Felder, Zeugen von bäuerlichem Kleinbesitz, und die edlen weißen Rinder mit ihren weit geschwungenen Hörnern – ein bukolisches Landschaftsgemälde, das seit Jahrhunderten Bestand hatte, war in kurzer Zeit ausgelöscht worden.

Jan war zwei, als ich ihn zum ersten Mal mit an den See nahm. Vor drei Jahren also: für ein kleines Kind eine Ewigkeit. Für mich ein Wimpernschlag.

Nach einem Blick in die Karte fuhr Lisa weiter und achtete genau auf den Weg. Die schmale Straße, die früher zum See führte, war jetzt eine Sackgasse. Eine komplizierte Zeichnung verwies auf den neuen Zugang zum Wasser. Lisa folgte der Anweisung, so gut es ging. Einmal musste sie anhalten, um einen Passanten zu fragen. Dessen Wortschwall verwirrte sie eher, als dass er ihr half. Aber plötzlich, mit dem Ende der neuen Wohnsiedlung, erkannte sie vertraute Wegmerkmale.
Ein verfallenes Gehöft stand auf der rechten Seite. Dann folgte auf der linken, 50 Meter weiter, eine kleine Marienstatue, versteckt in einem ausladenden Holunderbusch. Hier musste sie rechts abbiegen. Und nun war auch schon der Giebel des Sommerhauses zu sehen. Im Dachzimmer, das früher Augusta und jetzt sicher Donata als Unterkunft diente, sandte ein Lämpchen am Fenster ein warmes Lichtsignal aus. Unendlich erleichtert parkte Lisa den Wagen hinter dem betagten Lancia des Kardinals und öffnete das Holzgatter, das zum hinteren Teil des Hauses führte. Sie hatte während ihrer Höllenfahrt hierher nicht mehr zu hoffen gewagt, dass sie friedlich empfangen würde.
Auch hier hatte sich einiges geändert. Wo sich früher ausrangierte Kleinmöbel, verrostete Werkzeuge und ähnlicher Sperrmüll angesammelt hatten, herrschte nun makellose Ordnung. Gemüsebeete waren angelegt worden. Aus den zerknabberten Blättern der Strauchtomaten und den kläglich kleinen Zucchini schloss Lisa, dass Donata auf Chemie in ihrem Garten verzichtete.

Wie auch sonst?, dachte sie. Rasch schritt sie zum Haus, dessen Haupteingang zum See ausgerichtet war. Durch die offene Tür klang Country-Musik, unterbrochen von Satzfetzen eines amerikanischen Radiomoderators, der einen neuen Titel ankündigte. »Donata«, rief sie, »wo steckst du?«

Ein leichtes Geräusch aus dem oberen Stockwerk ließ sie panisch aufhorchen. Ihr Herzschlag dröhnte in ihren Ohren.

»Donata«, rief sie noch einmal nach oben. Keine Antwort. Doch dann tappte Carolus Magnus würdevoll die Treppe herunter und schmiegte sich an ihr Bein. Den dicken schwarzen Kater hatte Augusta vor Jahren gefunden und aufgepäppelt, auf seinen Namen getauft wurde er von seiner Eminenz höchstselbst.

Aus der Küche drang ein Song von Kathlyn Berry, aber Lisa hätte unendlich lieber Donatas Stimme gehört. Der zerbeulte Wasserkessel auf dem Herd war lauwarm. Sie lief zum See – keine Spur von Donata, bis auf ein nasses T-Shirt, das an einem Busch hing. Lisa beschloss, zum Haus zurückzugehen und zu warten: »Sie ist bestimmt zu Fuß in den Ort gegangen. Jeden Augenblick wird sie zurückkommen. Mit einem großen Beutel guter Dinge zum Essen und einer Flasche Wein für uns.« Dass sie Donata nach wie vor telefonisch nicht erreichen konnte, wollte die Journalistin entgegen allen Einflüsterungen ihrer Vernunft nicht wahrhaben. Sie setzte sich ins Wohnzimmer, auf das ziemlich ausgebeulte Sofa, dessen abgeschabte Stellen nun ein amerikanischer Quilt verhüllte. Seitlich davon stand der imposante Ohrensessel des Kardinals, ein Anblick, der Wellen von Trauer durch ihr Gemüt schickte.

Lisa erhob sich und betrachtete eine kleine Sammlung von gerahmten Fotos, die die Stationen der Priesterkarriere ihres Mentors abbildete. Auf einem Gruppenfoto aus dem Seminar war er leicht zu identifizieren an seinem länglichen Gesicht, den wasserhellen Augen und einem heiteren Gesichtsausdruck, der von einer tiefen inneren Sicherheit über seine Entscheidung sprach.

Ein anderes Foto zeigte den späteren Kardinal nach seiner Priesterweihe, umgeben von seiner Familie, deren gehobene Herkunft unschwer an verschiedenen Kleinigkeiten abzulesen war: an den eindeutig maßgeschneiderten Anzügen der Herren und der unaufdringlichen Eleganz seiner Mutter, deren Schmuck sich auf eine doppelte, wenn auch ziemlich lange Perlenkette beschränkte.

Ähnlich zurückhaltend waren die drei älteren Schwestern des Kardinals gekleidet. Zwei kleine Mädchen, wahrscheinlich Nichten, trugen gesmokte Batistkleider aus einem bekannten Laden in Florenz. Diese Kleider, versehen mit einem Picquékragen und einer hinten gebundenen Schleife, entsprachen der zeitlosen Mode für Kinder gehobener Stände. Ein Neffe stach in der äußerst schmucken Festuniform der amerikanischen Militärakademie Westpoint hervor. Auf einem anderen Foto sah man den jungen Bischof bei einer Festlichkeit seines Sprengels, umgeben von Geistlichen, Nonnen und frommen Gemeindemitgliedern. Einige der jüngeren Frauen blickten ziemlich verzückt auf ihren attraktiven Oberhirten.

Nicht viel später war der aufstrebende Kleriker in den Vatikan berufen worden. Ein Gruppenbild mit Papst hatte die Abteilung im Staatssekretariat, der er zugeordnet worden war, um den Pontifex versammelt. Der immer noch junge Prälat hatte sich in die letzte Reihe gestellt.

Ein letztes Foto zeigte ihn im Umfeld des polnischen Papstes auf einer seiner unzähligen Auslandsreisen. *Das war bei dem historischen Besuch auf dem Sinai,* schloss Lisa aus der Szene, in welcher der Papst vor dem Dornenbusch im Katharinenkloster kniete. Hier sollte nach der Überlieferung Gott persönlich Moses die Gesetzestafeln für sein auserwähltes Volk überreicht haben. Einige der ihn umgebenden *Monsignori,* unter ihnen der Kardinal, blickten skeptisch.

Auf dem niedrigen Tisch fand Lisa eine einzige Zeitung mit dem Datum des Tages, das linke Blatt *Il Manifesto.* Dessen gut informierte, ausgewogene und unideologische Vatikan-Berichterstattung hatte sie seit jeher nützlich gefunden.

Das hat Donata offensichtlich auch schon gemerkt, dachte Lisa. Mit wachsendem Interesse las sie den Kommentar eines Kollegen. Zwei der führenden Kandidaten, so schrieb er, stammten aus Lateinamerika, beide seien gleichermaßen fragwürdig. Dem einen werden Verbindungen zu den reaktionären fundamentalistischen Strömungen in der Kirche nachgesagt, der andere sei laut einer Untersuchung der CIA als Mittelsmann des Drogenkartells von Medellin erwähnt worden. Sie fragte sich, ob der Kollege wohl Beweise für seine Behauptung haben würde oder ob er sich darauf verließ, dass die Führung der katholischen Regierung wie üblich darauf verzichtete, kritische Journalisten zu verklagen.

»Den Mann vom *Manifesto* muss ich mal anrufen«, murmelte Lisa leise. Aber ganz bei der Sache war sie nicht. Fast eine halbe Stunde war seit ihrer Ankunft am See vergangen. Wo steckte Donata?

Ein Abstecher in den winzigen Supermarkt in der Nähe des Hauses dauerte nicht so lange. Und die aufsteigende Dämmerung verwandelte sich rasch in Dunkelheit. Die kleine Badebucht, die das Grundstück abschloss, war von Weidenbäumen eingerahmt, deren Zweige sich gegen den dunklen Himmel wie gesträubte Haare abhoben. Als sich die letzten tiefen Sonnenstrahlen ihren Weg durch die verbleibenden Wolken gebahnt hatten, leuchteten die Äste orangerot auf. Auf einmal waren von der Straße her die quietschenden Pedalen eines betagten Fahrrads zu vernehmen. Es wurde gegen den Zaun gelehnt, und schon betrat Donata mit ihrem energischen Schritt das Haus und rief unbekümmert: »Lisa, bist du das?«

Lisa spürte, wie sich Ärger in ihre Erleichterung mischte. »Sag mal, spinnst du? Warum bist du so übereilt aus Rom abgehauen? Und warum hast du mir nicht Bescheid gesagt?«

»Ich hab dir doch eine SMS geschickt.«

»Aber vor über drei Stunden, und danach bist du nicht mehr ans Telefon gegangen! Ich habe mir wahnsinnige Sorgen gemacht! Als ich dich hier nicht vorfand, habe ich einen entsetzlichen Schreck bekommen, ich meine, in diesen beängstigenden Zeiten. Wo warst du denn nur?«

»Sobald ich auf dem Fahrrad saß, konnte ich nicht aufhören. Ich bin einmal um den See gerast. Woher sollte ich wissen, dass du mir sofort hinterherfahren würdest?«

»Hättest du ja wohl ahnen können.«

»Woher denn?« Donata umarmte ihre Freundin. »Entschuldige, ich konnte einfach nicht in der Stadt bleiben, dazu war das alles zu viel für mich. Hast du schon mal einen ermordeten Menschen gesehen, und noch dazu einen, der dir nahe gestanden hat? Komm, sei nicht mehr böse, es tut mir wirklich Leid. Lass uns lieber etwas essen! Ich mach uns einen Salat. Eine Flasche Frascati müsste noch im Kühlschrank sein.«

»Aber nachher sollten wir den Kommissar benachrichtigen und ihn bitten, unseren Termin auf den Nachmittag zu verlegen. Sonst schickt der uns noch eine Polizeistreife in Haus.«

»Woher sollte er von diesem Sommerhaus hier wissen?«

»Donata, meine Güte, du hast mir doch eine Nachricht an der Rezeption hinterlassen, ich habe Elena geschrieben, wo ich stecke, und ›Sommerhaus‹ steht auf einem der Aktendeckel hinter dem Schreibtisch des Kardinals.

Zumindest vor dem Einbruch war das so.« Aber Lisa lächelte bei diesen Worten schon wieder. In der Küche zerteilten beide einträchtig frische, pralle Tomaten aus dem Garten und den Salat, den Donata im Ort gekauft hatte. Lisa übergoss das Gemisch mit reichlich gutem Olivenöl und ein paar Tropfen Balsamico-Essig, während der Backofen einem ältlichen Vollkornbaguette neue Knusprigkeit verschaffte. An sich hatte Lisa keinen großen Appetit in dieser angespannten Situation, aber das gemeinsame Hantieren in der Küche hatte ihr gut getan.

Bevor die beiden Frauen sich auf der Terrasse niederließen, griff Lisa nach dem altmodischen Telefon mit seiner geringelten Schnur und wählte Simons Nummer.

»Du hast gehört, was geschehen ist?«

»Natürlich. Entsetzlich! Wo steckst du? Was machst du? Soll ich mich um Jannie kümmern? Du wirst heftig zu tun haben.«

»Ich bin nicht mal in Rom.«

»Kein Problem. Ich schnapp mir den Jungen und fahr mit ihm ein paar Tage ans Meer.«

»Aber ihr kennt euch doch kaum!« Lisa verstand Simons Kehrtwendung nicht. Wie kam es bloß zu dieser Veränderung in seinem Verhalten?

»Das wird sich sehr schnell ändern.« Simon klang zuversichtlich und bestimmt. »Rede du mit ihm und ruf mich dann zurück. Ich bin bereit. Das Haus meiner Freunde in Terracina liegt direkt am Meer. Jetzt nach den Sommerferien kann ich es immer benutzen. Jede

Menge Spielzeug gibt es auch dort. Was allerdings das Essen angeht, kennst du mein beschränktes Repertoire.«

»Spaghetti mit Tomatensauce sind völlig okay. Aber biete ihm vielleicht auch mal Obst, Salat und Milch auf dem Speiseplan an.«

»Gegen Pizza wird er nichts einzuwenden haben, oder?«

»Ich auch nicht. Ich gebe Jannie das Memory-Spiel mit, dann könnt ihr auch ein bisschen Wörter üben. Sein Italienisch ist ziemlich dahin.«

»Habe ich schon gemerkt. Aber er versteht noch sehr gut, und seine Aussprache ist tadellos. Reicht es denn, wenn ich ihn erst morgen Vormittag abhole?«

»Das ist sogar sehr gut. Ein bisschen vorbereiten auf diese plötzliche Reise mit dir muss ich unseren Sohn schon.«

Wo soll das hinführen?, dachte Lisa, als sie das Gespräch beendet hatte. *Und warum sage ich unser Sohn? Es ist meiner!*

Dennoch legte sie mit einem Seufzer der Erleichterung auf. Donata, die das Telefonat notgedrungen mitgehört hatte, sah nachdenklich aus.

»Du mutest Jannie ja ganz schön was zu!«

»Kinder wie er lernen früh, flexibel zu sein. Simon hat ihm gefallen. Das hat er nach unserem Treffen mit ihm gesagt. Ich glaube, das passt schon für ihn.«

Dennoch drehte Lisa die Telefonschnur zögerlich um ihren Zeigefinger, bevor sie ihr Kind anrief. Sie er-

wischte ihn genau während seiner täglichen Fernseheinheit – jeden Abend durfte er sich mit Chiara eine bestimme Sendung ansehen. Nach den ersten Gesprächsminuten, in denen sie sich nach seinem Tag erkundigt hatte, wagte sie dann den Vorstoß. »Du erinnerst dich doch an meinen Freund, den wir gestern besucht haben?«
»Klar, der mit mir ans Meer fahren wollte.«
»Er hat schon morgen Zeit für dich.«
»Ist doch super. Der Männerausflug. Nur wir zwei. Aber jetzt muss ich weitergucken. Tschüss, Mami.« Und schon beendete ihr Kind das Gespräch.
Lisa griff nach dem Weinglas, das Donata ihr hingestellt hatte. Der erste Schluck schmeckte noch ein wenig nach Kränkung. Da machte man sich Gedanken, was man seinem Kind zumuten konnte, mit dem omnipräsenten schlechten Gewissen der Alleinerziehenden, und das war nun die Quittung. So leicht ersetzbar, gerade durch Simon, der sich bisher so gar nicht um seinen Sohn bemüht hatte, war sie sich selten vorgekommen.
Ein vages Gefühl von Beklemmung wollte in ihr aufkommen, aber Lisa schob es weg.
Sie stellte ihr Glas auf das Tablett mit den beiden Tellern, auf denen sich der Salat häufte. Aus dem Backofen stieg der Geruch warmen Brotes. Betagte Gartenstühle in abgeblättertem Weiß warteten auf der Terrasse auf ihre Gäste. Schweigend aßen die beiden Frauen, wenn auch ohne großen Appetit. Und das Gefühl, an diesem

friedlichen, ungestörten Ort gut aufgehoben zu sein, wollte sich nicht einstellen.

»Ich habe dir von dem Brief des vatikanischen Boten an seine Eminenz erzählt? Der ehemalige Mitarbeiter des Vatikans, der auf der Post ein ziemlich bedrohlich klingendes Gespräch belauscht hatte?«, begann Lisa. »Was ich dir nicht gesagt habe: In einer Andeutung ging es wohl auch um mich.«

»Gesagt hast du das nicht. Ich habe es mir aber gedacht. Du bist in Gefahr, Lisa. Auch hier. Und für mich gilt das ebenso.« Fröstelnd zog Donata ihre Jacke enger. Dabei blies eine warme Brise vom See herüber und wehte erste Duftspuren vom Herbst in die Aromen des spätsommerlichen Nachtmahls. Lisa hatte den Duft der gefallenen Blätter am Boden bisher immer genossen. Jetzt roch er nach Tod. Und die gelassen heranschwappenden Wellen des Sees … Konnte nicht jeden Moment lautlos jener große Nachen aus der Schwärze des Gewässers auftauchen, um sie abzuholen und auf die von Zypressen umstandene Todesinsel zu tragen? Auf einer Pinienspitze im Garten sang eine einsame Drossel in schmelzendem Sopran ihr Abschiedssolo in den Abend, ein letzter Gesang vor der großen Reise gen Süden. »Amadeo« hatte der Kardinal den Vogel genannt, und er war fest davon überzeugt, dass genau diese Drossel Jahr um Jahr zu ihm zurückkehrte. Heute klang ihre Weise wie eine Totenklage in Lisa Ohren.

Beide Frauen hörten dem Vogel andächtig zu, als wollten sie das Gedenkkonzert der Natur für den Mann,

um den sie beide trauerten, nicht stören. Donata erhob sich und kehrte mit zwei vollen Gläsern Wein zurück.
»Auf ihn«, sagte sie und hob ihr Glas. Dabei sah sie die Tränen, die über das Gesicht der Freundin rannen. Es war lange still, bis Lisa mit einer Frage das Schweigen unterbrach.
»Warum bist du eigentlich Nonne geworden? Richtig alltäglich ist das doch wohl auch in Amerika nicht.«
»Stimmt. Von außen kann das schon ein bisschen merkwürdig wirken. Aber aus dem System der Oberschicht-Familien an der amerikanischen Ostküste heraus ist es logisch. Das kennst du?«
»Ich weiß nur, dass es da wohl eine harte Konkurrenz zwischen den Nachkommen den puritanisch-protestantischen Mayflower-Nachkommen und der superreichen katholisch-irischen Oberschicht der Gegend gibt. Zwischen den als vulgär erachteten katholischen Kennedys und den wahren Edlen von Boston mit ihren lupenrein angelsächsischen Namen wie …«
»Meine Familie steht dem Kennedy-Clan nahe. Wir sind auch über etliche Ecken verwandt.«
»Also bist du katholisch erzogen worden.«
»Erzkatholisch. Und wie! Katholische Nanny, katholische Schule, katholisches Zuhause – einschließlich der privaten Messen vor dem Sonntagsdinner.«
»Vorbildliches Familien-Milieu also. Und viel Geld.«
»Na, ja, Geld gab es genug. Aber: ›Wer sich auf seinen Reichtum verlässt, der fällt wie ein Blatt im Herbst‹, heißt es in den biblischen Sprichwörtern.«

»Donata! Keine Bibel im Moment, und mehr von deiner Familie bitte!«
»Also gut! Wir waren fünf Kinder, drei Mädchen, zwei Jungen. Als wir älter wurden, kam ein männlicher Erzieher für die Knaben ins Haus und eine Gouvernante für uns, dazu der Priester! Die normale Tischrunde an Sonntagen, das waren schon mal neun Personen. Und jeden Sonntag wiederholte sich das Ritual, dass meiner Mutter eine eigene Karaffe mit Wasser gereicht wurde. Mein Bruder stupste mich dann unterm Tisch an. Wir wussten genau, was lief.«
Lisa schüttelte verwirrt den Kopf. »Wieso, was ist denn an Wasser auszusetzen?«
»Ach, Lisa, das war natürlich kein Wasser! Am Ende des Essens war dann die Stimme meines Vaters zu vernehmen. Höflich, aber eisern und sehr kalt: ›Meine Liebe, könnte es sein, dass du etwas zu viel von deinem Wasser genossen hast? Du wirst dich jetzt sicherlich ein wenig ausruhen wollen.‹ Das war das Stichwort für die beiden Erzieher, meiner schwankenden Mutter aus dem Stuhl zu helfen und sie ins obere Stockwerk zu geleiten.«
»Donata, es tut mir so Leid. Man liest davon und denkt, das ist Erfindung.«
»Leider nicht. Überhaupt nicht. Und du hast vermutlich auch meine Narbe bereits bemerkt. Willst du auch diese Geschichte wissen?«
»Ja, Donata, aber nur, wenn es dich nicht zu sehr verstört. Ich will keine uralten Wunden aufreißen, also lass es bleiben, wenn du möchtest.«

»Ich gehe mal davon aus, dass du aus meinem Schicksal keine Story machst. Und ehrlich gesagt – ich warte seit Jahren auf den Tag, an dem ich einer wirklichen Freundin davon erzählen kann und weiß, dass es nicht am nächsten Tag durch die Klatschkolumnen geht.«
»Also, was ist passiert?«
»Es kam ein Sonntag, da hatte meine Mutter schon sehr viel von ihrem Wässerchen getrunken. Und als mein Vater das Kommando gab, sie in ihr Schlafgemach zu bringen, griff sie sich das Bratenmesser und stürzte sich auf meinen Vater.«
»Und du hast dich schützend vor deinen Vater geworfen.«
»So war es. Das lange spitze Messer traf mich.«
»Du warst danach lange im Krankenhaus?«
»Ja, und meine kluge Mathelehrerin hat mich fast täglich besucht. Damals haben die Gespräche darüber angefangen, ob meine schwierige Geschichte nicht doch einen Sinn haben könnte. Einen von Gott gewollten Sinn.«
Lisa stand auf und umarmte ihre Freundin wortlos. In der Dunkelheit der Nacht spürten beide, wie vergänglich auch dieses Paradies am See war. Die Blätter der Bäume rauschten wie immer, aber man durfte sich von dem Geräusch nicht einschläfern lassen. Es könnte auch das Knacken von Geäst übertönen, mit dem ein Angreifer sich verraten würde.
Nach dem Tod des Kardinals waren nun sie die Hüterinnen seiner geheimen Dossiers – zumindest in den

Augen seiner Feinde. Wer immer es war, der diese Dossiers jagte, er würde jetzt sie im Visier haben und vor Mord nicht zurückschrecken.

Vom See her könnte ein Schütze sie leicht mit tödlichen Kugeln treffen, zumal das milde Kerzenlicht genau verriet, wo sie saßen. Lisa blies die Teelichter aus. Nun saßen sie gänzlich im Dunkeln und in der Schwärze der Nacht wuchs ihre Furcht. »Bewegt sich da nicht ein Boot in der kleinen Badebucht?«, flüsterte Donata. »Sehen kann ich nichts«, antwortete Lisa, »aber ich glaube auch, dass da Ruderschläge auf dem See sind. Du, ich halte das hier draußen nicht aus! Lass uns reingehen und die Tür verschließen.«

»Sofern das was hilft«, gab Donata zurück. »Das Schloss kannst du mit einer Nagelfeile aufbrechen!«

»Dann lass uns wenigstens die Klinke blockieren, mit einem Stuhl zum Beispiel.«

»Wenn wir einen finden, der stabil genug ist! Aber mit einem robusten Fahrrad-Schloss geht es auch. Also los, nichts wie rein.« Sie erhoben sich. Vor ihnen stand der große Schuppen, eine einstige Scheune, in der sich der Kardinal ein Arbeitszimmer eingerichtet hatte. Er nannte es »mein Allerheiligstes« und hielt es verschlossen. Wenn Augusta dann und wann eingelassen wurde, um zu putzen, blieb der alte Mann im Raum.

»Er lässt mich nicht aus den Augen«, hatte sich die alte Frau bei Lisa beschwert. »Er denkt wohl, ich würde in seinen Akten schnüffeln!« Lisa hatte gelächelt, weil sie wusste, dass Augusta nicht lesen und schreiben konnte.

Die Fensterläden des Holzbaus waren verriegelt. Ein gewaltiger Eisenbarren versperrte das hohe, ovale Tor, das wiederum durch ein wuchtiges Hängeschloss gesichert war. Und nun, als sich die Nacht über den Garten und den See gelegt hatte, fiel Donata und Lisa erschrocken auf: schwaches Licht drang durch den Türrahmen und die verschlossenen Fensterläden der ehemaligen Scheune. Alarmiert blickten die beiden sich an.
»Wann warst du das letzte Mal da drin?«
»Heute Nachmittag, gleich nach meiner Ankunft. Es war alles in Ordnung. Und Licht habe ich ganz bestimmt nicht eingeschaltet.«
Wortlos erhoben sie sich und rannten durch das lange feuchte Gras auf den Schuppen zu. Donata griff nach dem Hängeschloss – es war aufgesägt worden. Die Nonne ließ das demolierte Schloss wie glühendes Eisen fallen. Knarzend öffnete sich die Tür. Im schwachen Schein einer Schreibtischlampe breitete sich eine Trümmerlandschaft aus.
Der ältliche Laptop, den der Kardinal in seinem Sommerhaus benutzt hatte, lag mit dem Bildschirm nach unten auf dem betagten grauen Teppichboden. Aus dem kleinen Papp-Kasten mit florentinischem Muster, in dem der alte Mann seine Disketten und CD-ROMs aufbewahrte, waren alle Speichermedien herausgeschüttelt worden. Haufen von Unterlagen aus den Aktenordnern verteilten sich über den Fußboden: Memoranden der verschiedenen Kongregationen, viele von ihnen auf Latein. Handschriftliche Notizen in der fei-

nen Schrift des Kardinals. Fotokopien. Schubladen standen offen und ihr Inhalt flog auf dem Teppich herum.

Unter dem Schutt von Alltagsdingen, Stempeln, Tesafilm, Heftzetteln und Briefmarken entdeckte Lisa die Nikotin-Kaugummis, mit deren Hilfe sich der Kardinal von seiner »sündhaften Abhängigkeit« vom Rauchen befreit hatte, wie er der jungen Journalistin vor Jahren gestand. Lisa konnte und wollte die Eminenz nicht so vor sich sehen: Kaugummi kauend zum Entzug. Aber die Ausdünstungen von Nikotin waren immerhin bei ihrem letzten Besuch verschwunden. *Aqua passata,* vorbei.

Donata hob den Laptop auf den Schreibtisch, überprüfte die Kabelverbindungen und versuchte, das Gerät einzuschalten. Ein leichtes Tuckern war aus seinem Innern zu vernehmen. Es verstummte schnell. Donata zog das Kabel aus der Rückwand des Computers, wartete einen Moment und steckte es dann wieder ein. Stille. Entgeistert blickte Lisa ihre Freundin an.

»Du hast die Dateien doch sicher noch auf dem USB-Stick gespeichert.«

Donata schüttelte den Kopf. »Ich verstehe selbst nicht, warum ich das nicht gemacht habe.«

»Egal, jetzt müssen wir auf jeden Fall den Kommissar anrufen«, erinnerte Lisa sie.

»Der fehlt mir gerade noch!«

»Du hast ihm heute morgen gefehlt, als du ihn versetzt hast!«

Lisa lief ins Haus zurück. Aus ihrer Tasche fischte sie die Visitenkarte des Kommissars, auf der er seine Handy-Nummer notiert hatte.

»*Pronto*«, rief Santini in den Hörer. Lisa überlegte. Würden die Ereignisse des Tages zu verworren klingen, um ernst genommen zu werden? Ihr erster Eindruck von dem Kommissar war nicht so gut gewesen, aber danach hatte er sich eigentlich um eine gute Verständigung bemüht … Egal, entschied sie kurzerhand, die Dinge wuchsen ihr und Donata über den Kopf. Sie waren eine Journalistin und eine Nonne, und für Morde war die Polizei zuständig. Also berichtete sie knapp, was geschehen war und wo sie beide steckten.

»Das überrascht mich nicht«, erwiderte Santini. »Ich hätte sowieso morgen eine Streife ins Sommerhaus geschickt, um diese Nonne holen zu lassen. Die Frau ist noch nicht entlastet. Und Sie selbst, offengestanden, auch nicht. Auch Sie brauche ich auf dem Revier!«

»Wie bitte? Donata soll unter Verdacht stehen? Und was bitte schön wollen Sie von mir?«

»Sie kannten die Eminenz noch länger als Ihre Freundin.«

»Aber ich habe keine Zeit, bei Ihnen herumzusitzen! Das Konklave fängt übermorgen an. Außerdem bin ich mit meinem kleinen Sohn hier.«

»Ihr Problem«, erwiderte der Kommissar. »Ich erwarte Sie morgen im Präsidium, 11 Uhr 30, gleich nach Ihrer Freundin.« Und damit kappte der Beamte grußlos die Leitung.

»Idiot«, schickte ihm Lisa lautlos nach, bevor sie Elenas Nummer wählte. Und ehe sie mehr als ein Hallo zu ihrer Freundin sagen konnte, rief die schon aufgeregt ins Telefon: » Wir wissen bereits alles. Entsetzlich!«
»Woher denn das? In den Nachrichten kam doch gar nichts!«
»Die *principessa*. Schneller informiert als die elektronischen Medien. Du kennst das doch, römischer Hochadel und der Vatikan …«
Lisa sah im Geiste die viel sagende Bewegung von Elenas Händen: zwei aneinander gelegte Finger, ein bisschen hin- und herwackelnd und ein intimes Verhältnis andeutend.
»Ich bin am See und heute Abend komme ich hier nicht weg!«
»Mach dir keine Sorgen. Die Nachrichten erfährst du sowieso im Internet.«
»Meinen Laptop habe ich dabei. Wie geht's Jannie?«
»Prima. Hör dir doch die beiden an!«
Elena hielt den Hörer in Richtung Garten. Das Gezwitscher der beiden Kinder übertönte den Sprecher von RAI 3, dem Fernsehsender, in dem sich zumindest noch vage die italienischen Linken wiedererkennen konnten.
»Pass auf, es klingt jetzt etwas überraschend für dich, aber Simon wird Jannie am Vormittag abholen. Sie fahren für einige Tage ans Meer, ein Männerausflug. Kannst du seine Klamotten in den Rucksack stopfen?«
»No problem. Wenn du mir nachher erklärst, wie es zu

diesem Männerbündnis kam, mache ich alles!« Lisa war einmal mehr überglücklich über ihre Freundin. Keine Fragen im unpassenden Moment zu stellen, sondern rasch zu helfen war für Elena selbstverständlich.
Oliviero schaltete sich ein. »Ich weiß, du musst da draußen ziemlich tragische Ereignisse aushalten. Aber du versäumst meine wunderbaren *saltimbocca!*«
»Hör auf! Die mit der besonderen Note? Wie war das noch: ganz klassisch auf die hauchdünnen Kalbsfilets zarten Parma-Schinken legen, dazu ein Blatt Salbei, aufgespießt mit einem Zahnstocher. Und einen Schuss Sahne in den Bratfond geben. Aber dann streust du ein paar Kapern in die Sauce. Das war dein Trick!«
»Genau! Hiermit verspreche ich sie dir bei deiner Rückkehr!«
»*Buon appetito* wünsche ich euch erst mal!«
»Aber Lisa! Weißt du denn nicht, dass man das seit dem bayrischen Papst schon seit etlichen Jahren nicht mehr sagen darf? Zumindest nicht laut den Benimmregeln seiner Freundinnen Gloria und Alessandra!«
»Ach, hör auf, das ist Steinzeit. Mein Kopf ist gerade ganz woanders. Nämlich hier. Es ist nicht lustig, plötzlich vor den frischen Spuren eines Einbruchs zu stehen. Und hier geht's nicht um Juwelen. Gib bitte meinem Kind einen Kuss von mir, ich will Jan jetzt nicht beim Spielen stören. Bis bald, ich melde mich!«
In dem Moment klang aus dem Obergeschoss auch schon Donatas Stimme, verstört und verängstigt.
»Bei mir im Zimmer haben sie auch herumgewühlt!«

Lisa stürmte über die steile Holztreppe nach oben. Donata lehnte bleich mit dem Rücken gegen den Rahmen ihrer Zimmertür. Sie drehte den Kopf weg, um das Chaos, den Übergriff in ihre kleine Welt nicht zu sehen.
»Ihr gehört offenbar fast nichts«, dachte Lisa bei sich, »zumal hier im Sommerhaus.« Sie sah hingeschleuderte T-Shirts, einen züchtigen, altmodischen Badeanzug, der ihrer eigenen Mutter gehört haben könnte, und einige wenige Fotos. Einen eleganten älteren Herrn und seine Frau in einer großen Bibliothek, ihre Eltern wahrscheinlich. Eine Kindergruppe vor einem Sommerhaus aus weißen Schindeln am Meer. Groß und dürr überragte Donata schon damals ihre Geschwister. Etliche Taschenbücher, amerikanische Autoren der Gegenwart, ein paar Japaner, die österreichische Nobelpreisträgerin vom Anfang des Jahrtausends. »Alles meine geistige Welt«, dachte Lisa zufrieden und etwas boshaft. »Und keine Bibel!«
»Hier dürfen wir natürlich auch nichts anfassen«, hörte sie Donata neben sich sagen.
»Allmählich bekommen wir Übung, was?«, erwiderte Lisa.

»Wissen wir eigentlich, wer das gewesen sein könnte?«, sinnierte Donata, als die beiden sich im Wohnzimmer verschanzt hatten. Die Nonne war erst dann etwas zur Ruhe gekommen, als die Fensterläden geschlossen und von innen verriegelt waren.

»Hm ... Ich habe dir doch von meiner unheimlichen Begegnung auf dem Weg hierher erzählt. Der Typ aus der schwarzen Limousine. Das ging eindeutig in Richtung des Kandidaten aus Bolivien.«

»Dass er möglicherweise zum See weitergefahren ist, beweist allerdings noch gar nichts.«

»Natürlich nicht. Wir wissen nur ganz sicher, dass die Kerle die Dossiers auf den CDs vermuten. Sonst hätten die deinen Laptop nicht in Rom mitgehen lassen.«

»Das ist eh eine Katastrophe. Da war auch mein ganzes Studium drauf. Ganz abgesehen von dem Geld, das er mich gekostet hat.«

»Hat die Eminenz seine Dossiers eigentlich selbst eingetragen?«

»Nein, dazu waren es zu viele. Das hätte bei ihm Jahre gedauert. Ich habe pro Abend eines geschafft.«

»Erinnerst du dich an Inhalte?«

»Kaum. Themen, ja.«

»Pädophilie?«

Donata schüttelte den Kopf.

»Denkbare Kandidaten für eine Papstwahl?«

»Nie im Zusammenhang mit dem Konklave.«

»Die drei Toten bei der Schweizergarde?«

»Auch nicht.«

»Dieser neue Finanzskandal nach der Jahrtausendwende?«

»Hätte ich mir gemerkt. Mein Vater war schließlich einer der großzügigsten Spender aus den USA.«

»Eine Bewertung des Pontifikats nach dem polnischen

Papst? Also das Pontifikat dieses Deutschen? Es war ja nicht unumstritten. Auch in der katholischen Kirche nicht. Gab es dazu eine Akte?«
»Vielleicht hat ihn dieser vorletzte Papst nicht so sehr interessiert«, meinte Donata zögernd.
»Meinst du?« Lisa sah ihre Freundin fragend an. »Das wäre untypisch für den Kardinal gewesen.«
»Natürlich gab es Bewertungen seiner Amtszeit. Sehr klare sogar. Ich entsinne mich an ein Faszikel zum Thema Kondome und Abtreibung. Dazu hatte er eine richtige Polemik verfasst: ›Wie unsere Kirche Afrika in den Untergang treibt.‹ Das wäre was für dich gewesen.«
»Ganz bestimmt. Aber zurück zu den Dossiers, die du übertragen hast. Es wundert mich einfach, dass so entscheidende Themen fehlen.«
»Das ist mir nicht aufgefallen. Aber das liegt wahrscheinlich an mir. Den besseren Überblick über die Interessen von seiner Eminenz hast du schließlich.«
Lisa lächelte. »Das ist mein Job! Bist du sicher, dass der Kardinal dir alle seine Dossiers gegeben hat?«
»Woher soll ich das wissen? Es ging mich ja auch nichts an. Meine Aufgaben waren ja ganz andere. Hätte ich als Haushälterin in seinen Akten herumschnüffeln sollen?«
Lisa überlegte. Natürlich – warum hätte der alte Mann einer jungen Frau, einer dazu ziemlich ungewöhnlichen amerikanischen Nonne, gleich so vertrauen sollen? Dann konnte es nur eine andere Lösung geben.
»Ich glaube, dass hier im Haus oder im Schuppen noch andere Dossiers sind.«

»Aber ich kenne doch jeden Winkel hier!«
»Vielleicht sollten wir Augusta fragen?«
»Die redet nicht mit mir.«
»Aber mit mir.« Lisa sah die alte Frau vor sich. Klein, dürr und bleich, flink wie ein Wiesel. Nur ihre Augen waren immer schon schlecht gewesen. Die trüben Fenster und den Staub auf seinen edlen Möbeln mochte der Kardinal noch hinnehmen. Aber als ihm eines Tages Speisereste von der vorhergehenden Mahlzeit auf seinem Teller begegneten, während sich Augusta zugleich störrisch weigerte, die Spülmaschine zu benutzen, wusste er, dass er sich von seiner langjährigen Hausgefährtin trennen musste. Das ihr zustehende Abschiedsgeld fiel über alle Maßen großzügig aus, aber das konnte die alte Frau mit seinem Entschluss nicht versöhnen. All ihren Groll über den Abschied hatte sie seitdem auf ihre Nachfolgerin übertragen.
»Weiß sie denn Bescheid, was passiert ist? Ich habe vorhin erst Nachrichten gehört. Nichts«, zweifelte Donata.
»Oh, da bin ich mir fast sicher. Eine der Gemüsefrauen vor dem Palais des Kardinals kommt aus ihrem Heimatdorf. Die beiden waren dick befreundet. Es wäre ein Wunder, wenn die Augusta nicht angerufen und ihr alle Details erzählt hätte!«
»Die Idee gefällt mir trotzdem nicht. Eine Konfrontation mit Augusta brauche ich heute Abend wirklich nicht auch noch.«
»Wir müssen ja nicht unbedingt mit ihr selbst reden.

Sie wohnt bei ihrem Sohn hier um die Ecke. Der hat auch manchmal beim Sommerhaus gewerkelt. Bäume beschnitten, Holz gehackt und so.«
»Ich weiß. Enrico. Überzeugtes Mitglied der italienischen Kommunistenpartei bis zu ihrem Ende. Ein großer Kritiker der katholischen Kirche. Die Eminenz mochte ihn. Manchmal haben die beiden richtiggehend und gründlich debattiert. Da habe selbst ich noch lernen können.«
»Falls du ihrem Italienisch überhaupt schon folgen konntest!« Lisa schwitzte allein bei der Erinnerung an ihre ersten Bemühungen, ein schnelles erregtes Gespräch zu verfolgen.
»Stimmt. Die beiden sprachen ja noch dazu Römisch miteinander. Das ist dann noch mal eine Variante, die nicht in meinem Lehrbuch steht.«
»Also los!«
»Und wie? Mit dem Auto kommen wir da nicht hin. Das ist jetzt alles Naturschutzgebiet. Und hier gibt es nur ein Fahrrad. Meins.«
»Bist du sicher?«, antwortete Lisa. »Ich hab so was vor Augen, dass der Kardinal auch eine uralte Möhre besaß. Lass uns mal überlegen, wo die sein könnte!«
»Hinter dem Schuppen gibt es einen Verschlag. An den habe ich mich noch nicht rangetraut, so voll ist der mit Gerümpel«, erinnerte sich Donata.
Sie sprang auf, um aus der Küche eine riesige Taschenlampe zu holen, eine Art Handscheinwerfer. Zur Demonstration richtete sie den Strahl auf die oberen Wip-

fel der gigantischen Eiche hinter dem Haus. Mit dieser Beleuchtung stapften die beiden durch das hohe Gras zu der Bretterbude am hinteren Teil des Schuppens, ein eher vorläufiges Konstrukt aus rohen Brettern und einer kleinen Tür ohne Schloss. Als Donata sie vorsichtig öffnete, huschte ihnen eine fette Ratte entgegen.
Lisa hielt einen Aufschrei zurück. Auch Donata verzog angeekelt das Gesicht, aber sie wagte einen Schritt in den Raum, aus dem ihnen ein dumpfer Modergeruch entgegenschlug.
Verrostete Bettgestelle lehnten gegen die schwachen Wände, ein Rasenmäher von anno dazumal war zum Ruhestand in den Verschlag verbannt worden, begleitet von einem einfachen Schränkchen, dessen Fächer sich unter Dosen mit längst verbotenen Pflanzenschutzmitteln bogen.
Seitlich dahinter, verborgen unter einer Plane, zeichnete sich die Kontur eines Fahrrads ab. Vorsichtig legte Donata es von seiner Vermummung frei. Zum Vorschein kam ein blitzender Fahrradrahmen – »ein super Bike«, konstatierte die Amerikanerin beifällig. »Von wegen Möhre!«
Das Herrenfahrrad war so gut wie neu, mit einer hochmodernen mehrstufigen Gangschaltung. »Ziemlich mutig war der alte Herr schon«, merkte Lisa an.
»Und er liebte jede neue Technik«, erwiderte Donata. »Das war auch zu erkennen, als ich ihm den Umgang mit Computern beigebracht habe. Er begriff alles blitzschnell. Was für ein heller Verstand!«

Wieder entstand ein Moment der Stille zwischen den beiden, in dem sie ihren Schmerz überwältigend spürten und mit den Erinnerungen kämpften. Donata fasste sich zuerst und fragte sie mit leicht belegter Stimme: »Wie konnte so ein Superteil nur in diesen Verschlag geraten?«

»Das kann ich dir verraten«, gab Lisa zurück, froh über die Rückkehr zu einfachen Fragen. »Augusta war sicherlich außer sich, als sich ihr Herr und Meister mit seinen damals schon achtzig Jahren vor ihren entsetzten Augen auf den Sattel schwang und auf dem Uferweg entschwand. Das hat sie mir noch erzählt.«

»Klar: Das Ding musste verschwinden«, vermutete die Nonne. »Sie wird ihm erzählt haben, es sei im Winter gestohlen worden. Eine Lüge aus Fürsorge, dafür gibt ihr der liebe Gott sicherlich nicht so furchtbar viele Strafpunkte. Schließlich heißt es schon in einem Petrus-Brief: ›Die Liebe macht viele Sünden wieder gut.‹«

Lisa lachte. »Du kennst die Bibel ja wirklich fast auswendig!«

»Ich halte sie für eine großartige Sammlung nützlicher Einsichten – aus vielen Jahrhunderten im Übrigen«, sagte Donata, während sie die brüchige Plane sauber zusammenfaltete und das neue Fortbewegungsmittel kritisch betrachtete. »›Prüfet alles, aber nehmet nur, was gut ist‹«, zitierte sie noch einmal das Buch der Bücher, während sie das Vorderrad in Schwung setzte. Eine Halogenlampe leuchtete am Lenker auf und schickte ihr weißes Licht über gut zehn Meter bis zur Terrasse. »Für

Nachtfahrten ist das Ding jedenfalls auch geeignet, was wollen wir mehr?«
Aber jetzt zögerte Lisa, obwohl es ihre Idee gewesen war, Augusta zu besuchen: »Ich fahre so ungern im Dunkeln. Ich bin nachtblind.«
»Aber Angst vor Räubern hast du nicht?« Donata klang etwas spöttisch.
»In letzter Zeit schon«, konterte Lisa. »Vor allem vor solchen, die für ein paar Dokumente morden. Aber du hast Recht, wir haben keine Zeit zu verlieren und müssen Augusta sprechen, bevor sie ins Bett geht. Soweit ich weiß, ist das ziemlich früh. Ihr muss einfach aufgefallen sein, wo die Eminenz Dinge versteckt haben könnte, neugierig, wie sie war!
Lass mich nur mein Handy holen. Ich muss doch erreichbar sein – für Jannie. Schließlich habe ich ihn mit Simon sehr überraschend allein gelassen. Vielleicht bekommt er nachts plötzlich doch Angst in diesem fremden Haus am Meer, mit einem Menschen, den er kaum kennt.«

Donata schwang eines ihrer langen Beine über den Bügel des Herrenfahrrads und trat fest in die Pedale.
Lisa folgte ihr, den Blick fest auf das Rücklicht der Fahrerin vor ihr gerichtet. Auf dem unebenen, lehmigen Uferweg waren tiefe Pfützen zu umfahren und allerlei tückisches Gezweig schlug ihnen entgegen, das der Regen von den Bäumen abgeschlagen hatte. Lisa lenkte in höchster Konzentration, doch eine unbestimmte Furcht

wollte sie nicht loslassen. Wie ein Kind wähnte sie in dem düsteren Wald überall unabsehbare Schrecken: wilde Tiere und Räuber wie einst aus den Märchen. Die Rufe von Käuzchen hallten unheimlich in ihren Ohren, hastige Flügelschläge in ihrer Nähe schienen Angriffe von Vögeln mit scharfen Krallen anzukündigen.
Aber allmählich besserte sich der Pfad. Der unheimliche Wald trat zurück und der Blick wurde weiter. Lisa holte auf und fuhr nun neben Donata. Als die ihr das Gesicht zuwandte, löste Lisa die rechte Hand vom Lenker und spreizte Zeige- und Ringfinger zum V-Zeichen. Donata lächelte ihr zu.
Seitlich vor ihnen – kaum hundert Meter vom Ufer entfernt – wurde nun das Haus sichtbar, in dem Augusta mit ihrem Sohn und seiner Familie lebte. Es war ein schmuckloser, unverputzter Bau aus Tuffstein-Ziegeln mit zwei Stockwerken. Aus dem Flachdach ragten Stahlstreben auf, die auf das dritte Geschoss warteten. Legal konnte der Bau in dem artenreichen Naturschutzgebiet nicht errichtet worden sein, das sich rings um den See zog.

Augusta saß mit ihrem Sohn Enrico, seiner gewaltig übergewichtigen Frau Daniela und den beiden Kindern um einen Tisch. Ein am Haus befestigter Scheinwerfer erleuchtete den Anblick wie eine Bühnenszene. Misstrauisch blinzelte die Alte den beiden Gestalten entgegen, die auf Fahrrädern aus der dunklen Nacht auf-

tauchten und Kurs auf ihre abendliche Runde nahmen.
Dann erkannte sie Donata und Lisa. Unvermittelt sprang Augusta auf und schrie die Nonne an: »Wer hat dir erlaubt, dich hier zu zeigen? Du hast mir den Kardinal weggenommen, er war mein Leben! Jetzt ist er tot, und du bist schuld daran. Weg von hier, aber schnell!«
Donata sah verletzt aus, aber sie schwieg und bewegte sich nicht.
»Augusta«, griff Lisa ein. »Wie geht es dir? Du hast mich doch nicht vergessen, oder? Ich kenne Donata zwar noch nicht lange, aber wir sind gleich Freundinnen geworden und ...«
»Dann bist du genauso schlimm wie sie. Ich weiß es ganz genau.«
»Was weißt du ganz genau?«
»Meine Freundin vom Markt hat selbst gesehen, wie deine feine Nonne einen Stein in das Tor zum Haus des Kardinals gelegt hat, damit es nicht mehr zuging. Also hat sie den Mörder reingelassen!«
Augustas ganze Familie war offensichtlich derselben Meinung. Enrico kreuzte die Arme vor der Brust, als die alte Frau im Haus entschwand.
Lisa bemühte sich, die eisige Stimmung zu brechen, und bat: »Könnten wir wohl ein Glas Wasser bekommen? Die Radfahrt hat uns ziemlich durstig gemacht.«
Daniela blickte ihren Mann an. Der nickte unwirsch. Daniela ging ins Haus und kehrte mit zwei halbvollen Gläsern zurück, die sie hart auf den Tisch setzte.

Die junge Journalistin machte einen Vorstoß. »Enrico, ich weiß, Sie teilten die politischen Ansichten des Verstorbenen nicht und er nicht die Ihren. Aber er hat Ihnen vermutlich in Ihren Diskussionen seine Meinung über die künftigen Nachfolger des Papstes gesagt. Er hielt von den meisten nicht besonders viel.«
»In der Tat, das blieb mir nicht verborgen.« Enrico war geschmeichelt, dass er in Lisas Augen als Eingeweihter des Kardinals galt ...
»Die Eminenz hatte wichtige Dokumente gesammelt, die verhindern sollten, dass jemand Falsches auf den Thron Petri gelangt.«
»Einer der Kandidaten gehört zu den Steinzeit-Fundamentalisten. Ja, darüber haben wir beide auch gesprochen.«
»Hat er Ihnen gegenüber nicht die Dokumenten-Sammlung erwähnt, die er angelegt hatte?«
»Nein, nicht direkt. Aber eines Tages bat er mich, eine Holzkiste in einer trockenen Ecke der Höhle dahinten zu verbergen, in der ich meine Champignons züchte.«
Triumphierend sah er Lisa an, offenbar sehr zufrieden mit seinem Vertrauensbonus bei dem Verstorbenen.
»Also wüssten Sie auch, wo diese Kiste zu finden wäre?«
Enricos Triumph schlug in Argwohn um. »Ich erinnere mich nicht. Und warum sollte das überhaupt wichtig sein?«
»Enrico, Sie sind doch ein politischer Mensch. Sehen Sie denn nicht auch mit Sorge, wie die Gefahr einer

blutigen Konfrontation zwischen wild gewordenen Islamisten und der westlichen Welt immer näher rückt? Wenn jetzt katholische Fundamentalisten in die Kirchenführung gelangen und den nächsten Papst stellen, wird ein Glaubenskrieg unvermeidbar. Ein anderer Spitzenkandidat hat Verbindungen zum lateinamerikanischen Drogenkartell. Er wäre verantwortlich, wenn jetzt überall in der Welt junge Leute an Heroin verrecken. Wollen Sie das etwa?«
»Das wollen wir Linken natürlich nicht!«
»Gut, ich kann Ihnen nicht im Einzelnen darlegen, was hier gerade geschieht. Nur so viel: Der Kardinal hatte Feinde, die ihn ermordet haben und seine belastenden Unterlagen zu den Papstkandidaten vernichten wollen. Wir konnten schon den Kardinal nicht schützen, aber möchten jetzt seine Dossiers sichern. Also bitte, helfen Sie uns. Es geht schließlich auch um einen Menschen, der Ihnen und Ihrer Familie über viele, viele Jahre sehr nahe stand.«
Enrico überlegte. Dann ging er ins Haus. Aus der Küche hörte man eine heftige Auseinandersetzung. Augusta kreischte. Daniela beschimpfte ihren Mann. Der klang beschwichtigend und allmählich wurde die Stimmung im Haus friedlicher. Als Enrico zurückkehrte, hielt er einen langen Eisenschlüssel in der einen und eine Taschenlampe in der anderen Hand.
»Morgens ist es einfacher, da fällt wenigstens Licht in die Grotte. Aber da Sie nun mal hier sind, gehen wir jetzt. Gemütlich ist es nicht da drin. Aber ich habe noch

eine gute Nachricht für euch. Augusta findet, dass Lisa viel zu dünn geworden ist, ganz zu schweigen von ihrer entsetzlich dürren Freundin Donata. Also wird jetzt gekocht. Ihr seid nach dem Grottenbesuch zum Essen eingeladen.«

5

Die Höhle, in der Enrico seine Pilze züchtete, lag etwa 20 Meter hinter dem Haus und riss wenig einladend ihren düsteren Schlund am Abhang eines dicht bewachsenen Hügels auf. Erst am Eingang war das enorme Ausmaß der Grotte zu erahnen. Aus der Tiefe des Raumes rauschte ein kleiner Wasserfall. Es roch modrig und pilzig. »Noch ein Abenteuer«, dachte Lisa. »Tom Sawyer«, flüsterte ihre Freundin in diesem Moment. »Oder Enid Blyton«, ergänzte Lisa genauso leise. »Die Reihe hatte mir meine Mutter vererbt.«
Enrico hatte ein rudimentäres Schienensystem in der Grotte ausgelegt, auf dem er seine Stellagen mit gestapelten Blechen bewegen konnte. Donata sah den Züchter fragend an. »Meine Pilze müssen reisen«, erklärte er.
Er zeigte auf die Behälter. »Hier am Anfang sieht man nur die gute, mit kompostiertem Pferdedung durchmischte Erde, die ich mit meiner Champignon-Brut quasi impfe. Jetzt sind an die 20 Grad angesagt, die wir ziemlich am Anfang der Höhle haben.«
»O nein«, dachte Lisa, »bitte jetzt nicht den ganzen Vortrag.« Sie hatte nicht gewusst, dass Enrico sich mit solcher Professionalität und Leidenschaft der Pilzzucht

verschrieben hatte. Und sie hatte auch schon so eine Ahnung, was es zum Abendessen geben würde ...
Aber Donata war fasziniert. »Warum müssen die Champignons denn reisen?«, fragte die Nonne.
»Weil sie unterschiedliche Temperaturen brauchen, um zu wachsen«, gab Enrico zurück. »Sobald die weißen Knöpfchen in der Erde sichtbar werden, wollen sie es ein wenig kühler haben. Also schiebe ich die Stellagen weiter in die Höhle rein, wo es ungefähr um drei Grad kühler ist. Daniela begießt derweil die kleinen Kerle mit dem guten Quellwasser da hinten. Bessere Luft, besseres Wasser und bessere Erde als hier kann es nicht geben! Bessere Champignons natürlich auch nicht.«
»Stimmt«, musste Lisa ihm beipflichten. Zu gut erinnerte sie sich an Augustas Polenta-Gebirge, aus deren Gipfel der buttrige Fond der gebratenen Champignons sickerte, an ihre Makkaroni mit Pilzen, Auberginen und Zwiebeln oder ihre Sonntags-Lasagne, bei der die Champignons mit zartem Kalbshack gemischt wurden.
»Ich weiß nicht mehr, wie lange ich dem weißen Plastikzeug aus den Supermärkten, das als Champignon verkauft wird, noch etwas entgegenzusetzen habe«, schränkte Enrico ein. »Das hängt sehr von meinem Freund Riccardo ab. Er hat ein ziemlich verlockendes Angebot von einem Bauunternehmen für das Weideland, auf dem seine Pferde grasen. Und ich brauche den Kompost aus Pferdeäpfeln von Tieren, die auf einer richtigen Weide fressen. Genau der gibt den Champignons die Würze, die sie brauchen.«

Lisa wurde unruhig. Enricos Vortrag drohte länger zu dauern, und sie hatten doch etwas ganz anders suchen wollen als Pilze. Auffordernd blickte sie ihre Freundin an.
»Und die Kiste des Kardinals«?, fragte Donata prompt.
»Die werden wir jetzt auch suchen. Irgendwo hier muss sie sein.«
Enrico wies auf die feucht glänzenden Felswände. »Das ist auch schon wieder drei Jahre her. Ich habe den alten Herrn damals abgeholt und ihm die Kiste getragen. Das war ein richtig antikes Ding. Mit so was sind früher die Seeleute auf große Fahrt gegangen.«
Er ließ den Lichtkegel seiner Taschenlampe über die Wände wandern. Fledermäuse flatterten auf und unter den Füßen der Wanderer knirschte Geröll. Die Wände der Grotte schienen zusammenzurücken. Der Weg führte leicht in die Höhe in Richtung der Quelle. Der kleine Trupp ging immer an einem grünen Schlauch entlang, der das kostbare Quellwasser mit natürlichem Gefälle zu den Champignons trug. Schließlich gelangten sie an einen kleinen Teich, in den die Quelle sprudelte. Enrico ließ das Licht weiterwandern.
»Jetzt müssen wir uns links halten. Es wird sehr eng werden.«
»Ist es noch weit?«
Lisa klang erschöpft. Sie fröstelte. Für eine Höhlenexpedition war sie entschieden zu leicht angezogen.
»Ich glaube nicht.«
Enrico schritt unbeirrt voran. Donata hielt den Schein

ihrer Lampe auf seinen kräftigen Rücken gerichtet. Plötzlich blieb der Mann stehen. »Verdammt. Hier kommen wir nicht weiter.« Eine Mauer aus Geröll versperrte den engen Weg. Doch zwischen der Felswand und dem Steinschutt war ein schmaler Spalt geblieben. Enrico sah sich um und musterte die beiden Frauen.

»Sie passen da durch«, nickte er Donata zu. »Gehen Sie einfach immer wieder geradeaus, bis Sie zu einer kleinen Biegung kommen. Dort ist eine Vertiefung in der Wand, wie ein Küchenbord. Ich vermute, dass er dort die Kiste abgestellt hat.«

Ohne zu zögern, zwängte die Nonne sich vorsichtig durch den Zwischenraum und war verschwunden. Die Zurückgebliebenen hörten ihre leichten Schritte, die sich entfernten. Der Schein ihrer Taschenlampe wurde schwächer. Dann herrschte plötzliche Stille. »Donata, bist du okay?«, rief Lisa besorgt.

»Don't worry«, kam die Antwort. Die Stimme der Nonne klang dumpf und entfernt. Aber dann schrie sie aufgeregt zu den anderen: »Hier steht die Kiste! Nur tragen kann ich sie nicht. No way.«

»Kannst du sie öffnen?«

Enrico schüttelte skeptisch den Kopf. »Das schafft sie nur, wenn die Schnappverschlüsse durchgerostet sind.«

»Damned«, war Donata nun sehr unfromm zu vernehmen. »Jetzt habe ich mir den Daumennagel eingerissen!«

Doch dann schnappte es viermal laut. »Offen?«, rief Lisa aufgeregt. »Was siehst du?«

»Keine Dokumente jedenfalls. Sieht mir eher wie eine Sammlung von Weihnachtsgeschenken aus. Oder doch, wartet. Hier ist ein Heft, seine Handschrift.«
Stille.
»Lisa, du wirst enttäuscht sein. Nichts Aktuelles. Die Daten liegen sehr weit zurück. Soweit ich das entziffern kann, haben wir es hier mit den Glaubenszweifeln eines jungen Seminaristen zu tun.«
»Und sonst?«
»Ich hole gerade eine Stapel von Briefen aus einem Plastiksäckchen.«
Wiederum Schweigen. »O je, verliebt war er auch mal. Das sind Briefe einer jungen Frau, die ihm antwortet. Herzzerreißend. Tragisch. Shakespeare.«
»Und der Rest? Die Geschenke?«
»Wartet, ich reiche euch gleich einen Karton durch. Aber Vorsicht. Da steht ›Sehr zerbrechlich‹ drauf.« Donatas Schritte näherten sich. Dann erschienen ihre Hände aus dem Durchbruch. Lisa nahm vorsichtig den Karton entgegen, der etwas ungeschickt verschnürt war. Seitlich entdeckte sie nun ein Etikett in der Schrift des alten Mannes: *Für Isabella*.
Isabella ... Lisa erinnerte sich an das Foto einer jungen Frau, das sie im Sommerhaus in einem der Bücherborde gesehen hatte. Sie trug enge Jeans und ein Oberteil, das ihren flachen Bauch nur sehr knapp bedeckte. Eine Flut schwarzer Locken fiel ihr auf die Schultern. »Meine Urgroßnichte«, hatte die Eminenz stolz erklärt. »Ebenso schön wie intelligent. Hat in Cambridge Wirtschaft

und Politik studiert und promoviert jetzt an der London School of Economics.«

Als Nächstes hob Donata einen unförmigen, schweren und in Zeitungspapier gewickelten Gegenstand in die wartenden Hände von Enrico. Mit grünem Filzstift stand *Für Augusta* darauf. An einem Ende war das Papier aufgerissen. Lisa erkannte den marmornen Fuß der kleinen Pendeluhr aus der römischen Wohnung des Kardinals. In ihrem gläsernen Gehäuse drehten sich vier schlanke schimmernde Messingsäulen umeinander.

Enrico nickte zufrieden. Die bizarre Bescherung in der düsteren Höhle am See ging weiter. »Jetzt bist du dran, Lisa«, rief Donata aus ihrem Verlies. Die junge Frau nahm einen leichten Karton in Empfang, auf dem ihr Name stand. Ungeduldig öffnete sie die Schachtel und befreite behutsam erst eine, dann die zweite Teetasse aus fast durchsichtigem, bemaltem Limoges-Porzellan aus dem Seidenpapier. Zu den Tassen gehörten zwei schlanke goldene Löffelchen, deren Griff ein Wappen trug. Solch edles Geschirr hatte Lisa in der Wohnung des Kardinals nie gesehen. »Wahrscheinlich wollte er das Familienerbe vor Dieben bewahren«, sinnierte sie laut und beschloss für sich, eine der beiden Tassen Donata zu schenken.

»Wir hätten euch schon fast vermisst gemeldet«, rief Daniela der kleinen Gruppe entgegen. Wie anders wurden Donata und Lisa nun begrüßt als noch vor ein paar Stunden! Enrico hatte einige der Geschenke von der

Eminenz mitgenommen, aber alles konnte er nicht tragen. Die anderen warteten in der Höhle auf den Abtransport.
»Das Schönste ist für dich, Mama«, rief Enrico. Er hatte die Kaminuhr bereits ausgewickelt und hielt sie seiner Mutter entgegen.
»Da, das hat Seine Eminenz dir hinterlassen! Schau, hier steht dein Name.«
Augusta streckte die Hände aus, um sie gleich wieder sinken zu lassen. Sie stand wie erstarrt da und man konnte kaum sehen, dass ihre mageren Schultern leicht bebten. Dann schluchzte sie laut auf.
»Siehst du nun, dass dich Seine Eminenz nicht vergessen hat?«, sagte Daniela sanft und umarmte ihre Schwiegermutter. »Im Gegenteil, er hat dir ein wunderbares Geschenk gemacht, an dem wir uns alle freuen werden.«
Die Alte befreite sich verlegen. Aber sie lächelte nun ein wenig, wobei die etwas zu strahlend weißen und zu gleichmäßigen Zahnreihen ihres Gebisses zum Vorschein kamen. Sie stellte die Kaminuhr mitten auf den Gartentisch aus Plastik und sagte: »Jetzt muss ich aber dringend in die Küche zurück! Diese Familie verhungert mir noch. Lisa, du kannst mir helfen.«
»Ich freue mich schon«, sagte Donata. »Der Ruhm Ihrer Pasta ist längst bis zu mir vorgedrungen! Wenn ich helfen kann …«
»Hier duzen wir uns, Mädel. Du kannst gleich mit Daniela den Tisch decken!« Und damit entschwand die Alte in der Küche. Enrico begab sich in die Garage, in

der neben seinem schlammbespritzten Jeep, einem Rasenmäher und Werkzeug auch eine eindrucksvolle Doppelreihe von riesigen 45-Liter-Flaschen Rotwein aus seiner eigenen Produktion stand. Daniela pflückte derweil Salat aus ihrem kleinen Gemüsegarten.

Donata hob die Kaminuhr vom Campingtisch und brachte sie vorsichtig ins Haus. Sie kehrte mit einer Tischdecke aus Papier und einem Stapel von Plastik-Tellern und -Besteck zurück, und deckte den Campingtisch. Lisa stand neben Augusta vor dem Herd.

»Soll ich schon das Wasser aufsetzen«?, bot sie an.

»Kindchen, immer erst mit der Sauce anfangen. Sonst zerkocht dir die Pasta. Oder schlimmer noch: sie wird kalt. Hol mir bitte mal den Sugo aus der Speisekammer.« In für Augusta greifbarer Höhe reihten sich an die fünfzig Gläser mit Tomatenpüree auf, die sie selbst eingekocht hatte. Jetzt entsann sich Lisa: auch im Küchenschrank des Kardinals waren zum Ende des Sommers solche Gläser erschienen, allerdings in kleinerer Größe.

Augusta zerschnitt derweil eine kleine Karotte und einen halben Stängel Staudensellerie, während sie reichlich Öl in ihrer gusseisernen Pfanne erhitzte. Zwei Knoblauchzehen durften darin ergolden. Dann zerteilte sie reichlich gemischtes und vorher gesalzenes Hackfleisch und nahm schließlich noch eine *salsiccia* aus dem Kühlschrank, ein kräftig gewürztes römisches Schweinswürstchen. Sie drückte die Wurstmasse ebenfalls in den Sugo.

»Das ist unsere Variante einer Bolognese«, grinste die Alte zufrieden. »Wir Römer lieben es deftig.«
Den gusseisernen Drei-Liter-Topf hatte sie präzise gefüllt, nämlich bis gut fünf Zentimeter unter den Rand. Lisa hielt ihr das grobkörnige Salz hin. »Noch nicht, Kindchen. Das Salz erst zum Schluss. Wenn es sprudelt.«
»Warum?«
»*Ragazza mia*, eine gute Pastaköchin wirst du nie! Es ist doch ganz einfach: Salziges Wasser kocht zusammen. Und dann hast du plötzlich versalzene Pasta.«
»Und der Schuss Öl, damit die Pasta nicht klebt, wann kommt der rein?«
»Überhaupt nicht. Erfindung von angeblichen Experten. Gute Pasta klebt nicht. Hol den Sugo-Topf und ruf schon mal die Kinder.«
Mittlerweile war es schon halb zehn. Die Zwillinge, Enrico und Sebastian, zwölf Jahre alt, schwangen sich von einem Ölbaum auf den Boden. Triumphierend trug Augusta die dampfende Pasta an den Tisch, die sie flink auf die Teller verteilte. Dann herrschte erst mal Stille.
»*Buono*«, sagte Enrico.
»*Sei grande, nonna*«, kommentierte Sebastian. »Du bist einfach toll, Oma.«
Lisa und Donata aßen konzentriert. Ihr leichtes Abendessen vor zwei Stunden war längst vergessen. Niemand ließ auch nur ein kleines Nüdelchen auf dem Teller zurück und ein allgemeines beglücktes Aufseufzen beendete die Mahlzeit. In die benutzten Teller verteilte Da-

niela den frischen Salat, aber in dem wurde nur noch herumgestochert. Die frischen Feigen aus dem eigenen Garten und ihr neuer Schafskäse fanden schon mehr Zuspruch. Lisa und Donata genossen noch einen Espresso aus einer kleinen, gusseisernen Kanne. Enrico bot Grappa an, der auch aus seiner eigener Produktion stammte. Aber er blieb der Einzige, der an einem Gläschen nippte. Nach ein paar zufriedenen Schlucken brach er dann auch das Schweigen in der Runde.
»Wir haben ja eine Menge gefunden, aber das, was ihr gesucht habt, war nicht dabei ...«
Lisa und Donata nickten resigniert.
»Nehmen wir mal an, die Dossiers waren auf den CDs, die die Eindringlinge mitgenommen haben«, sinnierte Lisa.
»Dann müssten wir sehen, ob wir die Texte doch noch von der Festplatte bekommen«, überlegte Donata. »Da sehe ich nur leider schwarz! Der Laptop ist auf den Boden geschmettert worden, mit Wucht wahrscheinlich, und das wird bittere Folgen haben. Einen *head crash* zum Beispiel.«
»Ein bisschen weiß ich ja auch was von meinem wichtigsten Werkzeug. Aber was genau meinst du denn mit diesem komischen Crash?«
»Wenn mechanische Gewalt auf das Gerät ausgeübt wird, dann kann es geschehen, dass der Lese- und Schreibkopf des Computers die superempfindlichen Magnetplatten im Gehäuse berührt, und dann ist Sense. Aus für immer!«

»Ich verstehe nur Bahnhof«, verkündete Enrico. »Mein Computer ist ein Relikt der Steinzeit. Er hat nicht mal ein Disketten-Laufwerk und reicht so gerade zum Rechnungenschreiben. Leider.«
»Papi braucht einen neuen Computer«, schrien die Zwillinge begeistert wie aus einem Mund.
»Das könnte euch so passen. Kommt nicht in Frage.« Daniela klang äußerst entschieden. »Das sind Kinder-Verdummungsmaschinen. Wie oft muss ich das noch sagen: Ich will nicht, dass ihr den ganzen Nachmittag in eurem Zimmer hockt und wie die Blöden auf diesen Bildschirm starrt. Wo ihr doch den schönsten Spielplatz der Welt, die Natur, vor der Haustür habt. Und im Übrigen haben wir nicht das Geld dafür!«
»Warum braucht ihr diese Dossiers eigentlich so wahnsinnig dringend?« fragte Enrico.
Nun blickten alle auf Lisa.
»Weil übermorgen das Konklave beginnt!«
Verdutztes Schweigen. Daniela sah sich in der Runde um. »Kapier ich nicht, aber ich bin nur eine Hausfrau vom Land. Versteht ihr anderen das vielleicht?«
Ratlose Gesichter rund um den Tisch. Enrico griff nach einer Birne und begann, sie zu schälen. Augusta stand auf und sammelte die Teller ein.
Donata merkte, dass sich die Essensgemeinschaft aus sehr unterschiedlichen Welten zusammengefunden hatte. In dieser Runde konnte man nicht so leicht einen gemeinsamen Nenner voraussetzen, wie Lisa das gerne tat.

»Ihr kanntet doch alle die Eminenz, euren Nachbarn«, begann Donata. »Er war ein wunderbarer alter Mann. Ihr habt ihn geliebt und bewundert, genau wie Lisa und ich. Und ihr könnt euch vorstellen, dass er viele Geheimnisse kannte, die er festhalten wollte. Und nachdem ich ihm beigebracht habe, wie man auf einem Computer schreibt, hat er den wie ein Notizbuch benutzt.«

Lisa übernahm das Wort.

»Und ihr wisst doch auch, dass übermorgen das Konklave beginnt. Darüber schreibe ich für verschiedene Zeitungen in Deutschland. Unter den Kandidaten sind mindestens zwei im Rennen, die auf dem Thron Petri sehr gefährlich wären. Darüber habe ich mit dem Kardinal gesprochen, als ich ihn vor zwei Tagen zuletzt gesehen habe. Und ich weiß, dass er viele seiner Ansichten und Kenntnisse am Computer aufgeschrieben hat.«

»Jetzt verstehe ich endlich. Ihr denkt ...«

»Ja. Die CDs sind zwar weg, aber auf der Festplatte könnte der Text noch erhalten sein. Und genau die haben die Eindringlinge zerstört.«

»Also ihr braucht einen Spezialisten, der das überprüfen kann.«

»Antonio«, tönten die Zwillinge wie aus einem Mund.

»Genau den«, sagte ihr Vater und griff nach seinem Handy. Als sein Gesprächspartner antwortete, reichte er das Mobiltelefon wortlos an Donata weiter – und respektierte ohne viele Worte die Kompetenzen des Frauenteams auf diesem speziellen Gebiet.

Donata schilderte knapp den Schiffbruch des Rechners, wobei sie es sorgfältig vermied, auf die Hintergründe des Einbruchs einzugehen.

»Haben Sie überprüft, ob alle Kabel richtig eingesteckt sind?«, vernahm Donata aus dem Hörer. Eine zurückhaltende und nachdenkliche Männerstimme. »Sieht es denn so aus, als ob jemand versucht hätte, die CDs einzulesen?«

»Der PC ließ sich noch anstellen, aber der Bildschirm flimmerte nur noch.«

»Also haben die Besucher ein wenig herumgestümpert. Und der USB-Stick?«

»Den wollte der Besitzer des Laptops nicht benutzen.«

»Warum haben Sie selbst nicht das Teilchen hereingeschoben, wenn es hier um eine wichtige Sache ging?«

»Das wäre ein schwerer Vertrauensbruch gewesen.«

»Also haben Sie den Besitzer des Laptops weiter mit einer veralteten Technik arbeiten lassen? Das gehört sich eigentlich nicht.«

»Ich brauche keine Lektionen von Ihnen!« Donata ärgerte sich über die Belehrungen, die sie sich gefallen lassen musste. Aber in dieser vertraulichen Angelegenheit konnte sie schlecht zur persönlichen Rechtfertigung mehr Insiderwissen an einen Fremden weitergeben.

»Nun ist es eh zu spät, da brauchen wir uns auch nicht über Vergangenes zu streiten. Also bringen Sie mir den Rechner morgen früh vorbei – und ich meine sehr früh! Dann werde ich die Festplatte untersuchen. Aber versprechen kann ich Ihnen nichts.«

»Wo wohnen Sie denn?«
»Mein Haus liegt am selben Weg wie das von Enrico, zehn Minuten weiter und unverkennbar älter als seines. Roter Backstein, Türmchen mit Bleidach. Seien Sie bitte pünktlich! Meine Zeit ist kostbar: 6 Uhr 30, keine Sekunde später.«
»Goodness gracious!«, entfuhr es der Nonne. »6.30 in der Frühe«, wiederholte sie dann laut und schaute dabei Lisa an. »Mir macht das frühe Aufstehen ja nichts, es gehört ja zu meinem Alltag dazu. Ist es für dich auch okay?«
Aber Lisa blieb ganz entspannt. »Warum denn nicht! Ist doch gut so. Wir müssen beide dringend in die Stadt zurück, und das möglichst vor dem Berufsverkehr Schließlich muss ich jetzt täglich aus Rom berichten.«
Dass der Kommissar sie beide außerdem sprechen wollte, verschwieg sie lieber.

Nachts kehrte Lisa in die Höhle zurück. Sie war labyrinthischer und unheimlicher als vorher. »Donata«, rief sie in die Dunkelheit, aber sie hörte nur das schwache Echo ihrer eigenen, verängstigten Stimme. Mit beiden Händen tastete Lisa sich an den feuchten Felswänden entlang und versuchte, sich jede Biegung des schmalen Weges einzuprägen, aber sie merkte bald, dass sie sich nicht merken konnte, wo sie links und rechts abgebogen war. Ein schwaches Licht leitete sie schließlich zu einer Stahltür. Lisa rüttelte an der Klinke.
Umsonst. Sie war eingeschlossen. Aus der Ferne ver-

nahm Lisa ein zynisches Gelächter, das nicht enden wollte: Enricos Stimme.

Ein sachtes Rütteln an ihrer Schulter erlöste sie aus ihrem Albtraum. Donata stand vor ihrem Bett und stellte ihr eine Tasse mit heißem, süßen Espresso, flankiert von einem Mandelkeks, auf den Nachttisch.

»Wir müssen los, es ist grausig früh.« Donata trug einen dicken Pullover, der wohl vor Jahren einem ihrer Brüder gehört hatte. Für Lisa hielt sie einen schottischen Schal und eine Windjacke bereit, in der die Journalistin fast versank. So gewappnet gegen die frühmorgendliche Kälte radelten sie schweigend los.

Über der Außenwelt lag noch dichte Finsternis. Vom See zogen dichte Nebelschwaden herüber, Lisa spürte die feuchten Tröpfchen auf der Haut. Der Schleier des Nebels verhüllte die Konturen der Bäume, die den Weg säumten. Außerdem beschlugen ihre Brillengläser, sodass sie kaum noch den Weg ausmachen konnte. Bilder aus ihrem Traum spukten weiter durch Lisas Kopf. Donata war in dem undurchdringlichen Grau mehr zu hören als zu sehen. Dann verstummte sogar das Knacken ihrer Pedale. Lisa fuhr der Schrecken in die Glieder. Was, wenn sie sich verfahren hatte? Und Donata irgendwo abgebogen war? Der Weg, auf dem sie zunächst noch gut vorangekommen waren, schien sich aufgelöst zu haben. Lisa wusste, wie unendlich weit sich der Wald hinter dem See ausdehnte … Sie zog ihr Handy heraus und wusste schon vorher: Hier in der Einöde hatte sie keinen Empfang. Lisas Angst mischte sich mit Zorn.

»Hej, Donata«, schrie sie nun ins Nichts. »Warte gefälligst.« Keine Antwort. Entmutigt hielt Lisa an und stellte ihr Fahrrad ab. Sie setzte sich auf einen Felsen und blickte auf ihre Timex. Plötzlich vermisste sie ihren Sohn und seine kindlich-ungestümen Umarmungen.

6 Uhr 10, viel zu früh, um Jannie anzurufen, selbst wenn sie Empfang gehabt hätte. Wie mochte es ihm ergangen sein, an seinem ersten Abend am Meer mit Simon?

Da, ein Geräusch aus der Richtung, aus der sie gerade gekommen war. Donata sprang vor ihr vom Fahrrad.

»Mein Gott, Lisa, schläfst du noch? Der Weg zu Enricos Haus ging doch eindeutig nach rechts ab. Und ausgeschildert war er außerdem auch noch!«

»Ich war nie bei den Pfadfindern! Und ich bin kein Champ wie du. Immer für alles eine Lösung, immer alles im Griff.«

»Dann hättest du doch rufen müssen!«

»Hab ich doch auch.« Lisa ärgerte sich über sich selbst. Hatte sie tatsächlich eine ausgeschilderte Abzweigung übersehen?

»Egal. Wir müssen weiter, sonst kommen wir zu spät.«

»Dieser Superexperte geht mir so was auf den Geist mit seinem halbnächtlichen Termin für uns. Was für ein Wichtigtuer!«

»Immerhin ist er der Einzige, der uns jetzt weiterhelfen kann.«

»Ich bin saumüde.«

»Meinst du, ich nicht?« Und damit schwang sich Donata wieder auf ihr Fahrrad.

»Warte doch wenigstens auf mich!«
»Dann tritt mal ein bisschen heftiger in deine Pedale. Das tut man nämlich, wenn man schneller fahren will.«
»Danke für den Tipp! Wäre ich nie drauf gekommen.«
Lisa bestieg ihr Fahrrad und strampelte ihrer Freundin schweigend hinterher. Die hatte nun, zweifellos ihr zuliebe, das Tempo eine Spur gedrosselt. Zugleich wurde es heller. Plötzlich tat sich vor den beiden ein umwerfendes Panorama von mächtigen Bäumen auf, die ihre bunten Kronen wie Fackeln in den Himmel hielten. Gebannt hielten die beiden Frauen inne.
»›Bald siehst du, wenn der Schleier fällt, den blauen Himmel unverstellt, herbstkräftig die gedämpfte Welt in warmem Golde fließen‹«, zitierte Lisa.
»Na, dann hoffen wir doch mal, dass nun auch die Sonne wirklich rauskommt«, sagte die Nonne. »Mörike, stimmt's?«
Lisa wunderte sich nicht mehr über ihre Freundin und ihre immer wieder überraschenden Spezialkenntnisse.
»Mein Vater war Professor für deutsche Literatur in Princeton«, erklärte Donata. »Spezialgebiet Lyrik des 19. Jahrhunderts. Seine anderen Interessen waren weniger esoterisch.«
Lisa drehte sich um. Donatas Mutter schien offenbar gute Gründe gehabt zu haben, sich mit Wodka zu trösten.
Ihre Freundin sprach von selbst weiter. »Das werde ich dir jetzt auch noch erzählen, um das Tableau der guten

katholisch-irischen Familie von der amerikanischen Ostküste zu vervollständigen. Mein Vater war gewalttätig. Er schlug uns alle. Und ganz besonders meine Mutter.«

»Auch das kommt bei uns in den besten Familien vor. Sogar gerade bei denen«, erwiderte Lisa. Etwas Besseres fiel ihr einfach nicht ein, um ihre Freundin zu trösten. *Aber Trost*, dachte sie danach bei sich, *dafür ist es eh zu spät. Donata soll sich wenigstens verstanden fühlen.*

Schweigend radelten die beiden die letzten Meter weiter, während um sie herum ein glorreicher Herbstmorgen aufzog. Auf dem nun tiefblauen See waren Fischer am Werk. Dann und wann torkelte ein buntes Ahornblatt auf den Weg und graue Eichhörnchen kletterten flink an den Baumstämmen hoch. Die Temperaturen wurden milder.

Lisa blickte auf die Tasche mit dem Laptop des Kardinals, die Donata auf ihrem Gepäckträger festgeschnallt hatte. Würde der Rechner sein Geheimnis noch preisgeben? Und wenn ja, welches?

Am Haus von Enrico, Augusta und ihrer Familie waren noch alle Fensterläden geschlossen, als sie vorbeikamen. Der alte Schäferhund hob an seiner Kette nur müde den Kopf und legte sich wieder auf die Seite. Über den Bäumen wurde in einiger Entfernung eine schlanke Zinne sichtbar.

Mit einer Biegung des Weges standen die beiden Frauen schließlich vor einem riesigen schmiedeeisernen Tor, dessen Stäbe aus wehrhaften, wenn auch ziemlich ver-

rosteten Lanzen bestanden. Es stand weit offen. Dahinter lag eine weite Wiese, auf der sich Disteln und allerlei Unkräuter verteilten. Früher mochte das einmal ein gepflegter Rasen gewesen sein. Auch einstige Blumenbeete waren auszumachen, auf denen noch einige rote und weiße Flecken an frühere Bepflanzungen erinnerten. Die wenigen Blumen waren von Schachtelhalmen und Löwenzahn umwuchert. Riesige Rhododendron- und Oleander-Büsche waren lange nicht gestutzt worden. Ein Schlösschen aus Ziegelstein mit zwei rechtwinkligen Flügeln wurde sichtbar, ebenso heruntergekommen wie die Auffahrt. Schief hängende Fensterläden beschützten die Scheiben nicht mehr. Einige von ihnen waren zerbrochen, sodass einstmals prächtige Vorhänge nach draußen flatterten. Auch das Dach war verfallen. Die Herren von einst hatten ihr Haus im Stich gelassen.
»Schade«, bedauerte Donata. »Aber so was kann heute niemand mehr instand halten.«
»Außer den wirklich Reichen. Aber die wollen nicht an so einem unscheinbaren See wohnen – vor allem nicht in einem Naturschutzgebiet, wo Schwimmbäder, Tennisplätze und eine richtige Straße fehlen.«
Der rechte der beiden Seitenflügel sah bewohnt aus. Die Fenster und das Dach waren hier dicht und es lag kein Schutt vor dem Gebäudeteil. Unterschiedliche Gardinen waren dort zu erkennen sowie eine beleuchtete Küche. Einige Fensterläden waren geschlossen, andere nicht.

Etwas zögerlich hielten die beiden vor dem Eingang des Hauses, dessen Vordach von rötlich gemaserten Marmorsäulen getragen wurde. Ein hypermodernes schwarzes Fahrrad stand davor. Autos waren nirgends zu sehen. An der zweiflügeligen Haustür prangte ein Messingschild, das auch etwas Pflege verdient hätte.

Die Klingel schnarrte unfreundlich. Nichts rührte sich. Dann endlich, nach ein paar Minuten, die den beiden sehr viel länger vorkamen, hörten sie langsame, schlurfende Schritte von innen. Eine behäbige Frau in einem schwarzen Satinkittel öffnete und blickte verdrossen auf den Besuch.

»Der Herr Antonio erwartet uns«, erklärte Lisa.

»Ja, leider«, sagte die Alte barsch. »Das ist ihm auch gerade erst wieder eingefallen. Kommen Sie mit.«

Die Haushälterin geleitete den Besuch durch eine gigantische Halle, in der Kommoden, Schränke, Tische und Stühle auf ihren Abtransport warteten. Von zwei lebensgroßen Ölbildern lächelten stolz eine üppig geformte Dame und ein nicht minder beleibter Herr, die hier vermutlich vor mehr als hundert Jahren ihre Sommerresidenz errichtet hatten.

»Gut, dass Antonios Urgroßeltern nicht miterleben mussten, wie ihr prächtiges Mobiliar jetzt bei zweifelhaften Antiquitätenhändlern oder gar auf dem sonntäglichen Altwaren-Markt an der römischen Porta Portese landet«, flüsterte Lisa Donata zu.

Eine ausladende Treppe führte in den ersten und dann in einen zweiten Stock. Der durchgetretene Teppich endete irgendwo zwischen der ersten und zweiten Etage. Immerhin musste das stählerne Seil unter dem Dach gut verankert sein, das einen pompösen Kronleuchter in der Halle hielt. Eine einzige Glühbirne baumelte in seiner Mitte und warf ein trübes Licht auf das melancholische Bild vom Untergang einer herrschaftlichen Familie.

Die Haushälterin bog nach rechts. Ein langer Korridor tat sich auf. Hier war der Teppich erneuert und die Wände abgeschliffen und weiß gestrichen worden. Die wenigen Möbel sahen nach Bauhaus aus, und die Ölgemälde stammten aus der Gegenwart. Lisa erkannte Koryphäen des 20. Jahrhunderts, darunter die Deutschen Kiefer, Richter und Kippenberger.

Vor einer der hohen Türen, die den Korridor säumten, hielt die Haushälterin an. Sie klopfte kurz, öffnete, ohne ein *Herein* abzuwarten, und ließ Lisa und Donata eintreten.

Von einem langen modernen Schreibtisch erhob sich ein Mann, den Lisa auf Mitte bis Ende sechzig schätzte. Er trug eine Flanellhose und einen grauen Rollkragenpullover, war außerordentlich mager und seine Nase ragte spitz aus dem Gesicht. Die hellgrauen Augen unter gewölbten Lidern blickten wach. Donata und Lisa waren überrascht. So hätten sie sich einen guten Bekannten von Enrico beim besten Willen nicht vorgestellt.

»Guten Morgen, die Damen«, begrüßte der die beiden Frauen weitaus freundlicher als in dem gestrigen Telefonat und streckte ohne weitere Umstände seine Hände nach dem Laptop aus. Sorgsam legte er ihn auf seinem Schreibtisch ab und versorgte ihn mit Strom. Der Bildschirm blieb schwarz.

Antonio schüttelte den Kopf. »Das sieht nicht gut aus. Möglicherweise ein *head crash,* ein Schädelbruch des Rechners quasi. Wenn die Festplatte mechanisch beschädigt worden ist, dann gute Nacht.«

»Wundern würde mich das nicht«, ergänzte Lisa, »wir haben den Laptop ja schließlich auf dem Fußboden der Scheune gefunden.«

»Ist doch klar. Wer immer der Einbrecher war …«

»Oder die Einbrecherin!«, warf Donata ein.

»Herrje, Donata, political correctness brauchen wir jetzt wirklich nicht. Ob Mann, Frau oder ein Team, Einzahl oder Mehrzahl, wir beide können uns doch vorstellen, wie es dem Rechner ergangen ist. Der oder die Eindringlinge haben vielleicht den Satz CDs in der Scheune gefunden. Und natürlich mussten die unbedingt sehen, was sie erwischt hatten, bevor sie damit abzogen. Also haben sie eine CD nach der anderen eingelegt.«

»Aber die waren natürlich verschlüsselt. Dafür habe ich doch selbst gesorgt. Wer immer eine der Scheiben eingelegt hat, wird alsbald ein melodisches Glöckchen, ›Plim!‹, gehört und auf dem Bildschirm die Meldung ›Zugang verweigert‹ gelesen haben. Das kann schon wütend machen. Da wird so ein widerspenstiger Rechner gerne mal auf den Boden geschleudert.« Donata betrachtete den alten Laptop des Kardinals mitleidig.

»Und was soll ich jetzt für sie tun?« Antonio hatte ruhig zugehört und sah die Nonne fragend an.
»Natürlich die Festplatte retten«, sagte Donata, als sei es das Einfachste der Welt. »Die enthält die Texte auch in ihrer uncodierten Originalfassung. Deswegen sind wir hier. Und wenn die Festplatte bei ihrem Sturz nicht unwiederbringlich beschädigt ist, müssten Sie, Sir Anthony, die darauf gespeicherten Daten für uns retten können.«
Der Mann im grauen Flanell lächelte bescheiden. »Nur keine zu großen Erwartungen! Aber ich tue mein Bestes. Eine Operation am offenen Herzen müssen wir jetzt also wagen, wenn Ihnen dieser Vergleich nicht zu unbescheiden vorkommt.«
Antonio erhob sich, den Laptop sorgsam auf den Händen tragend. »Bitte folgen Sie mir.«
Zu dritt überquerten sie den Korridor und hielten vor einer Tür, die ein dreieckiges Warnzeichen schmückte: »Reinraum. Eintritt für Unbefugte strengstens verboten.«
Antonio drehte sich zu den Frauen um.
»Sie dürfen mir folgen. Zum Reinraum gelangt man durch eine gesonderte Schleuse, deren Eingang in diesem Zimmer liegt.«
»Das klingt nach fast hysterischer Vorsicht«, sagte Lisa.
»Aber sie ist angemessen« erwiderte Antonio. »Wir müssen die Festplatte schließlich aus ihrem Gehäuse nehmen, und das geht nur in einem hochsterilen Raum.«
»Bitte nicht niesen«, wagte Lisa zu scherzen.

Antonio drehte sich zu ihr um und schüttelte den Kopf. An seinen Augen war zu erkennen, dass er lächelte. Dann sprach er hinter seinem Mundschutz weiter.
»Richtig. Da müssen wir sogar noch vorsichtiger sein als unsere Kollegen aus der Chirurgie. Deswegen findet diese Prozedur schließlich auch in einem ›Reinraum‹ statt.«
»Klingt sehr klinisch … Donata, ich erinnere mich an all die Schlammpfützen, durch die wir auf dem Fahrrad gedüst sind. Halten wir uns besser fern, oder?«
»Keine Sorge, blicken Sie einfach durch dieses Fenster. Die Techniker, die bei mir die Datenrettung lernen sollen, tun das auch.« Mit diesen Worten zog Antonio einen kleinen Vorhang an der linken Wand des Zimmers auf. Er gab nun den Blick auf einen hell erleuchteten Nebenraum frei, in dessen Mitte ein langer, makellos sauberer Glastisch stand. In verglasten Hängeschränken war Spezialwerkzeug aufgereiht. Ein schwenkbarer Vergrößerungs-Spiegel über dem Tisch mit eingebautem Licht konnte auch minimale Details sichtbar machen. Tatsache: ein OP-Saal. Nur nicht für menschliche Herzen, sondern für die eines Computers.
Nun betrat Antonio den Raum. Er trug die Tracht eines Chirurgen: eine weiße Mütze, die bis über die Ohren reichte, einen Mundschutz, den obligatorischen weißen Kittel und Gummihandschuhe.
Lisa spähte tief beeindruckt nach unten. Ja, weiße Socken in zweifellos desinfizierten Sandalen trug Antonio auch.

»Ich erkläre Ihnen jetzt jeden Schritt«, hörten die beiden Frauen seine Stimme durch ein Mikrofon. Er legte den Laptop mit dem Deckel nach unten auf den Tisch und schraubte ihn auf. Nun wurde in dem freigelegten Gehäuse eine schimmernde, CD-ähnliche Scheibe sichtbar, über der ein Schwenkarm schwebte, ohne sie zu berühren: die Festplatte.

»Jetzt kommt der schwierigste Teil«, ließ Antonio sich vernehmen. Er griff nach einer Spezialzange und hob das Herzstück des Rechners aus seinem Bett. Man erkannte nun, dass in Wirklichkeit in einer viereckigen metallischen Umfassung drei Scheiben übereinander lagerten. »Es sieht ein bisschen so aus wie 45er-Platten auf einem Grammophon von früher«, erklärte der Spezialist. »Diese Magnetplatten hier dürfen auf keinen Fall vom Lese-Schreibkopf berührt werden. Die kommunizieren nämlich über Schwingungen.«

»Wunder der Elektronik«, flüsterte Donata.

»Manchmal sparen die Hersteller an dem besonderen Schutzfilm. Wenn es dann zu einer Berührung mit dem Lesearm kommt, kann der Zugriff auf die Festplatte für immer perdu sein.« Antonio hob den Vergrößerungsspiegel vor das Gelenk des obersten Schwenkarms und untersuchte ihn Millimeter um Millimeter. Die beiden Frauen hielten den Atem an.

»Hier«, sagte er plötzlich. Sein Ton blieb ruhig und sachlich. »Hier, an der obersten Scheibe. Beim Aufprall des Rechners hat sich der Neigungswinkel des Schwenkarms ganz leicht verringert. Und dabei hat er sofort das

Lesen und Schreiben verlernt. Das könnte ich hinkriegen.«

Mit einem winzigen Schraubenzieher hantierte er am Gelenk. Antonio hatte ihnen jetzt den Rücken zugekehrt und arbeitete schweigend in höchster Konzentration. Er redete nicht mehr. Nach gut 20 Minuten drehte der Datenspezialist sich um und hielt den Daumen seiner rechten Hand triumphierend nach oben. Anschließend hievte er einen Desktop auf einen kleinen fahrbaren Tisch – ein Prüfgerät ohne Festplatte. Das von ihm reparierte Rechnerzentrum war mit ein paar Handgriffen eingebaut. Dann rollte Antonio das Tischchen in den Nebenraum, in dem Lisa und Donata warteten. Mit einer geradezu feierlichen Bewegung drückte er den Netzschalter am Gerät. Sekunden vergingen, die allen Beteiligten wie Stunden vorkamen.

Endlich … Aus dem Desktop erklang nun ein anschwellendes, gesundes Geräusch – der Herzschlag eines funktionierenden Computers. Mit der Eleganz eines Pianisten klimperte Antonio nun auf der Tastatur des Rechners, und bald darauf erschien Schrift auf dem Bildschirm.

»Voilà!«, Antonio lehnte sich zufrieden auf seinem Stuhl zurück.

»Dem Himmel sei Dank«, sagte Lisa aus tiefster Seele.

Donata blickte sie von der Seite an und lächelte. »Haben wir da gerade eine Bekehrung erlebt?«

»So schnell geht das nun nicht bei mir. Ich bin nur so erleichtert.«

Lisa griff nach ihrem Block. Der Text auf dem Bildschirm, den sie abrief, war voller Tippfehler. Hier hatte offenbar der alte Kirchenfürst selbst am Computer geschrieben. Aber seine Sprache war geschliffen, sein Sarkasmus perfekt und seine Ansichten über den jahrelangen geheimen Wahlkampf um den Heiligen Stuhl unverblümt. Schonungslos kommentierte er die bizarre Komödie der Eitelkeiten, der Heuchelei und der Anmaßung am päpstlichen Hof, die er selbst über Jahrzehnte hinweg miterlebt hatte.

Viele seiner Kommentare und Überlegungen kreisten um die nun anstehende Wahl eines neuen Papstes. Die Unterlagen zeigten, dass der alte Kardinal den Scanner dabei besser beherrscht hatte als die Tastatur seines Rechners. Eingescannte Dokumente verschiedener Präfekturen, Zeitungsausschnitte, Buch- und Aktenauszüge befassten sich aus vielfältiger Sicht mit dem Thema. Je älter der Papst wurde, desto wilder wucherten die Spekulationen. Dabei wechselte natürlich im Lauf der Jahre die Parade der Kandidaten. Überwiegend hatten sich Voraussagen über den »nächsten Papst« als unnütze Spekulation erwiesen. Mit spitzen Bemerkungen über das Lager der potentiellen Nachfolger hatte der Kardinal nicht gespart.

Der Hauptteil des Dokuments aber beschrieb die unter den Tisch gekehrten Skandale im Zentrum der katholischen Kirche.

»Der Präfekt für die Kongregation für Glaubensfragen, ein scharfer Gegner der Homosexualität, hätte doch darauf achten müssen, dass sein eigener Sekretär nicht spät nachts nackend auf dem Korridor gesichtet werden kann, als er aus dem Schlafzimmer der Eminenz in sein eigenes huschte«, las Lisa laut vor.

»Oder hier geht es um den so genannten Beschützer der Straßenkinder. Unseren Kardinal aus La Paz.« Lisa las weiter.

»Hier sind wir beim Kapitel dunkle Geschäfte angelangt.«

»Die sind ja seit langem bekannt.« Donata verzog ihr Gesicht.

»Aber nicht in solchen Details, meine liebe Donata! Hier hat zum Beispiel ein amerikanischer Staatsanwalt gegen einen vatikanischen Prälaten ermittelt, einen aus Rom also. Es war das Übliche: Finanzschwindel. Geldwäsche. Als die Briefe des aufrechten amerikanischen Dieners der Justiz nicht beantwortet wurden, hat er seine Akten unter den Arm geklemmt und ist nach Rom gefahren, um den Mann zu verhören. Wisst Ihr, wie weit er gekommen ist?«

»Das kann ich Ihnen sofort sagen«, erwiderte Antonio. »Schließlich bin ich Römer. Also, genau bis zum Sankt-Anna-Tor. Wo die niedlichen Jungs von der Schweizergarde stehen und diesen Witz von Staat mit ihren Hellebarden bewachen. Enricos Grundstück ist um etliches größer als der Vatikanstaat, ganz zu schweigen von meinem eigenen.«

Lisa und Donata sahen sich erschrocken an. Im Jagdfieber hatten sie völlig vergessen, dass alle diese Dinge, die sie gerade besprachen, eigentlich streng geheim waren. Aber nun war es zu spät. Der Himmel mochte außerdem wissen, wie viel Antonio beim Reparieren des Computers sowieso schon gelesen und was er sich zusammengereimt hatte …

»Tja, und nun ratet mal, wer nach diesen Dokumenten einer der Drahtzieher dieser Aktion war?«

»Wer wohl«, mischte sich Antonio ein. »Das dürfte dieser eine allerorts hochgehandelte Kardinal gewesen sein. Von dem weiß ja sogar ich, dass er immer wieder als Nachfolger genannt wird.«

»Genau der ist jetzt Nummer drei unter den wichtigsten Kandidaten«, erklärte Lisa. »Ich wusste vage von dem Fall. Aber das Urteil des Gerichts in Florida habe ich im Wortlaut nie zu Gesicht bekommen, obwohl ich mich verdammt hart darum bemüht habe.«

»Da waren Sie sicher nicht allein«, mutmaßte Antonio. »Soweit ich weiß, leben inzwischen fast 70 Millionen Katholiken in den Vereinigten Staaten, und die hätten sicher sehr ungnädig auf derlei Angriffe gegen ihre höchsten Würdenträger reagiert.«

»Genau! Mein Vater zum Beispiel«, kommentierte Donata trocken.

»Hier, noch so ein Fall. Der Präsident des mittelamerikanischen Staates Tortora und sein schwunghafter Drogenhandel. Die USA inszenieren einen Putsch, um den gestürzten Präsidenten vor ein amerikanisches Gericht zu stellen. Und wohin flieht der gute Mann? In die Vatikan-Botschaft seines Landes, auf sicheres Gebiet also.«

»Aber da hat der Nuntius doch wahrscheinlich auf eigene Faust gehandelt«, wandte Donata ein.

»Keineswegs«, erwiderte Lisa. »Hier ist seine Korrespondenz mit dem Staatssekretariat in Rom festgehalten, also mit der Regierungsspitze der katholischen Kirche.«

»Aber das hat dem Diktator am Ende nichts genutzt«, erinnerte sich Antonio.

»Das macht die Aktion nicht appetitlicher«, erwiderte Lisa.

»Und seht mal hier: Die drei Toten bei der Schweizergarde.«

»Das ist doch schon eine ganz Weile her!«

»Ach nee, Donata! Du glaubst doch wohl nicht, dass Morde nicht aufgeklärt werden müssen, wenn sie sich auf vatikanischem Gebiet zutragen und zehn Jahren her sind. Hier sind jedenfalls Memoranden aus dem Staatssekretariat zu der Bluttat, mit genauen Anweisungen, wie der Fall zu vertuschen sei.«

»Das haben viele Journalisten vermutet«, wandte Donata ein.

»Natürlich, ich auch. Aber hier sind Schriftstücke eingescannt worden, im Wortlaut und mit Aktenzeichen und Datum. Das gilt für die anderen Fälle, die Seine Eminenz dokumentiert hat, auch. Es ist, als hättest du die Originale in der Hand.«

»Und woher konnte der alte Herr mit einem Scanner umgehen?«, erkundigte sich Antonio.

»Ich habe es ihm beigebracht«, gab Donata zu. »Allerdings nicht mit derart explosivem Material. Er hat mir nur gesagt, dass er die wichtigsten Schriftstücke seiner Amtszeit auch elektronisch speichern wollte. Dann habe ich ihm einen Scanner gekauft und ihm gezeigt, wie man damit umgeht. Das konnte er sofort. Er war einfach erstaunlich in seiner Neugier. Und wie berauscht von dieser neuen Technik.«

»Einfach bewundernswert. Was gibt's denn sonst noch Spannendes in diesem Dossier?«

Lisa hatte bereits weitergelesen. Plötzlich wurden ihre Augen ganz groß. »Die sitzen ja in Rom. Das wusste ich gar nicht! Die Ecke kennen wir sogar, Donata, gegenüber der Villa Doria Pamphili. Die ›Kämpfer für Christus‹ sind ganz schlimme Typen, fanatisch und skrupellos in der Verfolgung ihrer Feinde.«

»Von wem redest du denn bitte?«

»Von dieser Sekte aus Lateinamerika, diesen Kreuzzüglern des Glaubens. Der Gründer stammt aus Brasilien. Sie sehen sich als die einzig wahren Katholiken an. Bei ihren Treffen vermummen sie sich in mittelalterlichen Kutten, und dementsprechend wollen sie die Gesellschaft ins Mittelalter zurückführen, mitsamt Leibeigenen und Sklaven. Wilde Gegner des polnischen Papstes waren sie auch. Selbst der war ihnen zu liberal.«

»Ausgerechnet der? Der hat doch alles abgeschmettert, was sein Kirchenvolk wollte.«

»Tja, aber er hat sich auch mit Vertretern des Bösen getroffen, den kommunistischen Führern des Ostblocks, Antonio. Das ist in den Augen der ›Kämpfer für Christus‹ schlimmer als eine Todsünde und verdient den Tod. Dieser Trupp steckte nicht nur hinter dem ersten Anschlag auf den Papst.«

»An die Geschichte erinnere ich mich. War das nicht dieser Türke, der von Moskau ausgeschickt und von den Bulgaren bezahlt wurde?«

»Alles frei erfunden. Drei Gerichtsverfahren in Rom haben es nicht beweisen können. Und man weiß inzwischen, dass westliche Reaktionäre dahinter steckten. Sie wollten die Ost-West-Entspannung boykottieren, indem sie dem Osten ein Attentat auf den polnischen Papst unterschoben.«

»Hat wohl auf Dauer nicht gewirkt«, bemerkte Antonio trocken.

Lisa klickte sich weiter. »Hier, die berüchtigten Fundamentalisten!«

»Und was liegt denen auf der Seele?«, fragte Antonio, leichte Ironie in der Stimme.

Lisa überlegte. »Sie wollen, dass die Bibel wortwörtlich genommen wird.«

»Also für die wäre Darwin Teufelszeug?«

»Genau. Die Menschheitsgeschichte fängt mit Adam und Eva an.«

»Und dann passierte die Sache mit dem Apfel, weil Eva so blöd war, auf eine Schlange zu hören«, fuhr Donata fort. »Alles, was in der Bibel steht, ist wortwörtlich zu nehmen.«

»Ach geh«, sagte Antonio. »Also auch die Geschichte mit Abraham oder die Sintflut samt Arche Noah?«

»So ist es«, bestätigte Donata. »Gerade bei uns im Süden der Vereinigten Staaten gibt's die in Abermillionen, diese Wortwörtlichnehmer der Bibel. Früher war für sie das Böse im Kommunismus verkörpert, jetzt hat es sich in den Orient verlagert.«

»Wo radikale Islamisten dann selbst dafür gesorgt haben, dass dem Westen ein neues Feindbild geliefert wurde«, ergänzte Lisa.

»Aber die aufgeklärte katholische Theologie ist doch inzwischen von solch aggressivem Fundamentalismus weit entfernt«, wandte Donata ein.

»Natürlich, das stimmt. Sonst wärst du ja wohl nicht hier, um an der *Gregoriana* zu studieren. Aber, ihr Lieben, inzwischen gibt es einen Pakt zwischen diesen Fundamentalisten und den ›Kämpfern für Christus‹ aus Lateinamerika. Zumindest steht das hier …«

»Das klingt nach einem wahren Knüller, Lisa«, sagte Antonio anerkennend. »Aber dennoch – sind das nicht sektiererische Fanatiker, die mit der katholischen Kirche in Wirklichkeit nichts zu tun haben? Selbst wenn sie da und dort in Lateinamerika ihren Spuk betreiben?«

»Von wegen Spuk! Sie haben, etwa in Venezuela, engste Verbindungen zur katholischen Hierarchie. Und ihr Anhang wächst überall. Jetzt wollen sie anscheinend auf dem Konklave ihren eigenen Kandidaten durchsetzen, mit allen Mitteln.«

»Kennst du denn einen Namen?«, fragte Donata.

»Ja. Den hat mir der Kardinal noch am Montag genannt. Da hätten wir also schon zwei Thronanwärter, deren Anhänger dieses Material hier ganz sicher nicht öffentlich lesen wollen, um es vorsichtig auszudrücken.«

»Und deshalb wirst du über das alles natürlich nicht schreiben, oder?« Donata klang jetzt ziemlich besorgt.

»Ich werde mich hüten! Was soll das auch bringen? Dass von meinen schwäbischen Blättchen zehn mehr verkauft werden? Ich glaube nicht, dass ich meine journalistische Pflicht vernachlässige, wenn ich meinen Lesern das verschweige.«

»Aber diese Killer-Sekte weiß doch längst Bescheid über das, was Sie wissen könnten!«

Lisa zögerte kurz, dann erzählte sie von ihren merkwürdigen Begegnungen seit ihrer Ankunft in Rom. Der junge, dickliche Priester, der immer wieder in ihrer Nähe aufgetaucht war. Der unheimliche Mann mit der Taschenlampe, der ihr nächtliches Lager bei den Freunden ausgeleuchtet hatte. Elebam, Jannies geliebter Plüschelefant, mit dem aufgeschlitzten Bauch nach ihrem Besuch beim Kardinal. Die Verfolger in der Stadt. Und nicht zuletzt der schwarze Wagen auf ihrem Weg zum See und das bedrohliche Telefongespräch, das dessen Fahrer mit ihr geführt hatte.

Angesichts dieser Aufzählung wurde ihr plötzlich klar, wie sehr sie sich selbst vor unangenehmen Einsichten abgeschottet hatte. Lisa verstand sich plötzlich selbst nicht mehr. Waren ihre wachen journalistischen Augen blind, wenn es um sie selber ging? Sogar um das Wichtigste in ihrem Leben, ihr eigenes Kind?

Donata hörte sich jetzt fast zornig an. »Dir ist nicht klar, dass du längst selber im Visier bist? Und möglicherweise nicht nur in einem? Das nenne ich Betriebsblindheit der besonderen Art. Ein Knüller? Von wegen, Antonio! Eben der Knüller könnte in dieser zarten Frauenhand explodieren, unter Mitnahme des restlichen Körpers.«
»Donata, du bist zynisch.« Lisa wehrte den besorgten Angriff schwach ab.
»Nein, nur realistisch. Denk doch mal an deinen kleinen Jungen!«
Wie aufs Stichwort klingelte Lisa Handy. Jans Kindersopran: »Mami, ich habe einen Fisch gefangen!«
»Wie, im Meer?«
»Nein, Simon ist mit mir an einen kleinen See gefahren.«
»Super, Jannie! Und was macht ihr jetzt?«
»Simon geht noch mal mit mir ins Wasser. Und heute Abend wollen wir grillen.«
»Siehst du, ich habe dir doch gesagt, dass es im September noch schön warm ist in Italien. Gib mir bitte Simon mal.« Nach einem kurzen Wortwechsel hatte Lisa ihren Ex-Freund am Telefon.
»Unser Sohn ist sehr vergnügt. Erstaunlich, wie er sich auf mich einlässt! Er kennt mich doch erst seit ein paar Stunden.«
»Wer wüsste das besser als ich?«, sagte Lisa. »Und natürlich hast du Rabenvater dieses Urvertrauen auch gar nicht verdient. Aber egal, was zählt, ist Jannie. Und

wenn das gut geht mit euch, bin ich froh.« Aber noch während sie sprach, kam ihr ein sehr beunruhigender Gedanke.
»Hör mal, weiß jemand von eurem Ausflug?«
»Natürlich, meine gute Philippa. Die hat uns schließlich einen wunderbaren Picknickkorb gefüllt. Jannie besitzt einen außerordentlich guten Appetit.«
»Wie schön! Das ist mir allerdings neu.«
Oft genug hatte Lisa Jannies Klappbrot für den Kindergarten noch eingewickelt in seiner Umhängetasche gefunden, wenn er nach Hause kam. Und regelmäßig hatte sie ihr Kind ermahnen müssen, seinen Teller leer zu essen. Verhungert war das Kind nicht, hatte sich Lisa in der Regel beruhigt. Und jetzt beschäftigte sie plötzlich eine ganz andere Sorge.
»Erzählt Philippa, was so bei dir passiert?«
»Na, ja. Ein junger Pfarrer und sein kümmerliches Privatleben ist natürlich immer von Interesse. Und was sie sieht und hört, muss sie natürlich an ihre Freundinnen weitergeben. Warum fragst du?«
»Nichts von Bedeutung, Simon.« Aber als Lisa auflegte, sah sie ernst aus.
Natürlich hat Philippa längst erraten, dass Jannie mein und Simons Sohn ist, dachte sie. *Das passt mir nach den bisherigen Ereignissen gar nicht. Wer immer diese schauerliche Kette von Schrecken für mich inszeniert, weiß ganz genau, wie ich am tiefsten zu treffen bin.*
Donata las die Sorge im Gesicht ihrer Freundin und auch Antonio war erschrocken.

»Ich hatte von diesen düsteren Unterwelten im Umkreis unserer Heiligen Mutter Kirche keine Ahnung. Nicht, dass ich mich zu den Frommen im Lande zählen würde. Ich bin eigentlich Atheist. Aber ich kann mir nicht vorstellen, dass die Spitzen der katholischen Kirche sich mit Verbrecherbanden verbünden. Wenn das aber wirklich so sein sollte, dann ist auch für mich klar: Sie müssen von hier verschwinden.«

»Wir reden hier doch nicht über die Kirche! Wir sprechen über fanatische Sekten und tödliche Drogengeschäfte in ihrem Umkreis. Die Schriften Mohammeds haben schließlich auch nichts mit den Terroristen von al-Qaida zu tun. Außerdem bin ich nicht zum Spaß hier, von irgendwas muss ich schließlich leben!«

»Ich weiß das doch«, sagte Donata beschwichtigend. »Du hast mir ja schließlich oft genug erzählt, wie mühsam es war, die kleinen Provinzzeitungen davon zu überzeugen, dich zum Konklave nach Rom zu schicken.«

»Stimmt. Die haben sich nur für mich als ein gemeinsamer Auftraggeber zusammengeschlossen. Sonst hätten die einfach die Agenturmeldungen gedruckt. Und wenn ich die jetzt im Stich lasse, bin ich meinen Job los.«

»Letztlich müssen Sie das entscheiden, Lisa. Klug ist das nicht. Aber wie Sie wünschen!«

»Hören Sie, Antonio, das hat nun nichts, aber auch gar nichts mit meinen Wünschen zu tun. Mein Budget ist schlichtweg knapp. Genauer gesagt: Ich habe kein Geld.«

Lisa blickte auf ihre Uhr und fuhr fort: »Und eines ist sicher: In diesem Moment sollten Donata und ich auf dem Weg nach Rom sein.«
»Aber eine CD von unserem kostbaren Fund darf ich Ihnen doch wohl noch brennen?«
»Dafür wäre ich Ihnen so dankbar, Antonio! Genauso wie ich Ihnen Ihre unschätzbare Hilfe bei der Datenrettung niemals vergessen werde. Hier ist mein Stick. Können Sie dort das Material bitte auch noch speichern? Man weiß einfach nie. Dass jemand einen Laptop absichtlich auf den Boden feuern könnte, habe ich ja auch nicht geahnt.«

6

Donata trug wieder ihr Nonnen-Kostüm, als die beiden gegen acht Lisas klapprigen Renault bestiegen. Den Weg zurück zur Ringautobahn fand die Journalistin diesmal ohne Schwierigkeiten. Beide schwiegen. »Bist du sicher, dass du die Haustür nicht offen gelassen hattest?«, fragte Lisa schließlich.
»Willst du mich schon mal verhören?«
»Nein, vorbereiten will ich dich.«
»Diese Frage ist doch einfach albern. Jeder, der mal so ein römisches Palais betreten hat, kennt die riesigen Portale, durch die früher die Kutschen mitsamt ihren vorgespannten Pferden fuhren. Und die bleiben jetzt immer geschlossen.«
»Ach, natürlich! Und dann gibt es ja im Portal diese kleine Tür in Menschenformat«, erinnerte sich Lisa.
»Ja, und die ist mit einem simplen Zugmechanismus versehen. Der sorgt dafür, dass die Tür wieder zufällt, wenn man rauskommt. Man kann sie also nicht offen lassen. Wer hineinwill, braucht einen Schlüssel. Im Übrigen gibt es die Klingel und die Gegensprech-Anlage.«.
»Und der Stein, den du angeblich hingelegt hast?«
»Die wirst doch nicht dem gehässigen Gerede einer Marktfrau trauen, die sich bei ihrer Freundin Augusta

wichtig machen wollte? Lisa, ich bin entsetzt, dass du so was auch nur wiederholst.«

»Entschuldige, blöd von mir. Aber wer weiß, ob die Marktfrau das nicht auch der Polizei gesagt hat.«

»Du hast ja Recht. Wir müssen uns auf alles vorbereiten.«

»Es sieht also eher so aus, als hätte der Kardinal nichtsahnend seinen eigenen Mörder eingelassen. Ob er ihn gekannt hat?«

»Das wissen wir nicht, und wir werden es wohl so schnell nicht erfahren. Warten wir ab, was der Kommissar dazu sagt.«

Lisa fuhr inzwischen in einem für das altersschwache Gefährt ziemlich waghalsigen Tempo. Der Tacho zeigte auf knapp 100 Stundenkilometer, als plötzlich merkwürdige Geräusche zu vernehmen waren. Das Auto fing an zu schlingern. Lisa steuerte mit aller Kraft dagegen.

»Halt dich fest«, schrie sie ihrer Freundin zu. Lisa trat mit aller Kraft auf die Bremse, schaltete herunter, zog die Handbremse und brachte das Fahrzeug zum Stehen. Dann drückte sie auf das Warnlicht. Ihre Hand zitterte dabei. Sie blickte Donata an, die unter ihrer Sonnenbräune blass aussah.

»Are you alright, honey?«, fragte sie die Nonne. Die lächelte über den amerikanischen Spruch.

»Ja«, antwortete sie schlicht.

Das Auto hing in gefährlicher Schieflage nur einen halben Meter von einem Straßengraben entfernt, in dem angesammeltes Regenwasser glänzte.

Lisa stieg aus und betrachtete die Reifen auf der Fahrerseite. Alles in Ordnung. Auch am zweiten Vorderrad war nichts zu erkennen. Am hinteren Reifen freilich umso mehr. Wo vier Bolzen in der Radkappe sitzen sollten, waren nur zwei zu erkennen. Ein dritter hatte sich bereits so weit gelockert, dass er Sekunden später herausgefallen wäre. Lisa schüttelte den Kopf.

»Auf drei Rädern fährt selbst eine so gutwillige alte Kiste wie diese hier nicht weiter.«

Auch Donata war ausgestiegen. Sie fuhr mit den Fingern über die leeren Naben, dann zog sie mit ein paar Drehbewegungen den gelockerten Bolzen aus seiner Halterung und tastete ihn ab.

»Da hat jemand dran rumgemacht, eindeutig. Und zwar mit einem Knochen-Schlüssel, der ein bisschen zu groß war. Sieh mal die groben Spuren an.« Lisa war fassungslos.

»Wir haben unverschämtes Glück gehabt! Das hätte so richtig schief gehen können, und genauso war es wohl geplant«, vermutete Donata.

»Sag ich doch. Die Serie ist inzwischen ziemlich eindrucksvoll. Vom aufgeschlitzten Elebam über das vatikanische Auto mit seinem Abdrängungsmanöver bis hin zu den Warnungen, die ich expressis verbis von dem Typen bekommen habe, der mich auf dem Weg zum See gestoppt hat.«

»Aber das jetzt erreicht eine neue Dimension. Wir hätten schwer verunglücken können. Vielleicht sogar tödlich.«

»Eben. Donata, ich gebe es ja ungern zu, aber ich bekomme ernsthaft Angst. Vielleicht sollte ich doch abreisen und mit Jannie nach Tübingen zurückkehren?«
»Lisa, das machst du nicht. Muss jetzt ausgerechnet ich dich daran erinnern, was du selbst schon oft genug gesagt hast? Dass du nämlich dann deinen Job loswirst und zwar für immer? Das kannst du nicht wollen. Und wer weiß denn, ob du in Tübingen bei deinen Eltern sicherer bist. Ob mit oder ohne die Dokumente, du bist bestimmten Leuten im Weg, die das Wissen des Kardinals aus gutem Grund fürchten. Und seitdem er tot ist, bist du die Einzige, die es weitergeben oder gar veröffentlichen könnte. Neben mir allerdings, aber ich bin ja nur eine Nonne und keine für ihre Streitlust bekannte Journalistin.«
»Ich werde mich hüten. Aber verdammt noch mal, was soll ich machen? Jeder mögliche Ausweg endet in einer Sackgasse. Jede Entscheidung bedeutet neue Gefahr. Ach, Donata, das konnte ich doch alles nicht ahnen, als ich mich auf den Weg nach Rom gemacht habe. Ich hätte nie im Leben Jannie mitgenommen.«
»Eben. Das war alles überhaupt nicht vorauszusehen. Und dich jetzt auch noch selbst zu martern, hilft dir gewiss nicht weiter. Also, wenn ich mal auf eine ganz praktische Frage kommen dürfte: Lass uns den Kommissar anrufen. Wir werden auf jeden Fall zu spät kommen, und das könnte diesen etwas cholerischen Herrn verstimmen.«
»Zumal wir mit dieser Blechkiste hier nicht weiterkom-

men. Und selbst wenn: Sieh mal, wie stark der Verkehr inzwischen geworden ist. All die Römer mit ihrem Wochenend-Häuschen auf dem Weg zur Arbeit. Das kann nicht mehr klappen.«

Lisa kramte ausgiebig im Handschuhfach, fand die zerfledderten Wagenpapiere, suchte weiter und entdeckte schließlich, worauf sie kaum zu hoffen gewagt hatte: Olivieros Mitgliedskarte im italienischen Automobil-Club ACI. Sie rief an und erfuhr, dass es gut ein Stunde dauern könnte, bis die Engel der Straße sich zu ihnen vorgearbeitet hätten.

Zeit, den Kommissar anzurufen … Sie wählte Santinis Handy-Nummer und war überrascht: Er reagierte gelassen.

»Das kann passieren. Die Nummer vom italienischen Automobil-Club haben Sie?«

»Sogar einen Mitgliedsausweis.«

»Sehr gut. Also bis später!«

Lisa schüttelte den Kopf. »Aus dem Kerl werde ich nicht schlau. Er reagiert so widersprüchlich. Erst tut er so, als wollte er dich umgehend verhaften. Und jetzt benimmt er sich verständnisvoll wie ein alter Freund.«

»Wer versteht sie schon, die Männer? Ob deutsch, italienisch oder amerikanisch …«

»Was weißt du denn davon?« Die Nonne erntete einen skeptischen Blick von ihrer Freundin.

»Mehr als mir lieb ist, aber im Moment interessiert mich eine viel wichtigere Frage. Wie kommen wir jetzt hier weg?«

»Das Auto auf dem Abschleppwagen, wir in der Fahrerkabine. Super! Hab ich mir immer schon mal gewünscht.«
»Lass mal sehen. Vielleicht gibt es ja einen Werkzeugkasten in dieser Schrottkiste!«
»Da kennst du Matteo schlecht. Aber sieh gerne nach.«
Donata stieg aus und öffnete den Kofferraum. Nach einer gründlichen Suche entdeckte sie schließlich einen schwarzen Plastikbehälter. Aber der war leer. Sie kehrte zurück, griff nach ihrer Tasche, fischte die Zigaretten heraus und lehnte sich rauchend gegen den Wagen. Lisa blickte missbilligend. Sie drehte am Radio und versuchte einen Nachrichten-Sender zu finden. Doch es gab nur einen, der wegen seiner starken Frequenz alle anderen überlagerte: Radio Vatikan.
»Ihr Burschen fehlt mir gerade noch«, murrte sie und schaltete das Radio wieder aus. Wie sollte sie sich bloß journalistisch aus der Affäre ziehen?
Siedendheiß fiel ihr plötzlich Monsignore Theobaldi vom Jesuiten-Kolleg in Rom ein, ein hervorragend informierter Mann, der damals zu ihren besten Quellen gehört hatte. Kurzerhand griff sie zum Handy und wählte seine Nummer. Sie wusste die Nummer noch auswendig. Kein Wunder, so oft wie sie damals mit ihm gesprochen hatte!
»Lisa, ich freue mich, von Ihnen zu hören.« Theobaldi klang ehrlich erfreut, dass sie anrief. »Ich ahnte, dass Sie zum Konklave nach Rom kommen würden. Und natürlich habe ich sehr an Sie gedacht, als die Nachricht

vom schrecklichen Tod des Kardinals bekannt wurde. Ein furchtbarer Schlag für uns alle. Und nicht zuletzt für das Ansehen der Kirche, so kurz vor dem Konklave.«

»Könnten wir uns sehen, Monsignore?« Lisa hatte keine Zeit für Höflichkeiten – ihr Abgabetermine drängte sie zu sehr.

»Wann immer Sie möchten. Mein Zeitplan ist flexibel.«

»Das ist sehr großzügig von Ihnen. Ich werde mich melden – und könnte mich vielleicht sogar meinerseits mit Informationen revanchieren.«

»Oh, da bin ich aber gespannt. Gönnen Sie mir eine Andeutung?«

»Leider nicht. Jedenfalls nicht telefonisch. Also, bis bald in Rom. Ich freue mich auf unser Wiedersehen.«

Die angekündigte Stunde bis zur Ankunft des ACI zog sich in die Länge. Lisa stieg aus, überquerte den Grünstreifen, dann einen Erdwall und fand sich am Rand einer sattgrünen Weide wieder, auf der sich zwei Stuten mit ihren Fohlen tummelten. Am Morgenhimmel schwebten zwei Kraniche in großem Bogen. Die Luft war würzig. Für ein paar Minuten genoss sie den Anblick einer Welt, die ihr heil und unversehrt vorkam, bis sie am Horizont die rhythmischen Bewegungen von Erdgas-Pumpen entdeckte. Sie hoben und senkten sich wie fleißige Riesen-Insekten, die gierig die unter der Erde verborgenen Ölschätze aufsaugten. »So viel zur heilen, ländlichen Welt«, dachte sie.

Als sie zum Auto zurückkehrte, las Donata interessiert im Handbuch des Renaults. »Das hätten wir auch allein hingekriegt«, meinte sie. »Ich werde Matteo einen Satz Werkzeug schenken.«
»Den er umgehend wieder verlieren wird.«
»Das kümmert mich nicht. Junge Menschen sollen ja lernfähig sein.«
»Du Idealistin. Aber sieh mal, da hinten.«
Im Rückspiegel blinkte das Blaulicht eines Polizeiautos auf, gefolgt von einem Abschleppwagen. Kurze Zeit später landeten sie vor einer Werkstatt am Nordrand Roms. Für das Taxi, das die beiden dann ins Zentrum fuhr, reichte ihr Bargeld so gerade eben noch.

Das Polizeipräsidium, ein gigantisches Beton-Monster, im Volksmund *Il Dragone* genannt, lag an der *piazza Inerio*. Es mochte aus den 60er-Jahren stammen und verriet schon von außen die damals grassierende Korruption im Bauwesen. Aus dem Mauerwerk waren da und dort größere Stücke herausgefallen und hatten rostige Stahlpfeiler freigelegt. Einige der Fenster waren durch Holzbretter ersetzt worden. Sie konnten den römischen Unwettern nicht standhalten. Im Eingangsbereich baumelten trüb leuchtende Glühbirnen von der Decke.
Der Pförtnerkasten war unbesetzt. Ratlos blickten die beiden Frauen in das Menschengewimmel. »Seine Zimmernummer ist 412, also dürfte Santini im 4. Stock residieren«, mutmaßte Lisa. Einer der beiden Aufzüge

trug das verheißungsvolle Schild *In Reparatur*. Der andere bewegte sich im Schneckentempo.

»Lass uns die Treppe nehmen«, schlug Donata vor, wobei sie leichtfüßig zwei Stufen auf einmal nach oben sprang.

Der Korridor dehnte sich schier endlos vor ihren Augen. Die Zimmernummern begannen mit 498 und verliefen absteigend. Die Räume für die Beamten schienen großzügig bemessen zu sein. Wartende Menschen saßen auf Bänken an der Wand. Ein Polizist und sein Schutzbefohlener in Handschellen rauchten friedlich unter einem Schild, welches das Rauchen untersagte.

Ein alter Mann im Rollstuhl, auch er mit Handschellen, wurde ihnen von einem Bewacher entgegengeschoben. Lisa erkannte das Gesicht eines stadtbekannten Bosses von der Magliana-Bande, einem Ableger der sizilianischen Cosa Nostra.

In ihren engen, taillierten Kostümen stöckelten auf gewagt hohen Absätzen elegante junge Frauen über den Flur, die teure Aktenköfferchen trugen. Die italienischen Anwältinnen waren wie immer todschick und tief dekolletiert.

Offene Türen gaben den Blick auf Polizisten an Metalltischen frei, die unbeholfen mit zwei Fingern auf klapprigen Tastaturen herumhackten.

Das Zimmer des Kommissars lag ganz am Ende des Flurs. Nachdem Lisa geklopft hatte, vergingen gut zehn Sekunden, bis Kommissar Santini seinen Kopf aus der Tür streckte.

Er schüttelte den Kopf. »Also mit Ihnen habe ich kaum mehr gerechnet! Aber gut, dass Sie endlich angekommen sind! Ich würde gern zunächst mit Schwester Donata sprechen. Bitte, folgen Sie mir.«

Lisa wartete derweil draußen auf einer Bank. Immer wieder drang das raue Organ des Ermittlers an ihr Ohr. Was er sagte, war nicht zu verstehen, aber es schien nicht gerade freundlich zu sein.

Dann hob auch Donata ihre Stimme. Sie widersprach offenbar und zwar ganz entschieden.

»Was gibt's denn da zu streiten?«, wunderte sich Lisa. Zur Ablenkung griff sie nach einer Ausgabe der römischen Tageszeitung *La Repubblica*, die jemand auf dem Fensterbrett hinter ihr liegen gelassen hatte. Leider war es die Ausgabe vom gestrigen Tag, aber besser als nichts. Die Journalistin versenkte sich in den Kommentar des Chefredakteurs, der sich seit Tagen in einen Florettkampf mit dem Chefkommentator des konkurrierenden *Corriere della Sera* verstrickt hatte. Es war eine elegante, aber für Nicht-Eingeweihte kaum verständliche Auseinandersetzung zweier Wortkünstler, ein Schaukampf ohne ersichtliches Ziel.

Die Zeit dehnte sich, bis Donata endlich den Raum verließ und sich neben Lisa auf der Bank niederließ. Sie sah verstört aus.

»Er scheint versessen darauf zu sein, mir etwas anzuhängen.«

»Wieso denn das?«

»Er behauptet, genau wie Augusta, ich hätte die Tür

offen gelassen und mit einem Stein verhindert, dass sie zufällt.«

»Ach, die These der Marktfrau. Die hat er also auch schon vernommen.«

»Das liegt nahe. Die Leute vom Markt waren ja schließlich die ersten Zeugen, die gesehen haben könnten, wer zur Mordzeit das Haus betreten hat.«

»Aber er kann dir doch nicht unterstellen, dass du dem Killer Zutritt verschafft hättest. Das ist doch ungeheuerlich! Der Mann tickt nicht richtig. Hast du ihm nicht gesagt, dass die Marktfrau eine Freundin von Augusta ist? Der gekränkten Haushälterin?«

»Das scheint ihn nicht sehr beeindruckt zu haben. Die andere Idee war, dass ich einen Schlüssel an den mutmaßlichen Täter weitergereicht habe.«

»Völlig absurd.«

»Klar, er nimmt diese These auch selbst nicht so ganz ernst. Er hat wohl nur darauf herumgeritten, um meine Reaktion zu testen.«

»Irgendwie habe ich den Eindruck, dass er mit seinen Ermittlungen festsitzt. Mal sehen, was er mir unterstellt.« Lisa war gespannt, wie ihr Verhör verlaufen würde.

»Nicht so ganz. Er erwähnte ganz beiläufig einen Priester, der kurz vor der Tat in der Nähe des Palais gesichtet worden sein soll.«

»Einen Priester? Ich bitte dich. Pflegte dein Dienstherr überhaupt Umgang mit dem niederen Kirchenvolk? Denen war er doch viel zu abgehoben!«

»Na, komm. Das ist völlig unangemessen. Schließlich gibt es genug Männer im Priesterstand, die das kritische Denken des Kardinals teilen.«

»Da kenne ich jemanden«, lächelte Lisa.

»Darf ich raten? Ein gewisser Pater Simon.«

»Genau der.«

Der Kommissar streckte seinen Kopf durch den Türspalt. »Jetzt sind Sie dran, Signora Lisa.«

»*Coraggio*«, flüsterte Donata ihr ermutigend hinterher.

Der Kommissar ging voran und ließ sich an seinem mächtigen Schreibtisch nieder, der schräg links vom Fenster stand. Er wies auf einen Stuhl davor und blätterte in seinen Akten. Sein Computer gehörte einem älteren Jahrgang an. Aber möglicherweise hatte sich sein Besitzer auch noch nicht so recht an den Umgang mit elektronischem Schreibgerät gewöhnt und war froh, mit einem Modell für den Anfang zurechtzukommen. Rechts neben dem Arbeitsplatz stand ein Tischchen mit einer ebenfalls betagten Olivetti-Schreibmaschine, die der Kommissar mit einer Drehung seines Stuhls erreichen und anstelle des Computers benutzen konnte.

Warum gibt er die steinalte Olivetti nicht auf?, fragte sich Lisa. Aber dann erinnerte sie sich an die verschachtelten Wege der italienischen Bürokratie. Eines ihrer Gesetze besagte: Ein Schreibgerät sollte niemals abgegeben werden, bevor das nächste angekommen ist. Und auch dann sollte man es besser behalten. Was wäre, wenn eines der beiden Geräte repariert werden musste? Auf der fast leeren Oberfläche des Schreibtischs spiegelten sich eine Bronze-Miniatur der drei Grazien von Donatello und eine Marmorvase, gefüllt mit Kugelschreibern und Schreibstiften, beleuchtet von einer veralteten Bürolampe, die durch das Ziehen einer Kette aus Eisenkügelchen angeknipst werden konnte.

Das unvermeidliche Familienfoto fehlte nicht, unübersehbar beschirmt von einem Abbild des italienischen Diktators Mussolini. Lisa wunderte sich nicht. Ohne Neofaschisten zu sein, schätzten etliche Italiener am Duce, dass unter seiner Regierung die Gesetze befolgt worden waren. Zumindest meinten sie das.

Der Kommissar stand schließlich auf. Er wies auf eine Sitzgruppe, die seitlich an die Wand gestellt war. Sie bestand aus einem mächtigen Kunstleder-Sessel und einem reichlich abgeschabten Stoff-Sofa, davor ein Tischchen mit einem großen runden Aschenbecher. Lisa entdeckte schlecht abgewischte Spuren einer Zigarre darin.

»Bitte nicht«, dachte die Journalistin. Zu spät: Santini entnahm der Brusttasche einen kleinen, flachen Holzbehälter, in dem eine fette Cohiba wartete. Er kehrte zum Schreibtisch zurück, um sich das Gerät zum Abschneiden der Zigarrenspitze und ein Feuerzeug zu holen, und begann die umständliche Zeremonie des Anzündens.

Bald stieß er genüsslich einen ersten Stoß von bläulichem Rauch aus. Lisa, ohne Frühstück im Magen, sagte sich: *Jetzt wird mir schlecht. Aber das wäre nicht gut.* Also bezwang sie die aufsteigende Übelkeit.

»So«, sagte der Kommissar. »Sie waren also zur Tatzeit mit Ihrer Freundin im Pamphili-Park joggen.«

Pause.

»Und so verschaffen Sie sich gegenseitig ein wunderbares Alibi. Hat Sie denn irgendjemanden gesehen, der den Frühsport bestätigen könnte?«

Lisa war derart verblüfft, dass ihr die Stimme fast im Hals stecken blieb. »Bitte, wie meinen Sie das?«

»Genau so. Ich werde Ihre beiden Alibis überprüfen lassen.«

»Und wozu?«

»Das dürfen Sie gern mir überlassen. Hier stelle ich die Fragen.«

»Ich finde nur, dass Sie sich ganz schön weit vorwagen mit Ihren Verdächtigungen.«

»Solche Bewertungen können Sie sich auch sparen! Also noch einmal: Können Sie jemanden nennen, der Sie gesehen hat?«

»Haben Sie eine Ahnung, wie viele Jogger morgens im Park unterwegs sind? Und wie viele zusammen mit einer Freundin laufen? Es macht einfach mehr Spaß. Und man kann auch besser seinen inneren Schweinehund überwinden.«

»Interessanter Ausdruck! Sehen Sie, darum geht es mir doch auch. Dieses kleine, böse Tier, das im Innern eines jeden Menschen lauert, um sein Gewissen zu verschlingen. Bei uns heißt das Höllenhund.«

»Das ist doch ganz was anderes!«

»Verzeihen Sie, wenn ich die Feinheiten Ihrer Sprache

nicht beherrsche. Aber ich bin nur ein ungebildeter Italiener.«
»Ich kenne und schätze viele sehr gebildete Menschen aus Ihrem Land!«
»Heißt einer von ihnen vielleicht Simon?«
Kalte Wut stieg in der Journalistin auf.
»Jetzt gehen Sie entschieden zu weit!«
»Auch das ist ein Urteil, das Ihnen in diesem Moment nicht zusteht. Kehren wir also zum Mord zurück. Sie sagen, dass Sie mit der besagten Nonne zur Tatzeit unterwegs waren.«
»Das ist keine Behauptung, sondern eine Tatsache.«
»Für die nur leider jeder Beweis fehlt.«
»Warum können Sie mir nicht einfach glauben?«
»Das will ich Ihnen gern erklären. Es geht um sehr einfache moralische Maßstäbe. Sehen Sie, da läuft eine fast unbekleidete Amerikanerin, die sich als Nonne bezeichnet …«
»Ich weiß, das sagten Sie schon, als wir uns im Palais des Kardinals trafen. Halbnackt sei Donata gewesen.«
»Stimmt das etwa nicht?«
»Sie trug Sportsachen! Haben Sie schon mal eine Nonne gesehen, die im Habit joggt?«
»Ich wüsste nicht, was eine Frau, die ein heiliges Keuschheitsgelübde abgelegt hat, derart gekleidet frühmorgens in einem römischen Park zu suchen hat! Und ich wüsste ebenfalls gerne, was die wiederum mit einer ausländischen Journalistin verbindet, die sich mit ihrem unehelichen Kind nach Rom begibt.«

»Gottes Wege sind unerforschlich«, kommentierte Lisa sarkastisch. »Haben Sie mich vorgeladen, um mit mir über ethische Grundsätze zu debattieren?«

»Nein, ich möchte mich über den Mord unterhalten. Schließlich haben Sie selbst genug Motive, sämtliche Dossiers des Kardinals in die Hände bekommen zu wollen. Die Eminenz hat Ihnen mit seinem Wissen und seinen Unterlagen schon einmal zu einem Bestseller verholfen.«

»Ein Bestseller war mein Buch ganz sicher nicht. Aber es hat etwas Aufsehen erregt und sich einigermaßen gut verkauft.«

»Sehen Sie. Vielleicht hofften Sie einen neuen Coup zu landen? Bei Ihrer Geldnot! Vielleicht mit Material, das die Eminenz aus guten Gründen auch vor Ihnen verborgen hielt?«

»Und deshalb hätte ich in irgendeiner Form Beihilfe zu seinem Tod geleistet? Das ist völlig absurd. Wissen Sie, Herr Kommissar, ich bin deutsche Staatsbürgerin. Wenn Sie weiterhin derart abstruse Fragen an mich haben und mich noch mal vorladen wollen, dann werde ich einen Rechtsvertreter der deutschen Botschaft mitbringen. Guten Tag.« Und damit erhob sich Lisa und schritt zur Tür.

»Ich lasse Sie festnehmen«, rief ihr der Kommissar nach.

Bereits an der Tür angelangt, drehte Lisa sich um und sagte in äußerst verbindlichem Tonfall: »Bitte schön! Dann finden Sie doch mal einen Staatsanwalt, der Ihnen einen Haftbefehl ausstellt.« Und damit verließ sie den Raum.

Dass der Kommissar ihr zufrieden und etwas hintersinnig hinterherlächelte, konnte Lisa nicht mehr sehen.

Donata blickte ihrer Freundin erwartungsvoll entgegen. Lisa ließ sich auf die Bank fallen und schwieg. Dann seufzte sie tief.

»Der hat seine Masche auch mit mir versucht. Und will jetzt sogar ein Alibi dafür, dass wir beide zusammen am Dienstag früh gejoggt sind. Ich weiß gar nicht, was das soll.«

»Wie du gesagt hast: Seine Ermittlungen haben bisher nichts gebracht. Und wir sind die Einzigen, die er sich vornehmen kann.«

»Hast du ihm denn von dem gelockerten Rad am R4 erzählt?«

»Er ist auf unsere Panne gar nicht zu sprechen gekommen. Und ich selbst habe mich gehütet, das Thema aufzubringen.«

»Wir müssen die Werkstatt anrufen! Die Vorstellung, dass da jemand versucht hat, uns im Graben landen zu lassen, ist mir nicht angenehm.«

»Sobald wir draußen sind! Hier drinnen haben wir sowieso keinen Empfang.«

Lisa sammelte ihre Zeitung zusammen. Das Konklave schien ihr plötzlich fern zu sein wie die Ankunft der ersten Weltraumfahrer auf dem Mond. Und mit Grauen fiel ihr ihre Arbeit ein. Sie hatte sich schon seit anderthalb Tagen nicht mehr um die Berichterstattung über das Konklave gekümmert ...

Aus der Tür eines kleinen Raums neben dem Büro des Kommissars erschien sein Assistent Umberto. Er legte einen Finger auf seinen Mund und winkte Lisa und Donata hinein.

Sein Raum war eher ein Kabuff – genauso lang wie das Zimmer des Kommissars, aber kaum mehr als zwei Meter breit. Den Boden bedeckten Zeitungen und aufgeschlagene Zeitschriften. Ein abgeknickter Kaktus auf dem Fensterbrett verriet seine Vernachlässigung. Umbertos schmaler Schreibtisch war gegen die Wand gestellt, flankiert von zwei unterschiedlichen Holzstühlen. Der Laptop war neu. *Wahrscheinlich sein eigener,* notierte sich Lisa im Kopf.

Kaum hatten Lisa und Donata sich niedergelassen, sagte Umberto fast flüsternd: »Falls Sie es seit unserer kurzen ersten Begegnung vergessen haben – ich heiße Umberto und bin der Assistent von Kommissar Santini. Nehmen Sie den Chef nicht so ernst, wenn er Sie angreift. Er hat im Moment wirklich etwas viel um die Ohren. Vier mysteriöse Mordfälle seit einer Woche, einschließlich der des Kardinals, und keine Lösung in Sicht. Natürlich kann sich auch ein so erfahrener Mann wie er dann ein bisschen verrennen. Das ist mir schon aufgefallen, als er von Ihnen sprach. Ich entschuldige mich hiermit stellvertretend für sein Verhalten. Und wenn Sie Ihrerseits noch Gesprächsbedarf haben, bitte! Ich stehe zu Ihrer Verfügung.«

Donata stupste Lisa an und formte mit dem Mund das Wort *Auto*.

Lisa überlegte kurz, dann wagte sie sich vor. »Vielleicht darf ich Ihnen ein paar Dinge erzählen, für deren Interpretation ich Hilfe brauche. Sie sind mir in den vergangenen Tagen passiert, und ich habe keine Ahnung, warum.«

»Schießen Sie los.«

Lisa reihte kurz die merkwürdigen Begegnungen und Zwischenfälle während ihres kurzen Aufenthaltes in Rom auf, bis hin zu dem gelockerten Reifen am R4. Und sie fand in dem Assistenten einen guten Zuhörer.

»Das klingt allerdings schon ziemlich eigenartig, wenn nicht Besorgnis erregend. Ich kann Ihnen natürlich so aus dem Stegreif überhaupt nichts dazu sagen, und leider noch weniger tun. Mit anderen Worte: Eine Eskorte können wir Ihnen deshalb nicht stellen. Aber ich bin froh, dass wir über diese Vorfälle gesprochen haben, und melde mich, wenn ich etwas mehr darüber sagen kann.«

»Gibt es denn schon Neuigkeiten über diese drei Römer, die ermordet worden sind? Ich hatte noch mit dem Kardinal darüber gesprochen und er sah da einen Zusammenhang.«

»Wir auch, von Anfang an übrigens.«

Getrieben von ihrer Neugier, wagte Lisa ein Tauschangebot. »Was halten Sie denn davon: Ich erzähle Ihnen, was der Kardinal mir dazu gesagt hat. Und Sie verraten mir etwas zum Stand der Ermittlungen.«

Umberto lachte. »Sie glauben offenbar, dass man ehrbare Polizisten so leicht einwickeln kann. Das will ich lieber mal nicht den Kollegen erzählen.«

»Aber Ihnen dürfte klar sein, dass ich bei meinen deutschen Provinzblättern keine einzige Geschichte über drei kuriose Mordfälle in Rom loswerde. Solche Geschichten haben wir in Deutschland selber genug, bis hin zu Kannibalen, die ihre eigenen Freunde töten und verzehren.«

Umberto schien unentschlossen zu sein. Er sah auf seine Fingernägel und entdeckte ein hervorstehendes Häutchen am Zeigefinger seiner rechten Hand, was eine umständliche Suche nach einer Nagelschere auslöste.

»Also gut«, brach er schließlich sein Schweigen. »Auf Ihr heiliges Ehrenwort.«

»Offengestanden, da wären Sie schlecht bedient bei mir! Heilig gilt bei mir nicht. Aber ich verspreche Ihnen, nichts von dem, was Sie uns erzählen, in irgendeiner Form weiterzugeben. Und ich gehe davon aus, dass Donata es genauso halten wird!«

»Im Prinzip sind wir ganz gut weitergekommen. Hauptverdächtiger in den drei ersten Mordfällen ist ein Angehöriger des Vatikans, ein Prälat auf unterer Ebene.«

»Aber an den kommen Sie nicht ran, weil er ein Bürger des Vatikanstaats ist.«

»Genau.«

»Aber mit dem Tod meines Mentors hat dieser Prälat wiederum nichts zu tun?«

»Doch, durchaus. Es gibt Hinweise.«
»Und gegen uns wird nicht wirklich ermittelt.«
»Sagen wir: na ja. Vielleicht nicht ganz so ernsthaft, wie der Kommissar vorgibt. Aber natürlich ist es im Gesamtzusammenhang sehr wichtig, Ihre Beziehungen zu dem Toten an der Piazza delle Coppelle zu klären.«
»Und müssen wir wirklich beweisen, dass wir zur Tatzeit zusammen unterwegs waren?«
»Wenn mein Chef es für wichtig hält, tun Sie das besser. Das sollte doch nicht so schwer sein! Sind Sie denn keinem einzigen Bekannten oder einer Freundin begegnet?«
Die beiden sahen ratlos drein. Dann kam Lisa eine Idee. Sie blickte Donata an. »Was ist denn mit dem Typen von der American Academy, der dich in der *Garibaldi*-Bar angequatscht hat?«
»Der hat mir keine Visitenkarte hinterlassen. Soll ich einen Aushang bei denen machen: *Nonne sucht Kunsthistoriker, zwecks Aussage in einem Mordfall*? Aber du hast natürlich Recht. In der Bar müsste es doch massenhaft Leute geben, die sich an uns erinnern.«
»An zwei ziemlich verschwitzte Frauen im Jogging-Outfit. Hör mal, das dürfte da öfters vorkommen! Aber ausgeschlossen ist es natürlich nicht.«
»Zumal es sich um zwei ziemlich attraktive Frauen handelt«, lächelte Umberto.
»Wir melden uns«, versprachen die beiden dem jungen Beamten.
»Und ich gebe Ihnen meine private Mobil-Nummer.«

Kaum hatten die beiden Frauen sein Büro verlassen, rief Umberto den *commissario* im Nebenzimmer an.

»Gut gemacht, Chef! Die haben Ihnen die Nummer mit dem Alibi geglaubt. Jetzt müssten wir noch einigen römischen Journalisten andeuten, dass wir zwei Frauen verdächtigen.«

»Nicht nötig, die erfahren das schon von selbst. Aber machen Sie in unserer Kantine ruhig eine Andeutung. Das geht sofort nach draußen. Da haben Sie ja selbst Ihre Erfahrungen!«

»Leider«, seufzte Umberto.

»Also, auf zur Bar *Garibaldi*«, sagte Donata, als sie das Präsidium verlassen hatten. Sie standen nun auf der *piazza Inerio,* einer Endstation für etliche Bus-Linien. Von hier aus konnten sie einen Bus nehmen, der sie zum Pamphili-Park bringen würde.

»Trifft sich gut«, sagte Lisa zufrieden. »Ich habe keinen Cent mehr im Portemonnaie. Danach können wir den Roller bei meiner Freundin Elena abholen, den Schlüssel hab ich dabei. Und bei der Gelegenheit sollten wir mal wieder in Jeans steigen. Ich kann dir welche von mir borgen.«

Als Lisa das Gartentor zum Haus der Bianchottis aufsperren wollte, fand sie davor einen kleinen toten Vogel.

»Schau mal, das arme Ding. Der hat die erste kalte Nacht nicht überlebt. Ich entsorge ihn schnell.«

Sie fischte ein Papiertaschentuch aus ihrem Lederbeutel und bückte sich, um den kleinen Leichnam in die Mülltonne zu werfen. Aber als sie das Vögelchen genauer ansah, schrie sie entsetzt auf. In seinem gewaltsam aufgesperrten Schnabel steckte ein Stein.

Lisas Hand zitterte. Ihr blieb vor Schreck die Stimme weg. Auch Donata konnte kaum sprechen. »Ein Blaukehlchen. Entsetzlich! Was soll denn das? Wer macht ... Weißt du, wer ...«, stotterte sie.

Ihre Freundin schüttelte stumm den Kopf. Fast tonlos sagte sie schließlich: »Ich kenne solch eine infame Bildersprache. Von den Botschaften der Ehrenwerten Gesellschaft von Sizilien, der Mafia. Oder von der 'Ndrangheta in Kalabrien. Oder von der Camorra in Neapel und Umgebung.«

»Bildersprache? Bei der Mafia? Ich dachte, die rauben und morden nur.«

»*Nur* ist gut. Aber wenn zum Beispiel ein aufrechter Priester in Palermo, der die Staatsanwaltschaft auf der Suche nach Mafiosi unterstützt, ausgerechnet auf dem Altar seiner Kirche einen Revolver nebst Kugel findet, weiß er genau, was das zu sagen hat: Pass auf. Wir bringen dich um, wenn du so weitermachst. Oder die Bomben-Anschläge in den 90er-Jahren, die auch auf das Konto der Mafia gingen. Eine eindeutige Ansage an die staatlichen Ermittler: Aufhören. Du weißt davon?«

»Wie sollte ich? Zeitungen gehörten nicht zur täglichen Lektüre in meinem Konvent. Willst du damit sagen, dass hinter dem Mord an meinem Dienstherrn das organisierte Verbrechen steht?«

»Quatsch. Ich weiß nur, was der Stein im Mund des

Vögelchens bedeutet: Mund halten.« Fast schon gelassen erklärte sie ihrer Freundin: »Komm rein. Meine Jeans sind vielleicht eine Spur zu kurz für dich, aber sonst dürften sie passen. Und ich finde sicher eine Schachtel für den armen Vogel. Später darf uns der Kommissar seinen reizenden Mitarbeiter vorbeischicken, um diesen gruseligen Fund abzuholen.«

Lisas Jeans reichten Donata in der Tat nur knapp über die Knöchel. Dafür waren sie an den Hüften zu weit. Während Lisa den Benzinstand der Vespa überprüfte, hielt Donata den Roller und drehte am rechten Griff des Lenkers, der für die Benzinzufuhr zuständig ist.

»Brrmm. Brmm«, sagte sie dazu, wie ein Kind, das am Lenkrad eines Autos spielt.

Lisa merkte sofort, was ihre Freundin vorhatte. »Das möchtest du gern, was?«

»Traust du mir das nicht zu?«

»Im Gegenteil. Du würdest wie eine Wilde fahren, dich wie ein *ragazzo* in den Hüften wiegen und den Roller so schräg legen, dass man Angst um dich bekommen müsste. Also auf jetzt ins *Garibaldi*. Ich mag es eigentlich gar nicht in seinem neuen, schicken Gewand. Aber der Espresso ist nach wie vor gut.«

In der Bar herrschte auch am späten Vormittag ein dichtes Getümmel. Lisa und Donata zogen sich an einen kleinen Tisch im Hintergrund des Raumes zurück und holten sich dann ihre Getränke, direkt von der Theke. Lisa nahm wie immer ihren doppelten Espresso, Donata einen frisch gepressten Orangensaft.

Der Barmann lächelte sie an. »Da seid ihr ja wieder, ihr beiden Hübschen, wie geht's denn so?«
»Prächtig«, lachte Lisa ihn an. »Und Ihnen?«
»Alles in Ordnung.«
Ihre Getränke hoch über die Köpfe der um sie gedrängten, gestikulierenden Menschen balancierend, erreichten sie ihren kleinen Tisch in der Ecke wieder.
»Nummer eins ist also schon mal geklärt, Lisa, er erinnert sich an uns.«
Lisa rührte in ihrer Espresso-Tasse. »Aber was soll ich dem Mann jetzt bloß sagen? Dass er uns ein Alibi verschaffen muss? In einer Mordsache? Das macht der nie.«
»Davon bin ich nicht überzeugt. So sieht er eigentlich nicht aus.«
»Vielleicht könnte ich ihm einfach sagen, ich hätte einen sehr eifersüchtigen Gatten. Und der hätte mir nicht geglaubt, dass ich vorgestern morgen mit dir joggen war und anschließend hier einen Kaffee mit dir getrunken habe.«
»Das wäre nun ganz falsch«, erwiderte Donata bestimmt. »Lass einfach den Kommissar hier anrufen oder einen seiner Leute vorbeischicken. Dann erzählt unser guter Barmann hier, du hättest ihm was von einem extrem eifersüchtigen Ehemann erzählt, der ihn angerufen hätte, und so weiter. Wenn Santini auf solche Unstimmigkeiten trifft, wird sich unser gestrenger Herr Kommissar doch wieder etwas genauer mit der These befassen, ob du etwas mit dem Mord an dem Kardinal zu tun hast.«

»Stimmt«, musste Lisa einräumen. »Also sagen wir ihm beim Bezahlen einfach, was Sache ist. Der wird uns schon helfen. Komm, bringen wir es hinter uns.«
Aber der Barkeeper reagierte ganz anders, als die beiden erwartet hatten. Er war beeindruckt. »Was, ihr beiden kanntet den Kardinal? Das war ein wunderbarer Kirchenmann. So wie man ihn sich wünscht. Einer der wenigen! Eine Zeit lang hat er auch im Radio geredet, über christliche Tugenden und was weiß ich. Das hab ich immer auf dem Weg zur Arbeit gehört.«
Erstaunlich, wo diese Kirche überall ihre Anhänger hat, dachte Lisa.
»Also gut, dieser Kommissar kann ruhig hier anrufen. Ich kann ihm gerne die Wahrheit sagen. Ihr wart am Dienstag morgen hier, und so wie ihr aussaht, war ganz klar, dass ihr eine ziemlich heftige Strecke hinter euch hattet.«
»Das würde uns sehr helfen!«, bedankte sich Donata. Die beiden wandten sich zum Gehen, als Lisa auf der anderen Seite der Bar ein inzwischen gut bekanntes Gesicht entdeckte. Der Seminarist war wie immer damit beschäftigt, andächtig ein Türmchen aus Eiskrem abzutragen. Er sah fast rührend aus in seiner kindlichen Gier.
Lisa überlegte. Ihn anzusprechen wäre sicher keine gute Idee. Also beugte sie sich über die Theke und flüsterte dem Barmann zu: »Dieser junge Priester da hinten, der so hingebungsvoll über seinem Eisbecher sitzt. Kennen Sie den?«

»Und ob. Soweit ich weiß, lebt er in irgendeiner Glaubensgemeinschaft hier ganz in der Nähe. Das soll ein ganz strenger Verein sein. Wahrscheinlich gibt's da nicht so oft Nachtisch.«
Der Barmann drehte sein feuchtes und nicht sehr sauberes Handtuch weiter in einem Bierglas.
»Der Junge stammt übrigens aus Kalabrien, aus diesem berühmten Nest San Luca, wo viele der Entführer von der 'Ndrangheta zu Hause sind«, fiel ihm noch ein.
»Das hat er mir mal gesagt. Und er hat mein Eis gelobt! Das wäre fast so gut wie bei ihm zu Hause.«
»Na, darauf dürfen Sie sich was einbilden. Das sollten Sie sich ins Fenster hängen!«
»*Römisches Eis, so gut wie in Kalabrien!* Ich weiß nicht, wie das bei meiner Kundschaft ankommt«, lächelte der Barmann.

Als Lisa und Donata das Café verließen, blickten beide auf das prächtige Portal des Pamphili-Parks. Schier unglaublich, was alles geschehen war, seitdem sie dieses barocke Kunstwerk bei ihrem ersten gemeinsamen Morgenlauf durchquert hatten! Heute stand die Sonne bereits viel höher und näherte sich schon ihrem Zenit. Die Luft war wärmer und duftete noch aromatischer als am Tag der Katastrophe.
»Gehen wir ein paar Schritte«, schlug Lisa vor. Herbstlaub raschelte um ihre Füße, als sie langsam den Weg zum Lustschloss des Kardinals Pamphili herabwanderten. Es roch nach Vergänglichkeit.

Donata ging langsam, den Kopf gesenkt. »Wo soll ich jetzt bloß unterkommen? Mein Geld reicht nicht mal mehr fürs Frauenzentrum!«

Lisa ging in Gedanken die große Zahl ihrer römischen Freunde in ihrer Erinnerung durch. Aber alle wohnten beengt. Oft genug, eine ehrbare italienische Tradition, hatte auch eine alte Mutter bei ihnen eine Bleibe gefunden. Es gab kaum Platz für durchreisende Freunde. Doch plötzlich fiel ihr die *dottoressa* Aldobrandi ein – eine uralte Psychoanalytikerin von über 90 Jahren mit dem hellen Geist einer Frau in den besten Jahren und einem immer noch dicht gefüllten Terminkalender.

Lisa hatte sie ein paar Monate lang konsultiert, als Simon sie – so sah sie das damals in ihrer Verzweiflung – »verraten« hatte. Die alte Dame lebte nun seit vielen Jahren allein in einer riesigen, labyrinthartigen Wohnung in der Altstadt. Lisa erinnerte sich an ihre eigenen Therapie-Sitzungen auf der Couch der *dottoressa* Aldobrandi, die untermalt waren von dem sanften Murmeln eines Brunnens im Innenhof.

Jetzt war es Viertel vor elf. Noch fünf Minuten – dann würde die *dottoressa* genau zehn Minuten lang, bis zum Eintreffen des nächsten Patienten zur vollen Stunde, ihr Telefon beantworten. Und in der Tat: Als Lisa anrief, wurde der Hörer sofort abgenommen.

»Lisa! Wie geht es Ihnen, ich habe so lange nichts von Ihnen gehört! Was macht das Kind? Und Simon? Und Ihr Job? Ist alles in Ordnung?« Die Stimme der Analytikerin klang frisch und präsent wie immer.

»Nicht wirklich, aber es geht«, antwortete Lisa auf die Frage ihrer einstigen Therapeutin.
»Wollen Sie nachher vielleicht vorbeikommen? Mein 14-Uhr-Patient hat gerade abgesagt.«
»Es geht diesmal nicht um mich, *dottoressa*. Mein Lebensweg ist, wie immer, ein bisschen verworren.«
»Snafu also«, erwiderte die *dottoressa*.
Lisa musste lachen. »Ich glaub's nicht. Da sitzen Sie mit Ihren über 90 Jahren in Ihrer wunderbaren römischen Altstadt-Wohnung und kommen mit einem Wort daher, das in Deutschland kaum Eingeweihte verstehen.«
»Lisa, wo haben Sie Ihren Kopf? Sie müssen sich doch daran erinnern, dass wir dann und wann privat über mein New Yorker Exil gesprochen haben.«
»Natürlich. Aber wieso …?«
»Selbstverständlich bin ich mit meinen Freunden von damals in Kontakt geblieben. Ich war immer mal wieder drüben. Inzwischen schreiben mir auch ihre Kinder. Und die haben mir so oft gesagt, dass es ihnen ›snafu‹ ginge, dass ich diesen Begriff gelernt habe!«
»Situation normal, all fucked up«, erklärte Lisa ihrer Freundin, die mit großen Augen zugehört hatte. Slang-Ausdrücke kannte die Nonne nicht so gut wie Bibelzitate …
»Liebe *dottoressa*, ich habe heute ein ganz profanes Problem. Meine Freundin Donata, eine Nonne, hatte dem alten Kardinal an der Piazzetta delle Coppelle für Kost und Logis in den beiden vergangenen Jahren den Haushalt geführt.«

»Moment mal, Lisa«, unterbrach sie die Therapeutin. »Sie stammen, wenn ich mich recht erinnere, aus einer protestantischen Familie. Und nun sind Sie plötzlich mit einer katholischen Nonne befreundet? Die dem ermordeten Kirchenfürsten den Haushalt geführt hat?«
»*Dottoressa*, Verzeihung, das kann ich Ihnen so schnell und am Telefon kaum alles erklären. Aber genau um diesen Kardinal und dessen Tod geht es. Seine Wohnung ist jetzt versiegelt. Und für dieses kleine Hotel im Frauenhaus hat Donata kein Geld mehr. Ich dachte …«
»Dass Ihre Freundin vielleicht bei mir unterkommen könnte? Ist sie eine unterhaltsame, gebildete Person? Kann Sie mir auch ein wenig im Haushalt zur Hand gehen?«
»Beide Fragen kann ich mit gutem Gewissen bejahen.«
»Dann kommen Sie vorbei. Um 14 Uhr. Ich verspreche Ihnen beiden einen Teller Pasta.«
»*Alla pesto?*«
»Ja, meine Liebe, meine kulinarischen Gewohnheiten haben sich nicht verändert.«
Lisa erinnerte sich an das Pesto aus dem Glas, das die *dottoressa* für unvermuteten Besuch in ihrer Vorratskammer bereithielt. Für strenge Freunde der italienischen Küche nicht ganz das Wahre, aber was zählte das schon?
Donata hatte aufmerksam zugehört. Ihre Miene hellte sich auf und sie schlug vor: »Wir kaufen noch ein wenig Käse und Obst, das wird meine künftige Gastgeberin

bestimmt freuen. Hoffentlich hat sie einen ebenso kräftigen Appetit, wie es ihre Stimme vermuten lässt. Ich nämlich habe heftigen Hunger. Genauer gesagt: Mir ist schon fast schlecht!«

Als die beiden an der Piazza Marghana eintrafen, hatte die alte Frau schon den Tisch in der Küche gedeckt. Die Marmorplatte des alten Möbelstücks wies einen diagonal verlaufenden Sprung auf und die Töpfe, die über dem altertümlichen Herd hingen, waren verbeult. Doch das kostbare Porzellan, mit dem der Tisch gedeckt war, entstammte der adeligen neapolitanischen Familie ihres verstorbenen Mannes. Die eingravierten Kronen auf dem schweren Silberbesteck wiederum gehörten zum Erbe der aufgeklärten piemontesischen Adelsfamilie der *dottoressa*. Damals mussten ihre Eltern etliche norditalienische Vorurteile überwinden, bevor sie die Ehe ihrer klugen Tochter mit einem Mann aus dem Süden zulassen konnten. Die Hochzeit wurde dann zu einer gesellschaftlichen Sensation. Selbst der *Corriere della Sera* hatte das Foto gebracht, auf dem die piemontesische Mutter der *dottoressa* mit dem Schwiegervater aus Neapel einen langsamen Walzer getanzt hatte. *Italien endlich vereint?*, hieß die Unterzeile. Aber all das war sehr lange her.

Wie immer nahm die Analytikerin kein Blatt vor den Mund. »Meine Gute«, sagte sie und lächelte die Ordensschwester gelassen an, »Ihr geistlicher Stand ist mir wohlbekannt. Seit vielen Jahren verbringe ich die Weihnachtstage bei den Clarissinnen in Neapel.«

»Wovon auch ich in meinen römischen Jahren profitiert habe«, ergänzte Lisa. »Die *dottoressa* erntet dann nämlich im Garten des Ordens die berühmten Bitterorangen. Ihre Marmelade, die sie höchstselbst daraus kocht, ist unübertrefflich. Ich bin mit den beiden Gläsern, die sie mir jährlich geschenkt hat, immer äußerst sparsam umgegangen.«

»Das würde ich ja nur zu gern von Ihnen lernen«, fiel Donata ein.

»Das werden Sie vielleicht sogar noch müssen! Das Pflücken der kostbaren Früchte oder gar das Aufheben der heruntergefallenen Orangen fällt mir zunehmend schwerer. Und die Erntezeit naht.«

»Haben Sie denn auch sonst noch Verbindungen zum Kloster? Gibt es auch Nonnen unter Ihren Patienten?«, wollte Donata wissen.

»Mehr, als Sie ahnen! Auch Priester haben schon häufig ihren Weg zu mir gefunden – wie ihr euch denken könnt, schafft vor allem das Zölibat für viele Priester heftige seelische Konflikte. Alles weitere unterliegt natürlich meiner Schweigepflicht. Und über Ihre Probleme, Donata, können wir uns auch gerne unterhalten. Der Tod Ihres Dienstherrn wird Sie sehr getroffen haben.«

Donata nickte stumm. Die *dottoressa* stand auf und holte aus ihrem Schrank eine angebrochene Flasche Rotwein von einem der altehrwürdigen toskanischen Weingüter der Frescobaldi. Die Flasche war mit einem silbergekrönten Korken verschlossen. Jede der Tafelnden bekam ein winziges, kostbar geschliffenes Gläschen von dem edlen Tropfen gereicht. Dazu schmeckte der Pecorino wundervoll, den die beiden jungen Frauen mitgebracht hatten, bestrichen mit einem Hauch der Bitterorangen-Marmelade aus dem schwindenden Vorrat der *dottoressa*.

»Und Sie, Lisa, was können Sie mir über den nächsten Papst erzählen?«, fragte die Gastgeberin. »Man hört und liest ja so manches.

Die Lateinamerikaner scheinen ja mächtig im Vormarsch zu sein. Wer sind da die Favoriten?«

Beide Frauen sahen plötzlich sehr ernst aus. Die Therapeutin bemerkte den warnenden Blick, den Lisa Donata zuschickte. Und ihr fiel auf, dass die gesprächige Lisa plötzlich hilflos nach Worten zu suchen schien.

»Also gut, Sie haben in Ihrer Zunft ja auch eine Art von Verschwiegenheitspflicht«, bot die Therapeutin an. Aber dann entdeckte sie die besondere Miene im Gesicht ihrer einstigen Patientin. Es drückte Angst aus, nichts als Angst.

Erschrocken sah die lebenserfahrene Frau ihr Gegenüber an. »Lisa! Was ist los, warum reden Sie nicht? Sie wissen doch selbst, dass alles, was in diesem Raum gesagt wird, ihn nicht verlässt. Also bitte, raus mit der Sprache.«

Das unterlief Lisas Barrieren. Und schon brach es aus ihr heraus: »Sie haben Recht, *dottoressa*. In der Tat stammen zwei Kardinäle, die nach allen Voraussagen sehr gute Chancen haben, auf den Heiligen Stuhl gewählt zu werden, aus Lateinamerika. Der eine ist der Erzbischof von Bogotá, der andere ein Oberhirt von Caracas, und beide wären höchst ungeeignet, die Führung der katholischen Kirche zu übernehmen. Dem Ersten werden Verbindungen zum bolivianischen Drogenkartell nachgesagt, der andere ist berüchtigt für sein Schwäche für Straßenkinder, genauer für die Straßenjungen seiner Stadt. Von denen sind etliche dubios verschwunden. Und auch in Bogotá hat es Tote gegeben, einen Jesuiten zum Beispiel, der die Verstrickung des Erzbischofs mit den Drogenbossen öffentlich machen wollte.«

»Ich kann es nicht fassen! All das ist belegt?«

»Lisa verfügt jetzt über diese wichtigen Dokumente, die Seine Eminenz zum Thema gesammelt hatte«, ergänzte Donata. »Und praktisch seit ihrer Ankunft ist sie von Abgesandten beider Thronkandidaten bedrängt worden. Vermuten wir zumindest, dass die dahinterstecken. Und was heißt bedrängt ... Eingeschüchtert und massiv bedroht trifft es besser, mit zum Teil lebensgefährlichen Methoden. Einmal wären wir beide fast dabei draufgegangen. Auf der Rückfahrt vom See hätten wir beinahe ein Hinterrad von Lisas Auto verloren, bei dem ein unbekannter Bewunderer meiner Freundin die Schrauben gelöst hatte.«

»Ein anderer gütiger Helfer dieser Eminenzen hat meinen Roller auf dem Weg zum Kardinal mit seiner dicken Limousine derart heftig von der Straße gedrängt, dass ich fast gegen eine Laterne geprallt wäre.«

»Und seit dem ersten Abend hat Lisa auf ihrem Handy

Anrufe erhalten, bei denen sie angeschwiegen wurde. Beim letzten der Anrufe sagte ihr jemand in heftig spanisch gefärbtem Italienisch: ›Wir warnen Sie. Dass wir nicht zimperlich sind, wenn uns jemand Schwierigkeiten macht, wissen Sie ja schon.‹«
»Ganz zu schweigen von dem Menschen, der mir bei meinen Freunden in der ersten Nacht durchs Fenster voll mit einer starken Taschenlampe ins Gesicht geleuchtet hat. Wohl, um mich zu erschrecken. Und es gäbe noch einiges mehr zu berichten.«
Die *dottoressa* hatte ihre Hände vor das Gesicht gelegt. Sie schüttelte den Kopf.
»Lisa, ich bin entsetzt. Und Ihren kleinen Sohn haben Sie vermutlich auch mit nach Rom geschleppt?«
Lisa nickte.
»Sie wissen, dass ich nicht in die Kategorie der Psycho-Ratgeber gehöre. Nur wenn sie wirklich selbst verstehen, sich zu eigenem Handeln entschließen, sind meine Patienten auf dem richtigen Weg. Und von dem sind Sie, meine Gute, noch reichlich weit entfernt. Was ich Ihnen jetzt sagen werde, Lisa, klingt zwar wie ein Ratschlag, aber es ist eine Weisung: Packen Sie Ihren Jannie und fahren Sie nach Haus.« Entschlossen stand die *dottoressa* auf, sammelte die Teller ein und trug sie zum Spülbecken.
Donata blickte stumm von einer zu anderen. Auf dem Hof hatte ein schrilles Gezwitscher begonnen, Streitigkeiten zwischen Straßenvögeln um die verbliebenen Wasserreste in dem Brunnen. Lisa war bleich geworden.

Zum Nachtisch holte die Therapeutin eine Schachtel mit Mandelkeksen aus ihrer Speisekammer. Die hatten offensichtlich schon ziemlich lange offen gestanden, aber eingetunkt in *vin santo*, einen italienischen Marsala, schmeckten sie köstlich. Lisa hatte dennoch Schwierigkeiten, die feuchten Krümel und die harten Mandelstücke in ihrem Mund zu zerteilen, und sie fürchtete fast an dem übersüßen Brei in ihrem Mund zu ersticken, der ihr auch das Gehirn zu verkleben schien.
Etwas mühsam erhob sie sich. »Vergeben Sie mir, *dottoressa*«, murmelte sie. »Ich muss zum Nachmittagsbriefing der Journalisten. Danke für die köstliche Pasta. Und vor allem danke, dass Sie Donata Herberge gewähren.«
»Wir werden uns nicht langweilen. Und bitte: Keep us informed.«
»So gut ich kann.«
»Wir freuen uns auch über kleine Neuigkeiten. Nun gehen Sie aber, mein Kind.«
Nachdenklich und viel langsamer als sonst, beinahe als wollte sie ihre Ankunft verzögern, trudelte sie Richtung Petersplatz. »Ich hätte nie auch nur einen Schluck von diesem schweren Rotwein trinken sollen«, warf Lisa sich vor. Sie hielt an einer Bar, um sich ihren doppelten Espresso zu genehmigen. Danach ging es ihr entschieden besser. Die *via della Conciliazione* war jetzt für den Autoverkehr gesperrt. Also fuhr sie auf einem der breiten Bürgersteige weiter, bemüht, sich nicht in die wehenden Gewänder der Eminenzen zu verwickeln, die

auf die Sistina zustrebten. Vor dem Presse-Zentrum hatte sich schon dicht an dicht eine Phalanx an Rollern aufgebaut, an deren Nummernschildern die Zugehörigkeit zum vatikanischen Pressekorps zu erkennen war. Lisa schob sich unauffällig in eine schmale Spalte, wobei der Nachbarroller ihr Nummernschild verdeckte. Nun brauchte sie sich nur noch über die Stimmung der Ordensschwester Suo Giovanna zu sorgen, die für die Verwaltung der vatikanischen Neuigkeiten zuständig war und den Zugang zu ihnen noch schärfer bewachte als ihr Herr und Meister Joaquím Basarro-Thals.

Wer von den beiden Herr und wer Hund war, blieb vielen Journalisten des vatikanischen Pressekorps weitgehend verborgen.

Aber die Ordensschwester ließ ein völlig unerwartetes Lächeln auf ihrem Gesicht erscheinen, als Lisa an ihren Schalter trat. Aus einer Schublade holte sie einen eingeschweißten Ausweis an einer Kordel. Lisa erkannte sofort ihr eigenes Foto aus dem Fotomaten, das sie am Vormittag nach ihrer Ankunft zusammen mit dem Formular für die Akkreditierung eingereicht hatte.

»Sie hatten offenbar einen Fürsprecher im dritten Stock«, sagte die Schwester. »Ich konnte es kaum glauben. Ausgerechnet Sie! Aber nun los, an die Arbeit. Das nächste Briefing beginnt in einer halben Stunde. Und der Saal ist schon voll.«

»Ausgerechnet ich«, fand auch Lisa insgeheim. Sie wusste, dass der »dritte Stock« des Apostolischen Palastes am römischen Petersplatz für die gesamte Kirchenregierung steht; die Chefs der Chefs der katholischen Kirche, vergleichbar in etwa mit dem Kanzleramt und seiner Ministerialbürokratie in Berlin. Bei der Kirchenregierung hatten die Blättchen, für die Lisa schrieb, nie gezählt. Aber ein Anruf des Kardinals hatte ihr früher immer geholfen. Und jetzt, aus dem Jenseits, schien er das immer noch zu tun.

Im Konferenz-Saal des vatikanischen Presseamts erkannte Lisa etliche ihrer Kollegen. Der Mann vom *Corriere della Sera*, einer der getreuesten Anhänger vatikanischer Wahrheiten, litt schon seit Jahren an Parkinson, genau wie der vorletzte Papst. Er hatte sich aber nicht aus dem Amt drängen lassen. Gleichwohl war seine Autorenzeile seltener geworden, während ein jüngerer publizistischer Diener der Kirche seinen Job übernommen hatte. Ein Verkehrsunfall hatte den Berichterstatter der liberalen Tageszeitung *La Repubblica* dahingerafft. Seinem Nachfolger war offensichtlich Vorsicht eingebläut worden – so jedenfalls lasen sich für Lisa seine Berichte aus dem Vatikan.

Der greise, deutsche Senior des ausländischen Pressekorps in Rom, Erich Koschner, seit über fünfzig Jahren in der Heiligen Stadt journalistisch tätig, war immer glänzend informiert, aber sehr vorsichtig, wenn es um die Darstellung vatikanischer Intimitäten ging.

Lisa winkte ihren alten Bekannten zu und stellte sich in der Nähe des Podests an die Wand.

Pünktlich wie immer und begleitet von einigen hohen Funktionären des Kirchenstaats, wanderte Basarro-

Thals auf die Bühne. Sein Stellvertreter warf einen wütenden Blick auf Lisa, mit dem sie aber gerechnet hatte. Vermutlich hätte er sie gern auf eine der hinteren Reihen verwiesen ... Aber Lisa blickte stur an ihm vorbei und hörte zu.
»Ist es richtig, dass schon das Vor-Konklave in einem Patt steckt?«
»Jedes Konklave hat seinen eigenen Rhythmus. Sie wissen ja von mittelalterlichen Papstwahlen, die Jahre gedauert haben.«
»Mit vielen Todesopfern unter den Anhängern der jeweiligen Bewerber«, rief der Mann vom *Manifesto* dazwischen.
»Solche Zeiten sind glücklicherweise vorbei. Aber natürlich kann es im Kardinalskollegium durchaus zu unterschiedlichen Bewertungen einzelner Kandidaten kommen.«
»Stimmt es, dass die Fundamentalisten im Vormarsch sind?«
»Ich wüsste nicht, von wem Sie reden.«
Ironisches Gelächter unter den Journalisten. Basarro-Thals verzog keine Miene.
»Ich darf Sie jedenfalls daran erinnern, dass das Konklave noch nicht einmal begonnen hat. Also sind wir noch weit vom Ernstfall entfernt. Und selbst dann kann die Wahl des neuen Heiligen Vaters etliche Tage dauern, wie Sie wissen. Die absolute Mehrheit muss in 30 Wahlgängen erreicht werden, bevor die einfache Mehrheit reicht. Für die Neulinge unter Ihnen: Es gibt maximal

sieben Wahlgänge an einem Tag. Und dazwischen auch reichlich Gelegenheit für die Eminenzen, sich untereinander zu beraten.«

»Na, wenigstens zieht sich das Spektakel nicht über Monate hin, wie die amerikanischen Präsidentschaftswahlen.«

Wieder ging ein böser Blick an den respektlosen Korrespondenten des *Manifesto*.

»Ratet mal, wer bei der geplanten großen Lateinamerika-Reise des nächsten Papstes nicht dabei sein wird«, zischelte ein Kollege neben Lisa. Die blickte ratlos auf ihren Block. Da stand noch nicht viel.

Aber immerhin ein Vor-Konklave im Patt und ein farbiger Rückblick auf besonders spektakuläre Wahlgänge und Konzilien vor etlichen Jahrhunderten, daraus ließ sich etwas machen. Immerhin kannte Lisa etliche gute, wenn auch wahrscheinlich legendenhaft aufgeputzte Geschichten, die ihre Leser amüsieren würden.

Als Lisa aus dem Pressezentrum auf die Straße trat, stieß sie fast mit dem Jesuiten Monsignor Theobaldi zusammen. Sie lachte ihn an und wollte ihn herzlich begrüßen. Aber der Pater reagierte völlig ungewöhnlich.

Er drehte sich um und eilte wie vom Teufel gejagt schnellen Schrittes davon.

Lisa starrte ihm fassungslos nach. Sekunden später ließ sich ihr Handy vernehmen, wie immer nicht umgehend auffindbar im Chaos ihrer Handtasche. Aber der Anrufer gab nicht auf. Das Telefon schnarrte hartnäckig weiter. Nachdem Lisa es schließlich aus ihrer offenen Kos-

metik-Tasche geborgen hatte und abnahm, vernahm sie die vertraute Stimme des Jesuiten.
»Sorry, Lisa, ich erkläre es Ihnen gleich. Wir treffen uns in dem bekannten Café.«
»*Dalle Tre Lilie?*«
»Genau da.«
Und schon hatte der Theologe aufgelegt. Lisa musste sich sehr konzentrieren, um die winzige Caffè-Bar neben dem Markt des Borgo Pio wiederzufinden. Als sie eintrat, war ihre Verabredung nicht zu entdecken. Der Geräuschpegel, den die dröhnenden Stimmen der römischen Viktualienhändler beim Austausch ihrer Nachrichten verursachten, war beträchtlich. Schließlich entdeckte sie an einem Tisch neben der Küchentür einen Mann, dessen Gesicht hinter der aufgeschlagenen *Manifesto* verborgen war. Lisa blickte auf seine schwarzen Hosenbeine mit der untadeligen Bügelfalte und die glänzend polierten Schuhe und trat zu ihm.
»Verzeihung, Lisa, aber das ging nicht anders. Ich kann mich derzeit draußen mit Ihnen nicht zeigen. Sie nehmen einen doppelten Espresso?« Endlich lächelte der Jesuit sie wieder so vertraut wie früher an.
Lisa nickte erleichtert.
»Schwierige Zeiten für unsere Heilige Mutter Kirche«, bemerkte Monsignore Theobaldi. »Für meinen Orden auch. Wir Intellektuelle gelten den Fundamentalisten als ein Erzübel. Einige von uns sind bedroht worden.«
»Auch Sie selbst?«
»Mehr als einmal. Meine Ansichten passen gar nicht in

deren reaktionäres Weltbild. Sie bekämpfen jede Veränderung, ob in der Kirche oder in der Gesellschaft.«
»Nicht ganz neu in der katholischen Kirchengeschichte ...«
»Ihr Martin Luther war allerdings auch kein Sozialreformer!«
»Ich weiß. Die Bauernkriege. ›Wider die mörderischen und räuberischen Rotten der Bauern.‹«
»Aber darüber wollten Sie sicher im Moment nicht mit mir reden, oder? Das Konklave – es wird wohl ein wenig länger dauern die letzten.«
»Die Kirchenführer müssen ja auch nicht mehr auf Pritschen schlafen.«
»Das wäre wahrscheinlich nicht mal schlecht angesichts der Lebensumstände der Millionen Armen, über die sie herrschen und die sie kalt dem Tod überlassen.«
»Afrika, Aids und das unerbittliche Verbot von Kondomen!« Lisa wusste genau, worauf Theobaldi anspielte.
»Deren Verteilung sollte den wackeren Arbeitern der Kirche als Pflicht auferlegt werden«, ergänzte ihr Gesprächspartner. »Stattdessen haben Priester Nonnen vergewaltigt, weil sie sicher sein konnten, sich bei denen auch ohne Kondom nicht anzustecken. Vor ein paar Jahren hat eine Benediktinerin aus Simbabwe im Apostolischen Palast darüber Beschwerde vorgetragen. Sie wurde als Feministin verleumdet und dann strafversetzt. Ich war unendlich entsetzt und deprimiert.« Auf dem hageren Gesicht des Jesuiten las Lisa ein Bekümmern, das an Verzweiflung grenzte. Seine Stimme war leise ge-

worden. Aber dann richtete er sich auf. »Nun denn. Es ist eine Zeit der Prüfung für unsere Kirche. Sie wird vorübergehen.«

»Vorausgesetzt, sie findet einen redlichen Oberhirten«, unterbrach ihn Lisa. »Aber das scheint nicht leicht zu sein. Sie haben die Gerüchte über einige der Spitzenreiter unter den Kandidaten gehört?«

»Aber natürlich, und ich fürchte, da geht es um mehr als Geschwätz. Der Mann aus La Paz zum Beispiel. Das Kartell finanziert ihn. Ein jesuitischer Kollege im Lande hat schon vor einiger Zeit auf einer Pressekonferenz in der Hauptstadt diese Verbindungen offengelegt. Er konnte sogar die Kontos vorführen, über welche das Drogengeld seinen Weg zu verschiedenen obskuren Stiftungen fand, die unter der Schirmherrschaft des geistlichen Oberhirten des Landes stehen. Es ging schlimm für ihn aus.«

Lisa ahnte, was kommen würde.

»Der Leichnam des mutigen Kollegen lag wenig später auf der Schwelle der Jesuitenkirche hinter dem Erzbischöflichen Palais.«

Schweigend nahmen beide einen Schluck Kaffee.

»Halten Sie es für denkbar, dass ein Kandidat mit solch düsteren Verbindungen die Mehrheit im Kardinalskollegium bekommt?«

»Eigentlich unvorstellbar. Dennoch: Lateinamerika drängt seit langem darauf, als Kontinent mit einer überwiegend katholischen Bevölkerung den Papst zu stellen. Eine Opposition aus diesem Lager war nicht zu vernehmen. Möglicherweise auch, weil unser Mann aus La Paz seine Kollegen mit allerlei Annehmlichkeiten verwöhnt hat. Die Flüge erster Klasse waren dabei nur die kleinsten Bonbons.«

Dass sie solche und ähnliche kompromittierende Informationen auch in der elektronischen Schatzkiste ihres ermordeten Mentors gefunden hatte, verschwieg Lisa zunächst. Doch das immer bedrückendere Gefühl von Angst und Bedrohung stellte sich wieder ein. Sie entschloss sich, ihrem Informanten, von dessen Mut sie öfter profitiert hatte, von ihren eigenen brisanten Unterlagen zu berichten. Ihr Gegenüber reagierte äußerst interessiert.

»Sie besitzen Dokumente?«

»Nicht mehr diejenigen auf Papier. Die sind bei einem Einbruch im Landhaus des Kardinals gestohlen worden, desgleichen die CDs, auf die seine Haushälterin das Material gespeichert hatte. Auch sein Rechner ist von den Eindringlingen zerstört worden.«

»Und wie konnten Sie das Material trotzdem retten?«

»Das ist eine längere Geschichte. Ich habe mich mit der Haushälterin von seiner Eminenz angefreundet, und der wiederum ist mithilfe eines Experten die Datenrettung von der Festplatte gelungen.«

»Ach, diese amerikanische Nonne! Über die und ihre elektronischen Künste kursieren auch bei uns schon die tollsten Wundergeschichten. Also gibt es diese explosiven Dokumente doch, wenn auch nur elektronisch momentan.«

Lisa nickte.
»Und Sie hätten Zugang dazu?«
»In der Tat. Ich werde Ihnen bis morgen früh eine CD davon beschaffen.«
»Das könnte sich als ungemein wichtig für die Entwicklungen der nächsten Tage erweisen.«
»Ich bin morgen Nachmittag bei der Buchhandlung Scordati. Auf den ganz alten von den beiden Geschäftsführern kann ich mich verlassen.«
»Ich kenne ihn auch. Ein informierter Mann, der viel über die manchmal diffusen Hintergründe unseres kleinen Staates weiß. Von ihm kann selbst ich noch lernen.«
»Also gut, bei ihm werde ich eine CD in einem gefütterten Umschlag hinterlassen, an Sie adressiert. Für mich ist das auch beruhigend. Dann weiß ich wenigstens, dass eine Sicherheitskopie in verlässlichen Händen ist.«
»Sie sind großartig, Lisa! Dafür bekommen Sie erst mal meinen *Manifesto*. Mit diesem linken Blatt sollte ich in diesen Breiten sowieso nicht gesehen werden.«
Und mit diesen Worten entschwand Monsignor Theobaldi, während Lisa den Konklave-Bericht ihres Kollegen gründlich studierte.

7

Auf dem Weg zu seinem Büro im Apostolischen Palast beobachtete Don Gregorio mit Wohlgefallen, wie auf dem Dach der Sixtinischen Kapelle der schmale, hohe Schornstein installiert wurde, dessen Rauch nach jedem Wahlgang das Ergebnis verkünden würde. Der gusseiserne Ofen, in dem die Wahlzettel verbrannt wurden, hatte bereits seinen hergebrachten Platz in einem abgetrennten Bereich der Sistina eingenommen.

Die morgendlichen Exerzitien in den vatikanischen Gärten hatten wie immer auch seinen Geist erweckt. Die Nachrichten aus dem Netzwerk der Ultrakonservativen beflügelten die Stimmung des Don Gregorio ebenfalls. Der Auftrag, der ihm von dort aus erteilt worden war, ehrte ihn hoch, und er erlebte ihn als persönliche Mission, die ihm von Gott selbst aufgetragen worden war.

Das so genannte Testament des Kardinals, jene Dokumentensammlung des Verabscheuungswürdigen von der *piazetta delle Coppelle,* musste den Händen der ausländischen Ketzerin entrissen werden und in die Hände der wahrhaft Getreuen gelangen. Die Vergiftung des Glaubens durch die falschen Propheten von Liberalismus und Veränderung der reinen Lehre sollte auf immer beendet werden.

Sein heutiger Auftrag war leicht. Er wusste, dass die Deutsche an den täglichen 11-Uhr-Briefings des Presseamts teilnahm. Nun galt es lediglich, die Sünderin bei ihrem Eintreffen abzufangen und sie aufzufordern, ihm die häretischen Schriften des toten Kardinals auszuliefern. Die Worte, die er dabei sprechen wollte, hatte der Prälat längst im Kopf und rezitierte sie innerlich immer wieder voller Stolz. Seine Waffe dürfte die Wirkung der Rede eindrucksvoll verstärken und der Ketzerin klarmachen, dass es um ihr Leben ging – und um das ihres Bastards.

Das fundamentalistische Netzwerk hatte ihn gut über die Journalistin informiert. Er kannte die Farbe ihres Motorrollers und dessen Nummer. Er wusste, wie Lisa aussah. Auch auf ihren Hang, mit leichter Verspätung zu den Pressekonferenzen des Vatikansprechers einzutreffen, war er hingewiesen worden.

Aber Don Gregorio bedachte alle Eventualitäten. Lisa war unzuverlässig. Das bedeutete aber auch, dass sie unter Umständen zu früh erscheinen könnte.

Und da hatte er genau richtig gedacht. Lisa erschien um zehn vor elf. Sie parkte den Roller gegen jede Regel auf dem Bürgersteig. Das hatten viele ihrer Kollegen auch getan. Dann suchte sie verzweifelt in ihrer Tasche nach irgendetwas – wahrscheinlich hat sie mal wieder ihren Block vergessen, dachte Don Gregorio verächtlich. Aber nun war sein Moment gekommen. Er baute sich vor der Journalistin auf und sprach herausfordernd: »Signora, Sie haben Dokumente in Ihrem Besitz, die Ihnen nicht gehören und die zudem der katholischen Lehre widersprechen. Diese werden Sie mir morgen um dieselbe Zeit wie heute, kurz vor dem Beginn der eher bedauerlichen täglichen Information von Journalisten, übergeben. Hier.«

»Werde ich das? Da bin ich aber erstaunt. So viel Irrtümer in nur zwei Sätzen habe ich selten vernommen.« Lisas Ton war betont sarkastisch. »Und ausgerechnet Sie, Monsignore, wollen etwas von der reinen Lehre verstehen? Dass ich nicht lache!« Mit diesen Worten schob sie sich an dem Kleriker vorbei und schritt auf den Eingang des Pressesaals zu. Aber der Mann stellte sich ihr in den Weg.

»Sie sollten doch wissen, dass die Überschreitung grundlegender ethischer Grundsätze unserer Heiligen Mutter Kirche tödliche Folgen haben kann. Das haben einige bedauerliche Todesfälle in der jüngsten Zeit doch klar genug gezeigt!«

Das hätte Don Gregorio nicht sagen sollen! Es machte Klick in Lisas Hirn und sie verstand. War nicht in den verschiedenen Zeugenaussagen immer wieder die Anwesenheit eines Priesters in der Nähe der verschiedenen Tatorte erwähnt worden? Könnte er, dieser Monsignore, das gewesen sein? Ein Mörder im Namen des Glaubens? Blitzschnelle Überlegungen schossen wie ein Feuerwerk durch ihren Kopf. Sie müsste den Kommissar verständigen – und zugleich dafür sorgen, dass der Beamte diesen Mann außerhalb der Grenzen der »Stadt des Vatikanstaats« antreffen könnte.

Dort, wo sie und der Kleriker jetzt standen, vor dem Pressesaal, konnte die italienische Polizei nicht eingreifen, um den Glaubensfanatiker für eine Befragung ins Kommissariat zu bringen. Also würde sie einen Treffpunkt an der *via della Conciliazione* vorschlagen müssen, an dem bereits Italiens Rechtsprechung gültig war. Der Verlauf dieser unsichtbaren Grenze ohne Schlagbäume war ihr gut geläufig. Nur etwa hundert Meter weiter in Richtung Tiber begann Italien – genau vor der renommierten, katholischen Fachbuchhandlung Scordati.

Zum Glück fiel ihr schnell genug eine einigermaßen plausible Begründung für Don Gregorio ein, warum ihr nächstes Treffen nur ein paar hundert Meter weiter Richtung Tiber stattfinden müsste. Die Journalistin sagte in bewusst versöhnlichem Ton: »Wissen Sie, zum Briefing morgen kann ich nicht kommen. Aber am Nachmittag müsste ich gegen 16 Uhr ein Buch über die Geschichte der Papstwahlen bei Scordati abholen. Wenn es Ihnen recht wäre, mich da zu treffen, kann ich Ihnen die Dokumente übergeben. Sie sind im Übrigen jetzt alle auf CDs gespeichert.«

»Das stört mich nicht. Sogar bei uns im Apostolischen Palast sind schon seit längerem Computer angekommen. Und mir und meinen Auftraggebern geht es um die Inhalte, um die Verleumdungen und Lügen, die der alte Kardinal zusammengetragen hat, um die besten Männer der Kirche zu schmähen.«

Lisa prägte sich das Gesicht ihres Gegners sorgsam ein.

Ein mageres Antlitz, helle, fast farblose Augen, eine schmale Nase und ein Mund, dessen Lippen zu einem schmalen Strich geschrumpft waren. Trotz seines hohen Alters spannte sich die blasse Haut fast faltenlos über seine hohe Stirn, die eingefallenen Wangen und ein längliches Kinn.

Lisa probierte ein Lächeln. »Also bis morgen Nachmittag, vor der Buchhandlung Scordati.«

Aber Don Gregorio hatte sich schon umgedreht und entschwand mit fast artistischer Beweglichkeit wie ein Geist in der wogenden Menge.

Die Stimme des Kommissars klang anders, als sie ihn auf seinem Handy anrief. Er blaffte nicht, er bellte nicht. Er hörte sich fast freundlich an. Lisa umschrieb ihre Begegnung mit dem Kleriker in vorsichtigen Worten. Und gänzlich verblüfft war sie, als er fragte: »Wo kann ich Sie treffen – wenn es geht, sogar schon in einer halben Stunde?«

Lisa beschrieb ihm das kleine Café, in dem sie erst vor kurzem mit dem Jesuitenpater Theobaldi gesessen hatte.

Als sie pünktlich dort eintraf, saß der Kommissar bereits dort – ausgerechnet an dem Tisch, von dem sie erst kurz zuvor aufgestanden war.

Zwischen seinen Lippen hing eine erkaltete Zigarre. Lisa sandte ein stummes Dankeschön an die weisen Volksvertreter vom Montecitorio in Rom für ihr Rauchverbot in Cafés.

Santini reichte ihr die Hand. »So schnell sieht man sich

also wieder! Schön, dass Sie angerufen haben. Besonders angenehm war unsere letzte Begegnung ja nicht für Sie!«
»Haben Sie uns denn wirklich verdächtigt?«
»Nun ja, ich musste wenigstens ausschließen können, dass Sie oder Schwester Donata dem Mörder in irgendeiner Form geholfen haben. Aber es gab bald einen viel überzeugenderen Verdächtigen.«
»Dann sind Sie aber ein verdammt guter Schauspieler!«
»Ich brauchte Zeit. Der Mann sollte sich in Sicherheit wiegen.«
»Damit er den nächsten vermeintlichen Feind der Heiligen Mutter Kirche umlegen kann?«
»Dazu wird er nicht mehr viel Gelegenheit haben.«
»Und was, wenn ich in sein Blickfeld geraten bin? Eine ledige Mutter? Und mein Kind von einem Priester? Das müsste ihm doch reichen, ein weiteres moralisch-ethisches Exempel zu statuieren.«
»Stimmt – in gewisser Weise. Aber ich habe natürlich längst ein psychologisches Täterprofil ausarbeiten lassen. Demnach richtet sich sein mörderischer Hass auf männliche Gestalten. Frauen existieren in seinem Blickfeld nur als Mutter Maria.«
»Verzeihung, aber das bezweifele ich. Ich könnte mich höchstens in die Gestalt der Maria Magdalena retten, der Sünderin, die von Jesus so ausdrücklich angenommen worden war.«
Santini kaute lange auf seiner kalten Zigarre, bis er endlich sprach: »Vielleicht haben Sie Recht. Ein Risiko ist

da. Am besten stelle ich Ihnen einen männlichen Begleitschutz ab.«
»Ich wüsste auch schon, wen«, lächelte Lisa.
»Das kann ich mir denken! Ich werde mal schauen, ob ich auf meinen attraktiven Adlatus für ein paar Tage verzichten kann. Aber bitte schön, Umberto ist verlobt!«
»Das werde ich leider respektieren müssen«, versprach Lisa mit gespieltem Bedauern.

Don Gregorio bewegte bereits einen präzisen Plan durch seinen Kopf, wie er die Verbreitung der belastenden Materialien durch diese sittenlose deutsche Journalistin auf immer stoppen könnte. Er war sehr zufrieden. »Ich werde ihr morgen die CDs abknüpfen. Und dann: piffpaff!«, erzählte er sich selber. Auch seine Flucht hatte der Kleriker bereits geplant. Niemand würde die Waffe zu sehen bekommen, mit der er aus der Seitentasche seiner Soutane heraus feuern wollte. Fromm würde er sich über die Tote beugen, um ihr einen letzten Segen der Heiligen Römisch-Katholischen Kirche zu erteilen, und dann gelassen davonschreiten.

Als ihr Handy klingelte, wühlte Lisa wie immer etliche Zeit in ihrer Handtasche danach. Dann fiel ihr ein, dass es dieses Mal ausnahmsweise in ihrer Jackentasche steckte. Als sie abhob, klang ihr Jannies fröhliche Stimme entgegen.
»Mami, darf ich noch ein bisschen mit Simon am Meer bleiben? Er sagt, du hast sowieso ganz viel zu tun?«

»Aber mein Schatz, für dich habe ich doch immer Zeit!«
»Aber nicht so richtig, wenn du arbeitest.«
Lisa schämte sich ein wenig vor ihrem Kind und gab zu: »Leider stimmt das wohl. Gib mir mal den Simon. Ich bespreche das kurz mit ihm.«
»Und, hast du schon herausgefunden, wer der nächste Papst wird?«, fragte der.
»Fast. Wenn die katholische Kirche doch nur meinen wohlgemeinten Ratschlägen folgen würde!«
Simon lachte. »Also, uns beiden geht es hier prächtig. Jannie schwimmt ja schon ganz prima. Und das Wasser ist ruhig.«
»Er hat Anfang vorigen Jahres sein Seepferdchen gemacht. Aber wehe, du machst mir mein Kind abspenstig.« Lisa wollte das eigentlich scherzend sagen, aber so ganz gelang ihr das nicht.
Simon klang plötzlich sehr ernst. »Jan hat das Recht auf die Liebe seines Vaters. Das hast du selbst mir immer wieder gesagt!«
»Nur, dass du unglücklicherweise ein katholischer Priester bist!«
»Hast du ihm irgendwas gesagt?« Simon war von Lisas scharfem Einwurf überrascht.
»Natürlich nicht. Und ich verspreche dir, es nicht zu tun.« Seine ehemalige Freundin seufzte. Warum konnte das Leben nicht etwas einfacher sein? Wieder klingelte ihr Handy. Der Kommissar.
»Wissen Sie, ich möchte Sie doch noch mal sehen, wenn

es Ihnen passt. Im Präsidium. Ich habe einen kleinen Krisenstab zusammengestellt. Wir müssen diese nicht unbedenkliche Begegnung sehr sorgfältig vorbereiten. Da darf nichts schief gehen! Passt es Ihnen morgen früh um neun? Dann habe ich immer noch mehr als 24 Stunden Zeit, meine Männer zu instruieren.«
»Also ist es doch kein Spaziergang, dieses Rendezvous mit einem Irren!«
»In der Tat. Also, bis morgen.«
Lisa schluckte beklommen. Worauf ließ sie sich da ein? Andererseits: Würde ein pflichtbewusster Beamter wie Santini ihr wirklich ein ernsthaftes Risiko zumuten? Lisa schob ihre Sorge entschlossen beiseite. Jetzt musste sie schreiben.
Sie kehrte in das vatikanische Presseamt zurück, das inzwischen mit sämtlichen modernen journalistischen Arbeitsmitteln ausgestattet war. Mit einer französischen Kollegin, deren Vatikan-Verbindungen legendär waren, trank sie einen weiteren Doppel-Espresso, suchte sich dann einen Arbeitsplatz und schrieb bis zum frühen Abend. Als sie das Presse-Amt verließ, dunkelte es bereits. Lisa fühlte sich leicht schwindlig, und ihr fiel ein, dass sie seit dem Frühstück nichts gegessen hatte. Sie brauchte jetzt ihre Freunde um sich und einen guten Teller Pasta. Und auch ihrer Freundin Donata würde das gut tun.
Elena klang hocherfreut. »Endlich, wir machen uns schon Sorgen um dich. Du kommst doch zum Essen?«
»Nur zu gerne. Darf ich Donata mitbringen?«

»Aber sicher. In unserem agnostischen Haushalt hat es noch nie klösterlichen Besuch gegeben.«

»Und der, vielmehr diese Besucherin, zeichnet sich neben ihren anderen guten Eigenschaften durch einen hervorragenden Appetit aus.«

»Wir werden ein bisschen zusammenrücken müssen.«

»Das schaffen wir schon.«

Donata wartete bereits vor dem Haus der *dottoressa*, als Lisa mit ihrem Roller schwungvoll um die Ecke bog. Die Nonne trug Jeans und einen dicken Pullover für die abendliche Fahrt und nahm ihren Helm aus dem Kofferraum entgegen. Als sei sie es von jeher gewohnt, schwang sie sich auf den hinteren Sitz und umfing Lisas Taille.

Die Gewichtsverlagerung in den Kurven beherrschte Donata wie von selbst. Und als sich die Nonne vorbeugte, um ihr etwas zu sagen, wusste Lisa, was kommen würde. Ein neuer Versuch, den Roller fahren zu dürfen! »Hej, das ist doch supereinfach. Das hab ich doch schon vom Zugucken im Griff!«

»Das denkst du dir so«, schrie Lisa zurück. »Jetzt in der Dunkelheit! Außerdem gehört das Teil nicht mir. Vergiss es.«

Aber natürlich war ihr schon die Sackgasse ganz in der Nähe des roten Hauses der Bianchottis eingefallen. Hier könnte sie irgendwann in den nächsten Tagen, wenn aus dem Schlot der Sixtinischen Kapelle der weiße Rauch aufgestiegen sein würde, mit ihrer Freundin ein wenig üben.

Schon im Hausflur stieg den beiden der Duft von gebratenen Salbeiblättern in die Nase. Oliviero stand in der gewohnten Küchenkleidung vor den beiden. Chiara stürzte sich aus dem Kinderzimmer so stürmisch in Lisas Arme, dass die fast umfiel.
»Wo ist denn Jannie geblieben?«
»Weißt du was, der ist mit seinem Papi am Meer.«
»Ich dachte, Jannie hat keinen Papi. Hat er mir jedenfalls erzählt.«
»Doch, Süße, nur der hat leider meistens wenig Zeit für ihn.«
»Spielst du dann Memory mit mir?«
»Ich werde mich hüten. Du gewinnst doch immer.«
»Das sagt Mami auch.«
Daraufhin trollte sich das Kind, während Elena in ihrem Baumwoll-Kimono aus dem Badezimmer trat, duftend nach Fichtennadel-Essenz. Ihr Handtuch-Turban über dem nassen Haar saß etwas schief.
Donata stand schüchtern da und sah den vertrauten Ritualen der Freunde zu. Aber nicht lange … Elena küsste sie auf beide Wangen, wobei sie sich auf die Fußspitzen stellen musste. Das italienische Du für die Freunde der Freunde war auch hier selbstverständlich.
»Willkommen bei uns, Donata! Es gibt gleich was Gutes zu essen, und einen Streit über den katholischen Glauben wird nur Matteo vom Zaun brechen. Lass dich einfach nicht drauf ein.«
»Das kann ich nicht versprechen«, lächelte die Nonne. »Meist bin ich selbst auf der Seite der Kritiker.«

»Prima, dann werden hier mal die Rollen getauscht.«
»Das wirst du unserem Sohn doch nicht zumuten«, ließ sich Oliviero aus der Küche vernehmen.
»Oh doch, ganz gewiss! Und du darfst Punktrichter bei der Diskussion sein.«
»Bin leider unqualifiziert«, kam es vom Herd zurück.
»Wie wir alle«, sagte Donata. »Kann ich was helfen?«
»Der Meister am Herd bin ich, hier liegen meine Qualifikationen. Ich verteile daher allenfalls Handlangerdienste. Du könntest aber jetzt zum Beispiel die Walnüsse hacken, für meine spezielle Gorgonzola-Sauce.«
»Die muss nämlich fertig sein, bevor das Wasser siedet. Und das Salz kommt ganz zum Schluss rein, damit das Wasser nicht zusammenkocht«, brüstete sich Lisa mit ihrem frischen Wissen zum Thema.
»Das kommt doch nicht von dir, du Meisterköchin«, lachte Ollie. »Von Augusta, stimmt's? Dafür dürft ihr beiden jetzt zusehen, wie meine unnachahmliche Gorgonzola-Sauce entsteht. Die geht so blitzschnell, dass in diesem Fall das Nudelwasser sogar schon sieden sollte.« Mit gekonntem Augenmaß hatte Ollie ein Stück von dem cremigen Blauschimmelkäse abgeschnitten und in der leicht erwärmten Pfanne zerdrückt, mit Salz, Pfeffer und ein wenig Muskat gewürzt und noch einen guten Esslöffel Butter in die Masse gegeben.
»O weh«, sagte Lisa, »eine echte Kalorienbombe!«
»Extra für euch, ihr beiden Selleriestangen. Ein bisschen frauliche Formen würden dir gut stehen und unserer fortschrittlichen Nonne auch.«

Elena und die beiden Großen hatten sich schon am Tisch niedergelassen und ergötzten sich an den in einer Kräutersauce gewendeten Mozzarella-Kügelchen und köstlichem Parmaschinken vom Markt. Ollie bekam seinen Anteil auf einem Tellerchen an den Herd gereicht.

Matteo öffnete ziemlich gekonnt die erste Flasche Frascati und schließlich saßen alle am Tisch und warteten auf das Essen.

»Was gibt's Neues vom Konklave?«, wandte Elena sich an Lisa.

»Kein Wort über diese Maskerade«, befahl Ollie von seinem Arbeitsplatz aus. »Jedenfalls nicht, bevor meine Sauce über die schön eingebutterten Nudeln geflossen ist!«

Kurze Zeit später leerten alle ihre Teller.

»Darf ich denn jetzt fragen, mein Herr und Meister?«, neckte Elena nach dem Essen. »Ich hätte nämlich eine Anfänger-Frage: Wie läuft so eine Wahl eigentlich ab?«

Zu ihrer Überraschung antwortete Matteo. »Leute, lest ihr keine Zeitung außer euren extrem linken Postillen? Also, die greisen Herren …«

»Unverschämtheit, ich bin schon fast so alt wie einige der Kardinäle«, beschwerte sich sein Vater. Auch Elena protestierte.

»Hej, mein Sohn! Dein Vater ist ziemlich frisch, in jeder Hinsicht. Und ich als seine Frau sollte das nun wirklich beurteilen können! Aber mach weiter, mein Junge, wir staunen über dein Wissen. Und Lisa wird dich schon korrigieren, wenn nötig, und Donata kann auch sicher was beisteuern.«

»Also gut! Die Kardinäle werden aus ihrer neuen Nobelherberge in Mini-Bussen im Bogen hinter dem Petersdom her in die Sistina gekarrt. Die Fitness-Meister unter ihnen wagen den Weg sogar zu Fuß.«

»Du verlierst dich in Details, Bruderherz«, mischte sich Maria ein. »In der Sixtinischen Kapelle versammelt, verteilen die persönlichen Sekretäre der drei wichtigsten Kardinäle die Wahlzettel. Dann müssen sie auch raus. *Fuori tutti* sagt der Ober-Kardinal und verschließt die Tür. Jeder der Anwesenden muss seinen Zettel hochhalten und der Vorsitzende zählt sie, damit niemand heimlich einen weiteren Wahlschein einsetzt, um seinen Favoriten durchzuboxen. Die Wahlscheine werden zum Vorstandstisch getragen und dort zunächst auf einem Teller deponiert. Man trägt ihn erst von dort aus in die Wahlurne. Die wird kräftig durchgeschüttelt und dann beginnt die Auszählung.«

»Mal wieder sehr vereinfacht, aber meinetwegen«, wollte sich Matteo in den Vordergrund spielen. »Du hast natürlich die schärfsten Sachen vergessen. Der Zettel wird nämlich an der Stelle, auf der *eligo*, ich wähle, steht, mit einer Nadel durchstochen und mit den anderen an einem Ring aufgereiht. Es wird noch mal durchgezählt.«

»Das spricht doch für das herzliche Vertrauen, das die Kardinäle füreinander empfinden«, spottete Oliviero.

»Ein Detail ist bei dieser Wahl neu«, wusste Donata

nun zu erzählen. »Es gibt neuerdings nicht nur eine, sondern sogar drei Urnen. Die beiden Letzteren werden für eventuell erkrankte Kardinäle eingesetzt, vor allem im Ausland, und am Tag der Wahl nach Rom gebracht.«

»Das möchte ich sehen … Ein Kardinal mit Urne im Reisegepäck«, feixte Matteo.

»Du musst dir die auch nicht wie einen Fußball-Pokal vorstellen. Ist eher so eine Silberschüssel mit Deckel drauf«, erklärte Lisa ihm.

Maria war während der letzten Wortwechsel still geblieben. Sie hatte den antiklerikalen Spott ihres Vaters vielleicht schon zu oft gehört. Stattdessen wandte sich die Abiturientin an ihre Mutter und sagte leise: »Ich habe Antwort von der Missionsstation in Kerala bekommen. Die Schwester Oberin schreibt, dass sie mich für ein paar Monate sehr gut gebrauchen könnten, auch ohne Ausbildung.«

Elena hatte ihrer Tochter ermutigend die Hand gedrückt.

Zum krönenden Abschluss des Mahls holte die Hausfrau, die sich überwiegend auf Nachtische verstand, ihre Blätterteig-Torte, gefüllt mit Früchten in üppiger Crème Chantilly, aus dem Kühlschrank. Die war schnell verputzt. Anschließend fuhr Matteo die Nonne zurück zu ihrer Unterkunft bei der *dottoressa*, während Lisa auf dem Sofa im Studio sofort einschlief.

Aber darauf hatten die bösen Herrscher über ihre Träume wohl nur gewartet. Kaum eingeschlafen, befand

Lisa sich allein in einer unwegsamen Steinwüste. Plötzlich hörte sie dröhnende Motoren-Geräusche. Sie drehte sich um und sah, wie eine Horde Skinheads auf Harley-Davidsons auf sie zubrauste, als hätte der Traum extra für diese Motorräder schnell eine Asphalt-Straße gelegt. Sie fing an zu laufen und wollte sich hinter einem Felsen verstecken, aber der löste sich in eine zähe Masse auf, in der ihre Hände stecken blieben. »Lasst mich in Ruhe«, schrie sie so laut, dass sie selbst davon aufwachte. Aber eine Ruhe in ihrer Seele wollte sich nicht wieder einstellen. Unausgeschlafen stand sie auf. Ein doppelter Espresso wird meinen Kopf schon wieder befreien, hoffte sie und schlug Elenas Warnung in den Wind, das pechschwarze Gebräu nicht auf nüchternen Magen zu trinken. Prompt begann ihr Herz rebellisch zu rasen und ihre Hände zitterten.

Missgelaunt schwang sie sich auf den Roller und erschien pünktlich um kurz vor neun im Präsidium. Im Zimmer des Kommissars war der Zigarrenrauch selbst zu dieser morgendlichen Stunde bereits so dicht geworden, dass Lisa die Anwesenden kaum sah. Ihre Augen brannten. Aber sie erkannte Umberto, der ihr ein unförmiges, schweres Teil entgegenhielt. Eine kugelsichere Weste – offensichtlich für sie gedacht.

»Nein«, sagte sie entschlossen.

»Wir werden Sie auch nicht dazu zwingen«, entgegnete der Kommissar. »Das könnten wir gar nicht. Aber wir appellieren an Sie! Don Gregorio ist ein mehrfacher Mörder, ein Fanatiker des Glaubens, der Ihren eigenen

Mentor auf dem Gewissen hat. Für Ihre Sicherheit wird heute alles, aber auch alles getan. Zehn unserer besten Beamten werden sich in Ihrer unmittelbaren Umgebung befinden.«

»Nein«, wiederholte Lisa. »Wenn die Situation so gefährlich ist, dass ich eine kugelsichere Weste tragen muss, dann geht es nicht. Ich habe ein Kind und kann mich nicht in Lebensgefahr bringen. Um keinen Preis der Welt!« Sie wusste selber, dass sie jetzt eine ganz andere Politik vertrat als noch am Vortag. Aber der nächtliche Traum hatte ihr zu denken gegeben und sie war nicht mehr davon überzeugt, dass ausgerechnet sie selbst den Lockvogel für die Ergreifung eines mehrfachen Mörders spielen musste.

»Es geht hier um 20 Meter!«

»Eben. Die werden mir im Ernstfall nicht helfen. Don Gregorio weiß es. Und er bewegt sich schnell.«

Umberto warf seinem Chef einen nachdenklichen Blick zu.

»Sie werden Lisa nicht umstimmen. Aber ich hätte eine Idee. Sobald sich der Mann in Richtung Buchhandlung bewegt, könnten wir ihn bereits festnehmen.«

»Und die Staatsgrenze?«

»Die werden wir einfach ignorieren. Beweise gegen ihn haben wir doch inzwischen mehr als genug: Fußspuren. Die Tatzeiten. Zeugenaussagen über einen Priester, der in der Nähe aller Tatorte gesichtet wurde, in allen vier Mordfällen, einschließlich dem des Kardinals. Gegenüberstellungen werden das bestätigen. Immerhin: Alle

diese Verbrechen sind auf italienischem Territorium begangen worden. Und dann: Dieser angeblich so besonders fromme Mann dürfte eine Waffe bei sich tragen.«
»In normalen Rechtsbeziehungen zwischen Staaten würde das stimmen. Aber ebendiese Normen pflegt der Vatikan zu ignorieren.«
»Who cares?«, erwiderte der junge Beamte in ziemlich flapsigem Ton.
Lisa warf ihm einen warnenden Blick zu. Aber sie hatte sich entschlossen, unter diesen Voraussetzungen doch mitzuspielen. »Ich werde also, wie mit Don Gregorio vereinbart, vor der Buchhandlung Scordati stehen und meine Aktenmappe mit den Dokumenten und der CD unter dem Arm halten. Er wird auf mich zugehen. Sobald er das tut, ergreift ihr ihn. Wo immer ihr wollt.«
»Er muss Sie nicht einmal bedrohen«, hatte der Kommissar inzwischen überlegt. »Er wird eine Waffe bei sich haben, das genügt für eine vorläufige Festnahme.«
»Und wenn er unbewaffnet ist?«
»Dann dürfte immer noch das Material reichen, das wir bereits in den Händen haben. Es ist ein Glücksfall für uns, dass er sich derart offenkundig an Sie herangewagt hat, Lisa!«
»Das freut mich sehr für Sie, *commissario*«, erwiderte diese ironisch.

Als Lisa um 16 Uhr vor der Buchhandlung eintraf, war sie kaum überrascht, dass der Geistliche sie bereits dort erwartete.

»Nun, meine Gute, ich bin erfreut, dass Ihre Vernunft gesiegt hat. Sie werden damit einem hochverdienten Mann auf den Thron verhelfen. Und der wird unsere Heilige Mutter Kirche mit seinen ehernen Grundsätzen auf den rechten Weg zurückführen. Am Ende werden sogar noch Sie konvertieren.«

»Täuschen Sie sich nicht«, gab Lisa zurück. »Die Verbindungen des gerade von Ihnen so hochgeschätzten Kandidaten zum Kartell von Medellin sind bestens belegt.«

»So heißt es«, erwiderte der Priester kühl. »In Wahrheit handelt es sich natürlich um eine Sammlung von schändlichen Lügen. Dennoch liegt es in unserem Interesse, dass derlei gerade jetzt nicht an die Öffentlichkeit gelangt. Sie wissen ja selbst, wie leichtgläubig die Menschen heute sind, und Sie selbst profitieren schamlos davon, wenn ich mir diese Anmerkung erlauben darf.«

Don Gregorio riss ihr das Kästchen aus florentinischer Pappe aus der Hand, in welcher der Kardinal seine CDs aufbewahrt hatte, und zog zugleich seine Pistole. Aber da war der Prälat auch schon von Santinis Männern umringt. Die Stimme des Priesters klang durchdringend und rau wie eine Krähe, bösartig und verängstigt zugleich, als er festgenommen wurde. Noch aus dem Polizei-Wagen war sein Gezeter zu hören, und für Lisa hörte es sich auch aus sicherer Entfernung unheimlich an.

Als ihr Handy klingelte und sie Simons Nummer erkannte, freute sie sich darauf, gleich Jannies vergnügte

Stimme zu hören. Aber es sprach nur Simon, leise und abgrundtief verzweifelt.

»Ich suche ihn schon seit einer guten halben Stunde. Jannie ist verschwunden. Ich war nur zur Bude gegangen, um uns ein Eis zu holen. Jannie spielte am Wasser, baute eine Burg, rief mir nach: Die ist gleich fertig!«

Lisa war, als senkte sich ein dichter, schwarzer Vorhang über ihr Gemüt. »Aber vielleicht sucht er nur Muscheln? Er wollte doch ein Bild für mich machen«, hielt Lisa ihm entgegen, auf verzweifelter Suche nach einem Fünkchen Hoffnung.

»Ich bin in beide Richtungen gelaufen, und die wenigen Menschen, die ich antraf, hatten keinen kleinen Jungen gesehen. Ich war doch nicht mal fünf Minuten lang weg.« Jetzt weinte auch Simon.

»Die Wasserschutzpolizei?«

»Bei denen geht niemand ran. Die sind an diesem Strand doch längst nicht mehr im Einsatz, mitten im September.«

»Simon, bitte bleib, wo du bist. Wahrscheinlich kommt Jannie gleich von irgendwo aus den Dünen. Ich fahre sofort los.«

»Ich warte hier auf dich. Du wirst dich an den Strand erinnern.«

»Natürlich, wie sollte ich auch nicht!«

Aber plötzlich war Lisa, als schwanke der Boden unter ihr. Sie blickte auf die Peterskirche, und deren Umrisse verschwammen vor ihren Augen. Lisa sank zu Boden. Sie spürte noch, wie ihr Kopf gegen eine Regenrinne schlug, ein Geräusch, das sie niemals vergessen würde. Ein unendlicher schwarzer Tunnel schloss sie ein. Lisa spürte noch, wie sie auf eine Bahre gehoben wurde. Aufgeregte Stimmen. Bewegungen. Autogeräusche. Ein weißes Nichts, das langsam verlosch. Und wieder ein nicht enden wollendes Dunkel.

Als Nächstes nahm die Journalistin Dämmerung wahr. Dann ein allmähliches Hellerwerden, als wollte ein weiser Kino-Vorführer seinem Publikum eine zu abrupte Rückkehr in den schnöden Alltag abmildern. Mit geschlossenen Augen hörte Lisa einen Chor klagender Frauenstimmen.

»*Madonna mia, aiutami, non voglio morire.* Hilf mir Madonna, ich will nicht sterben.«

»*Sto male, sto malissimo*«, rief eine andere. »Mir geht es schlecht, furchtbar schlecht.«

Neben ihr stöhnte jemand: »*Signore, perché mi fai soffrire cosi, cosa ho fatto?* Gott, warum lässt du mich so leiden, was habe ich getan?«

Als sich ein fester Griff um ihr Handgelenk schloss, öffnete Lisa die Augen. Mit unbeteiligtem Gesicht maß eine fette Krankenschwester ihren Puls. »Alles normal«, verkündete sie. »Das Blutbild sollte auch gleich da sein. Der Doktor wird entscheiden, was mit Ihnen passiert.«

Eine zweite Schwester erschien mit einem Tablett. Ohne Lisa zu fragen, stellte sie den oberen Teil des Bettes nach oben, sodass die neue Patientin fast aufrecht saß.

»Frühstück, meine Gute, Sie müssen was essen. Kein Wunder, dass Sie zusammenklappen.«

Lisa starrte auf das klägliche Angebot: Ein Topf mit Milchkaffee. Ein längliches Stück Weißbrot, trocken. Ein schrumpeliger Apfel. Doch immerhin roch der Kaffee anregend. Lisa nippte vorsichtig. Aber mit jedem Schluck kehrte auch die Erinnerung zurück. Stumm schluchzte sie, während sie winzige Stückchen des Weißbrots abbrach und in ihren Mund schob. Zugleich wirkte die winzige Zuckerzufuhr auf ihr Gehirn und ließ erste rationale Gedanken zu.

»Ich habe keine Ahnung, wie lange ich hier bin. Jan könnte längst wieder aufgetaucht sein. Eins weiß ich sicher: Ertrunken sein kann er nicht. Er schwimmt wie ein Fisch«, beruhigte Lisa sich. Sie kramte nach ihrem Handy. Kaum hielt sie es ans Ohr, kam eine Schwester und riss es ihr weg.

»Dies ist ein Krankenhaus. Sie sollten wissen, dass jeder Gebrauch von Elektronik für Patienten verboten ist. Draußen gibt es einen Münzfernsprecher.«

»Die Menschenschlange davor kann ich mir vorstellen«, gab Lisa zurück, eine erste Spur ihrer Aufmüpfigkeit in der Stimme. Sie blickte sich im grell beleuchteten Saal um und fand sich in der Gesellschaft von etwa dreißig, überwiegend älteren Frauen in eisernen Betten wieder. Auf den Nachttischen türmten sich Lebensmittel, von den Familien als unerlässliche Zusatzverpflegung für das eher bescheidene Essen in öffentlichen Krankenhäusern geliefert.

Die Frauen aßen mit gutem Appetit und plauderten viel miteinander, wobei Söhne und Töchter viele lo-

bende Worte erhielten. Fotos wurden vorgezeigt und Hausgemachtes ausgetauscht. Nur Lisa blieb stumm, bis sie den neugierigen Blicken ihrer Nachbarin von rechts nicht mehr ausweichen konnte.
Die schnitt ein dickes Stück Salami ab und hielt es ihrer Nachbarin entgegen. »Nehmen Sie, *signora*, Sie sind viel zu dünn.«
Schon vom Anblick der weißen Speckaugen in der Wurstscheibe wurde Lisa übel. Aber sie bezwang sich, griff nach einer Papierserviette und nahm die deftige Gabe ihrer Nachbarin lächelnd an.
»Vielen Dank, Sie sind sehr freundlich. Aber ich kann so früh noch nicht viel essen.«
»Das wird sich geben mit dem Alter. Ich weiß das von meiner Tochter. Die war ein dünnes Gestell, genau wie Sie. Jetzt ist sie seit acht Jahren verheiratet, hat zwei Kinder und endlich die Rundungen, die sich mein braver Schwiegersohn immer gewünscht hat, der Gute.«
Gleich fragt sie mich nach meinem Mann, ahnte Lisa. Sie schloss die Augen und murmelte: »Ich fühle mich so schwach. Verzeihen Sie, wenn ich noch nicht sehr gesprächig bin.«
Sie schob das Tablett auf den Nachttisch und stellte mit einiger Mühe ihr etwas angerostetes Bettgestell wieder flach. Noch beim Einschlafen vernahm sie, wie rings im Saal über die *straniera*, die Ausländerin, gemutmaßt wurde. Aber die Stimmen wurden schnell schwächer, und sie versank in ein weiches, wohltuendes Nichts.
In ihrem Traum lag sie in einem Kreis, und um sie her-

um tanzten Freunde eine Art Sirtaki. Sie meinte Elena zu erkennen, auch Oliviero, Donata und Simon. Aber sobald sie sich erhob, um mitzutanzen, wurde ihr schwindelig, und sie erkannte niemanden mehr. »Bleibt doch mal stehen«, flehte sie.
»Wir bewegen uns gar nicht«, hörte sie Elenas Stimme.
»Du träumst noch«, vernahm sie Simon. Oliviero schüttelte sie sanft und Donata strich ihr mit einem feuchten Waschlappen, den sie in Eiswasser getaucht hatte, sacht über die Stirn. Das wirkte. Lisa richtete sich auf.
»Gibt es Nachricht von Jannie?«
Die verschlossenen, ernsten Gesichter ihrer Freunde waren Antwort genug. Simon schüttelte langsam den Kopf, als bereitete ihm jede Drehung eines Halswirbels unsägliche Schmerzen: »Er ist nicht gefunden worden, jedenfalls nicht in der Umgebung des Strandes. Die Suchtrupps der Polizei waren penibel, ich bin selbst mitgelaufen«, sagte er. Unter seinen Augen lagen tiefe Ringe. Er war unrasiert, seine Wangen waren tief eingefallen, und er schien in anderthalb Tagen um Jahre gealtert zu sein.
»Kommissar Santini leitet die Aktion. Er scheint sehr engagiert zu sein. Seine Leute halten dicht. Bisher ist noch kein Wort in der Presse erschienen.«
»Und das ist auch gut so. Es wird immer schrecklich, wenn ein ganzes Volk mitsucht, zumal dann fast regelmäßig Betrüger auftauchen, die sich als Entführer ausgeben und versuchen abzuzocken«, wusste Oliviero aus der bitteren Erfahrung eines Volkes, in dem sich ganze

Verbrecherclans in südlichen Regionen wie Kalabrien darauf spezialisiert haben, Kinder wohlhabender Eltern zu entführen.

Lisa erschauerte, als sie sich an diese traurigen Geschichten erinnerte, über die sie selbst schon berichtet hatte.

»Es wird nicht um Geld gehen bei mir. Jeder weiß doch, dass ich keinen Pfennig in der Tasche habe. Und nach all den mysteriösen Zwischenfällen in der letzten Zeit ...«

Donata wagte, es auszusprechen: »Noch wissen wir doch gar nicht, ob Jannie entführt worden ist!«

Oliviero hob zur Ablenkung allerlei Essbares aus einem großen Korb, den er mitgeschleppt hatte. Er schraubte die Deckel von drei verschiedenen Thermogefäßen, aus denen ein märchenhaft guter Duft aufstieg. Er hatte sich die Mühe gemacht, federleichte grüne Gnocchi zuzubereiten, die er mit einer im Ofen gebräunten, knusprigen Schicht aus Semmelbröseln, Parmesan und Butterflöckchen bedeckt hatte. Einem zweiten Behälter entnahm er zwei hauchdünne Scheiben Kalbsbraten im eigenen Fond und aus der dritten Schüssel erschien eine knackige Salatmischung, der grüne Tomaten und Fenchelstreifen einen besonderen Geschmack gaben. Ein kleines Fläschchen, in dem sich sein allerbestes Öl, Laudemio, mit ein paar Tropfen Balsamico, Salz und Pfeffer aufs Beste vermischten, stellte er auch auf Lisas Nachttisch. Schließlich erschien aus dem Korb noch ein halbes Fläschchen Remólo, ein sehr guter Rotwein, und dazu ein Ballonglas, in das er vorsichtig, immer an der Rundung entlang, einige Schlucke für Lisa einschenkte.

Es war ein kleines Festgelage, für das auf dem schäbigen Nachttisch eine stärkegesteifte Damastserviette ausgebreitet wurde.

Lisa lächelte dankbar. Sie aß sehr vorsichtig, trank den kostbaren, öligen Wein in winzigen Schlucken und merkte, wie das Mahl eine heilende Schicht auf ihre wunde Seele legte – für eine kurze Zeit wenigstens. Der Saal verfolgte mit Spannung das kulinarische Ereignis und beobachtete die Freundesversammlung um Lisas Bett.

Aber kaum hatte diese aufgegessen, eilte die fette Schwester an ihr Bett und verscheuchte ihre Freunde mit einer unwirschen Handbewegung. »Besuchszeit zu Ende, hier gibt's keine Ausnahmen für Ausländer. Außerdem: Zwei Herren von der Polizei sind hier und wünschen die Signora zu sprechen.« Überall im Saal reckten sich faltige Hälse zur Tür, raunendes Getuschel erfüllte den Saal. »Ich wusste doch, dass mit der *straniera* etwas nicht stimmt«, sagte eine Frau aus einem der Nachbar-Betten sehr vernehmbar.

Aber als Santini an Lisas Bett trat und ihre zerbrechliche Hand lange drückte, ihr anschließend gar leicht die Wangen tätschelte, war dem Polizeibesuch in Saal 13 des Krankenhauses Santo Spirito am Tiber schon etliches an sensationeller Würze genommen, zumal der Jüngere der beiden Kommissare sich gar nach vorn

neigte, um Lisa auf beide Wangen zu küssen. Eine dramatische Festnahme im Krankensaal schien also zur Enttäuschung der anwesenden Patientinnen nicht in Sicht zu sein.
Santini zog sich einen ehemals weiß gestrichenen Stuhl an das Bett. Umberto blieb am Fußende stehen.
»Es gibt nun doch Anzeichen für eine Entführung«, sagte Santini. »Wir haben eine Zeugen gefunden, der an der Uferstraße gesehen haben will, wie sich ein dunkellockiger Junge, Alter etwa fünf Jahre, mit allen Kräften gewehrt hat, in einen Wagen verfrachtet zu werden. Der Mann sagte, erst habe er gedacht, es sei halt ein Kind, das nach dem Besuch am Strand keine Lust hat, nach Hause zu fahren. Aber dann schien ihm die Sache doch merkwürdig zu sein – wer geht denn in dieser Jahreszeit noch an den Strand? Also hat er sich in seinen Jeep geworfen, um dem Wagen, einem weißen Chroma, zu folgen. Aber der war natürlich viel schneller. Der Zeuge konnte nur noch einige Buchstaben auf dem hinteren Nummernschild erkennen. Er meint, das Kennzeichen für *Reggio Calabria* erkannt zu haben.«
»Die Entführer-Provinz«, sagte Lisa fast tonlos.
»Ja, leider.« Der Kommissar blickte ernst. »Ich habe die Kollegen da unten verständigt. Einer von ihnen ist schon in San Luca, diesem Nest im Aspromonte. Da leben die wichtigsten Clans der 'Ndrangheta, die sich seit Jahrzehnten auf Entführungen spezialisiert haben.«
»Ich kenne die furchtbaren Geschichten«, sagte Lisa und merkte, wie Verzweiflung erneut ihre Seele ab-

schnürte. Zu oft hatte sie von solchen entsetzlichen Dramen gelesen. Junge Leute, auch Kinder, die monatelang in Erdlöchern festgehalten wurden. Gefesselt an Händen und Füßen und festgekettet mit Eisenhalsbändern wie tollwütige Hunde; gefüttert, wenn überhaupt, von zynischen Bewachern.

»Da seht ihr mal, was ihr euren Eltern wert seid«, konnten sie sagen, wenn die Millionensummen, die ihre Bandenchefs forderten, nicht umgehend geliefert wurden, nur um anschließend noch einmal drastisch erhöht zu werden. Längst war es in Italien gesetzlich verboten, Lösegelder zu zahlen. Die Konten der Eltern wurden sogar gesperrt. Neuere europäische Gesetze zur Eindämmung von Geldwäsche verboten den Banken zudem die Auszahlung von großen Barsummen. Die verzweifelten Eltern mussten bei ihren Familien und Freunden um Bargeld betteln gehen.

»Haben Sie denn irgendwas von einer Forderung gehört?«, wollte Donata wissen.

»Nein. Aber das ist nicht untypisch. Die Eltern sollen erst einmal durch völliges Schweigen, die entsetzliche Ungewissheit über das Schicksal ihrer Kinder, mürbe geklopft werden. Es kann Tage, wenn nicht Wochen dauern, bis Forderungen gestellt werden.«

»Und immer geht es um Geld, viel Geld«, ergänzte Umberto. »Das macht diesen Fall wiederum untypisch. Unserer Freundin Lisa eilt wahrhaftig nicht der Ruf voraus, eine reiche Frau zu sein. Außerdem kenne ich von meiner Ausbildung zum Thema nur einen einzigen Fall, in dem es ausländische Kinder getroffen hat, und das war eine Verwechslung auf Seiten der Entführer.«

»Typisch oder nicht«, fuhr Santini fort. »Ich habe auf jeden Fall schon mal die Kollegen in *Reggio Calabria* informiert, wobei ich ihren Chef ausgelassen habe. Der fühlt sich gern aufgerufen, die Reputation seiner Region zu verteidigen. Aber der Kollege, immerhin ein Polizei-Hauptmann, hat gute Quellen in San Luca. Er hat sich bei den Leuten Achtung erworben, weil er noch nie einen Namen von Beteiligten weitergegeben hat. Aber gerade von den Frauen im Dorf, die nicht alle wie ihre eigenen Ehemänner denken, haben wir manchmal wichtige Hinweise erhalten. Verschleiert zwar, aber meistens nützlich.«

»Ich fahre runter«, verkündete Lisa und schwang ihre Beine aus dem Bett.

»Nicht ohne Begleitung«, erwiderte Santini. »Ich schicke Ihnen Umberto mit.«

»Dafür wäre ich dankbar. Aber meine Freundin Donata soll auch dabei sein.«

»Was für ein Trio«, murrte der Kommissar. »Eine deutsche Journalistin, eine amerikanische Nonne und ein attraktiver italienischer Jung-Kommissar.«

»Wir drehen kein Lustspiel hier«, erwiderte Lisa scharf.

»Das habe ich auch nicht gedacht«, verteidigte sich Santini. Ihm war das Fettnäpfchen sichtbar peinlich.

Nun gesellte sich auch ein älterer Arzt in die Runde. Auf seinem länger nicht gebügelten Kittel hatten sich einige Blutflecken angesammelt. Er rauchte, was Lisa mit einem Hüsteln kommentierte. Der Arzt ließ sich aber nicht stören.

Santini merkte sarkastisch an: »Welch ein Vorbild für unsere Jugend, *dottore*. Ein Arzt, der raucht. Und noch dazu in einem Krankenhaus.«

»Wir sind hier nicht in einem Café. Hier bestimme ich«, konterte der Arzt mürrisch, ließ aber dann die Zigarette fallen und trat sie mit den Schuhen am Boden aus. Er vertiefte sich in Lisas Krankenblatt auf seinem Clip-Board. »Nichts Besonderes«, gab er schließlich bekannt. »Ziemlich blutarm sind Sie. Aber das sieht man mit bloßem Auge.«

Misstrauisch beäugte er dann die grünen Gnocchi, die Lisa übrig gelassen hatte. »Gönnen Sie sich lieber mal ein gutes Steak, und zwar ein blutiges.«

Wieder stieg würgender Ekel in Lisa auf. Aber sie schwieg.

»Sie können gehen«, befand der Arzt. »Ihnen fehlt nichts, und auf Ihr Bett wartet draußen schon eine Kolik-Patientin.«

»Mir fehlt durchaus was«, entgegnete Lisa leise. »Mein Kind.«

Aber der Arzt war schon mit wehendem Kittel davongeeilt.

Von der langen Reise nach Süden, von Rom nach Kalabrien, nahm Lisa kaum etwas wahr. Sie saß im Fond eines großen, gelben Fiats und fühlte sich schläfrig. Selbst die Angst um ihr Kind erlebte sie nur in gedämpftem Schmerz. Sie hatte willenlos genickt, als ihr der Arzt vor seinem barschen Abgang ein starkes Beruhigungsmittel gespritzt hatte. Auch ihre Freunde sprachen wenig. Nur manchmal erwähnten Donata oder Umberto, fast sehnsüchtig, die Namen von Städten, an denen sie von vorbeiglitten und die sie unter anderen Umständen nur zu gern gesehen hätten. Neapel. Amalfi. Sorrent. Der Jung-Kommissar steuerte den Wagen wie besessen vom Tempo, auch über holperige Seitenstreifen. Für seine Überholmanöver hätte er mehrfach den Führerschein verlieren können. Sobald sich ein Stau andeutete, griff er nach dem Blaulicht, setzte es auf das Dach und erzwang so die Vorfahrt.

»Wenn es Sie nicht zu sehr stört, möchte ich doch anmerken, dass wir gern lebend in Kalabrien ankommen würden«, sagte Donata vorsichtig.

»Zweifel an den Fahrkünsten der Polizei vorzutragen, gilt in Italien als strafbar«, lautete die trockene Antwort.

»Dann kommt es auf ein paar Verkehrstote mehr oder weniger wohl nicht an?«

Umberto grinste die Nonne an. »Das sind dienstliche Opfer und die zählen nicht in der offiziellen Statistik.«

»Richtig beruhigend.«

»Wie wär's dann mit einem Gebet, Schwester Donata?«

Der wäre eine passende Antwort schon eingefallen. Aber die Nonne behielt sie für sich. Selbst harmlose Kabbeleien passten nicht in ihre Stimmung. Sie lehnte

sich zurück und versuchte zu schlafen. Aber dann klingelte Umbertos Handy, passenderweise mit der Melodie »Freude schöner Götterfunken, Tochter aus Elysion«.
»Wir betreten feuertrunken, Himmlische, dein Heiligtum«, sang sie nun mit, worauf Umberto sie wieder anlächelte. Aber nur für den Bruchteil einer Sekunde. Er lauschte der Stimme in seinem Hörer und stellte umgehend den Lautsprecher an. Die Stimme des Kommissar weckte auch Lisa. »Wir haben eine Lösegeld-Forderung entdeckt – im Anzeigenteil des *Mattino*. 500 000 Euro, morgen um fünf Uhr Nachmittag zu überreichen am Christus von Zervo im Aspromonte.«
Lisa schluchzte auf. »So viel werde ich in meinem ganzen Leben nicht verdienen! Geschweige denn innerhalb von einem einzigen Tag auftreiben können!«
»Immer mit der Ruhe! Wir sind vorbereitet. Ich habe sogar noch viel mehr Geld als diese Summe dabei. Der Kommissar hat mich mit dem besten Falschgeld versorgt, das seit der Einführung des Euro produziert worden ist. Mit den entscheidenden Einzelheiten kennen sich die eher primitiven Typen hier unten sicher nicht aus.«
»Wenn Sie sich da mal nicht täuschen.« Donata klang nicht nur skeptisch, sondern fast ärgerlich. »So schlau wie Sie sind die doch längst. Schließlich ist das hier ihr Gewerbe.«
»Von einigen«, schränkte Umberto ein. »Aber in den Dörfern hier werden die Männer von der 'Ndrangheta geschützt und versteckt. Für die Leute sind die Kidnap-

per Helden, die das Unrecht vergelten, das ihnen seinerzeit die spanischen Kolonialherren und die Landbesitzer zugefügt haben. Die Reichen von heute sollen für das Damals büßen – kollektiv, auch wenn sie nicht aus Kalabrien stammen und im Norden leben.«
»Und der merkwürdige Treffpunkt?«
»Der Christus von Zervo. Hängt an einem riesigen Gipfelkreuz des Aspromonte, diesem dicht bewaldeten Bergland im Süden Kalabriens. Da führt kein Weg durch – außer für die ganz Eingeweihten. Es ist seit jeher die Übergabe-Stelle, Menschen gegen Geld.«
»Gruselig«, fand Donata.
»Stimmt, aber auch ein Anzeichen für mich, dass hier nach traditionellen Regeln gespielt werden soll.«
»Die, wie man weiß, auch gebrochen werden können. Das liegt in der Natur von Regeln.« Lisa klang bitter.
Bei Gioa Tauro, der Hafenstadt mit seinem gigantischen Stahlwerk, das nach Jahren des Verfalls endlich wieder produziert, verließ Umberto die Autobahn, um quer über die Spitze des italienischen Stiefels an die Ostküste zu gelangen. Nun sorgten die Straßenverhältnisse für ein etwas gemäßigtes Tempo, obwohl der junge Kommissar offenbar auch sie als Herausforderung begriff.
»Rallye Paris–Dakar«, merkte Donata an. »Hatte ich eigentlich nicht im Programm heute.«
»Lass ihn doch! Er fährt prima und mir ist es nur recht, so schnell wie möglich mein Kind wiederzusehen.« Niemand widersprach Lisa. Aber alle, sie selbst eingeschlossen, spürten quälende Zweifel. Nichts war gewiss.

Ihr Handy schrillte. Sie nahm den Hörer ans Ohr. Nur Stille war zu vernehmen. »Das hatten wir schon«, sagte Lisa bitter, als Sekunden später ihr Telefon erneut erklang. Die Stimme, lateinamerikanisch eingefärbt, erkannte sie sofort. Der Kleriker aus dem langen, schwarzen Wagen, der sie auf dem Weg an den See angerufen hatte.
»Wir haben gehört, dass Ihnen Ihr kleiner Sohn abhanden gekommen ist. Schrecklich. Ich habe mit meinem Vorgesetzten gesprochen, und der meint Ihnen helfen zu können.«
»Auf Ihre Hilfe verzichte ich gern.«
»Das wäre ein großer Fehler. Denken Sie an das Kind. Es könnte Schaden nehmen – an seiner Seele, meine ich natürlich. Eine so lange Trennung von der Mutter ...«
Lisa war inzwischen hellwach. »Ich bin unterwegs, und ich habe das Lösegeld dabei.«
»Was für ein abscheuliches Konzept, meine Liebe. Sie irren sich außerdem. Wir brauchen kein Geld, wie Sie sich gut vorstellen können. Aber die Dokumente des Kardinals, an denen liegt uns viel. Und noch könnte der schlimmste Schaden vermieden werden. Geben Sie uns das Material und Sie bekommen Ihr Kind zurück.«
Lisa hatte inzwischen den Lautsprecher ihres Handys angeschaltet. Umberto fuhr zur Seite und stoppte das Auto.
»Das will ich genauer hören können«, flüsterte er.
»Lassen Sie mich mit meinem Kind sprechen.«

»So einfach ist das nicht. Ich befolge hier nur Anweisungen.«
»Aber ich auch. Ich bin mit einem Haufen Geld in der Tasche auf dem Weg nach Kalabrien.«
»Meine Liebe, wie entsetzlich. Wir wähnten Sie in Rom, wir brauchen Sie hier. Kehren Sie um. Ich fürchte, da sind Sie Betrügern aufgesessen. Den üblichen Schakalen.«
»Jan ist mit von einem Mann entführt worden, dessen Wagen aus der Provinz *Reggio Calabria* kam.«
»Ich kenne mich mit dem Fuhrpark unserer Handlanger nicht aus. Das wäre zu viel verlangt, finden Sie nicht?«
»Wir sollen das Geld beim Gipfelkreuz des Christus von Zervo übergeben. Und dann werde ich mein Kind zurückbekommen.«
»Sie sind naiv, meine Gute. Aber reisen Sie nur weiter zum Christus von Zervo. Der wird Ihnen helfen.«
»Merkwürdig, dass Sie von diesem schrecklichen Ort wissen.«
»Das gehört zum Geschäft. Wann werden Sie dort eintreffen?«
Umberto zeigte auf die Zwei seiner Armbanduhr.
»In einer guten Stunde«, teilte Lisa dem Anrufer mit.
»Ich werde Sie wieder kontaktieren. Und Sie werden sehen. Es wird niemand erscheinen.«
Der Anrufer beendete das Gespräch mit einem meckernden Gelächter.
»Umberto – was halten Sie davon?«

»Vorerst nichts. Lassen Sie uns abwarten.«
»Aber der Mann war echt. Ich kannte seine Stimme. Er hat mich Anfang der Woche, auf dem Weg zum See, schon mal bedrängt. Der stammt eindeutig aus dem lateinamerikanischen Lager um den Kardinal von Bogotá.«
»Er blufft. Das war doch herauszuhören.«
»Da bin ich nicht sicher. Was, wenn wir wirklich auf Schakale reingefallen sind?«
»Dann können wir immer noch auf unseren Freund aus Bogotá zurückkommen.«
»Wunderbare Alternative.«
Die Landstraße führte jetzt stetig nach oben. Bei der Kuppe eines Hügels hörte sie einfach auf. Nun galt es, sich zwischen unübersichtlichen Zickzackwegen für den richtigen zu entscheiden. Umberto kramte lange in seiner Aktentasche, bis er einen Kompass mitsamt Höhenmesser zu Tage förderte.
»Wir müssen genau nach Osten, also hier lang. Neunhundertfünfzig Meter Höhe haben wir jetzt. Wir sollten gleich da sein.«
»Da hinten«, sagte Donata und wies auf die Spitze eines riesigen Kreuzes, das nicht weit entfernt sichtbar wurde, und wenig später stieg die kleine Reisegruppe vor dem Christus von Zervo aus. Trotz der Mittagszeit war es kühl. Um das Kreuz heulte der Wind und aus dem dichten Nadelwald stieg Nebel auf und verhängte die blasse Sonne. Die Stille wirkte bedrückend. Niemand war zu sehen. Lisa zog ihre Strickjacke eng um den Kör-

per, aber sie zitterte. Ihre Lippen waren blau und ihre Zähne klapperten. Donata nahm ihre Freundin in den Arm.

»Lass uns ein paar Schritte gehen, das wird dich ein bisschen aufwärmen.«

»Aber von hier aus kann ich den Sandweg sehen, über den sie kommen müssten.«

»Sie werden nicht ohne ihr Geld hier wegfahren.«

»Und ich nicht ohne Jannie.«

Umberto hatte sich gegen das Auto gelehnt und rauchte.

»Sind die Dienstwagen italienischer Behörden nicht immer blau?«, fragte Donata.

»Eben«, antwortete der junge Polizist. »Ich muss mich doch nicht jedem hier in der Gegend als Bulle erkennbar machen. Noch lieber hätte ich ein rotes Mercedes Cabrio gehabt, das viele der hier einschlägig Werktätigen bevorzugen. Aber so was gibt es leider nicht in unserem Fuhrpark.«

»Die müssten doch schon längst hier sein«, sorgte sich Donata.

»Sie kennen die Gebräuche hier nicht. Pünktlichkeit gilt als eine Form von Drängelei. Außerdem könnte sie missverstanden werden. ›Die muss es ja mächtig nötig haben‹, wird dein Gesprächspartner denken. Schon hast du eine schlechte Verhandlungsposition. Eine halbe Stunde Verspätung ist gerade richtig.«

»Ach, Umberto. Was für ein Quatsch.« Donata war wütend. »Verschonen Sie uns mit den heimlichen Gepflogenheiten von italienischen Geschäftsleuten! Seitdem es

Europa gibt, mussten die umlernen. Und unsere Ausgangsposition kann gar nicht verschlechtert werden, denn die Entführer haben das Kind und es sind Verbrecher von der schlimmsten Sorte. Ende der Durchsage.«
Sie wandte sich ab und hörte Umberto beschämt murmeln: »Ich war ein Idiot. Verzeihen Sie.«
»Haben Sie schon mit Entführungen zu tun gehabt, Umberto?«, fragte Lisa den jungen Kommissar – eher aus dem Wunsch heraus zu reden denn aus echtem Interesse.
»Aus eigener Erfahrung nicht. Aber einen Bericht über die 'Ndrangheta habe ich verfasst. Ich kenne sie also aus den Akten. Mit einem konkreten Fall hatte ich noch nie zu tun.«
»Aber irgendwas müssen Sie mir doch sagen können.«
Umberto verstand, was Lisa eigentlich mit ihrer Frage bezweckte: nicht die Information, sondern ein wenig Hoffnung. »Eine genaue Statistik kann ich Ihnen nicht bieten, Lisa. Ich glaube nur, dass in Italien mehr Kinder entführt werden, um Lösegeld zu erpressen, als in Deutschland. Die meisten kehren gesund zu ihren Eltern zurück. Wenn in Deutschland dagegen Kinder verschwinden, findet man sie meistens tot wieder.«
»Dann darf ich wohl von Glück reden«, antwortete Lisa bitter.
Donata hatte sich derweil auf der kargen Wiese umgetan und ein paar Pimpernellen, Löwenzahn und Herbstzeitlose mit ein paar Gräsern und Blättern zu einem Sträußchen gebunden. Unter den Picknick-Abfällen,

welche die Besucher des Christus von Zervo respektlos zurückgelassen hatten, fand sie ein leeres Senfglas. Wasser tröpfelte aus einer fast versiegten Quelle. Wortlos stellte Donata ihre Gabe an den Fuß des Kreuzes und stand schweigend, mit übereinander gelegten Händen, daneben. Niemand störte sie.

In der Stille wurde das Rauschen der Wipfel vernehmbarer und die Einsamkeit des Ortes noch drückender. Der Himmel bezog sich. Fernes Donnern meldete ein aufziehendes Gewitter an. Depression überkam die Gemüter. Insbesondere Lisa empfand die Trostlosigkeit ihrer Lage wie eine Schicht aus Beton auf ihrer Seele, unter der jede Hoffnung auf ein Wiedersehen mit ihrem Kind begraben lag. Sie erhob sich und wanderte langsam auf einem der Sandwege in Richtung des dichten, dunklen Nadelwalds, der den Gipfel umgab.
Fast war sie aus dem Blick der anderen entschwunden, als Umberto sie bemerkte. Er lief ihr hinterher und legte, als er sie erreicht hatte, seinen Arm um ihre Schultern.
»Lisa, gib jetzt nicht auf! Wir sind doch schon wesentlich weiter als gestern und vorgestern – immerhin haben wir Kontakte zu den Entführern! Das Warten ist schwierig. Aber das stehen wir durch. Auch ohne diese albernen Spiele.«
»Aber diese halbe Stunde oder wie auch immer, die man sich hier anscheinend verspätet, hört einfach nicht auf.«
Lisa nahm das formlos eingeführte Du des Kommissars

ebenso selbstverständlich auf, wie es ihm über die Lippen gekommen war. »Und wir sind jetzt immerhin schon gute 20 Minuten hier. Der klerikale Erpresser aus Rom hat sich nebenbei auch nicht wieder gemeldet.«
Lisas Handy widerlegte ihre Worte umgehend.
»Nun, wie sieht es aus?«
Über den Lautsprecher ihres Handys klang die Stimme des Klerikers verzerrt und höhnisch.
»Keine Spur von Ihrem Kind und den Entführern? Ich hatte ja vorhin schon das Vergnügen, Sie auf das bösartige Treiben der Schakale hinzuweisen.«
»Ich werde mich melden, sobald ich in Rom zurück bin.«
»Darauf kann mein Vorgesetzter nicht mehr warten. Die Zeit drängt. Und wie ich gerade erfahren habe, sind Sie mit einem elektronischen Abbild des von uns gesuchten Materials unterwegs. Sie haben es sogar an uns feindliche Kreise weitergegeben, die bereits ihr Gift unter den ehrwürdigen Mitgliedern des Wahlkollegiums verbreiten. Wenn Sie nicht sehr schnell handeln, werden Sie Ihr Kind nicht wiedersehen, es sei denn in fünfzehn Jahren, wenn es irgendwo in der weiten katholischen Welt zum Priester geweiht wird. Wo, werden wir Ihnen natürlich nicht verraten.«
»Was kann ich denn tun, verdammt noch mal?«
»Bitte fluchen Sie nicht. Das verletzt den Allerhöchsten und mich obendrein. Und es hilft Ihnen nicht weiter. Nützlicher wäre es, Sie entschlössen sich zu drahtloser Kommunikation.«

»Ich soll Ihnen die Texte telegraphieren? Hier in dieser Einsamkeit?«

»Junge Frau, ich bin erstaunt. Gerade Sie sollten sich doch mit elektronischen Medien auskennen! Und falls nicht, so können Sie sich der Kenntnisse Ihrer Freundin bedienen, die Ihnen ja auch in Ihrer Not nicht von der Seite weicht, die Gute.«

»Frag ihn nach einer E-Mail-Adresse«, tuschelte Donata.

Am anderen Ende der Verbindung wurde offenkundig auch mitgehört, denn nach einer kurzen Unterbrechung buchstabierte der Kleriker eine elektronische Adresse in den Hörer und legte auf.

»Wie soll ich denn hier ans Netz kommen, Donata?«

»Gib deinen Rechner her.«

Die Nonne setzte sich mit gekreuzten Beinen auf die Wiese und klappte den Laptop auf. Sie fuhrwerkte wild auf der Tastatur herum und rief schließlich aus: »Natürlich verfügst du über eine drahtlose Verbindung, du Heldin! Sie musste nur aktiviert werden.«

»Damit ich jetzt diesem widerwärtigen Verein von Reaktionären das Material ausliefere? Wir haben doch keinen Beweis, dass diese Typen Jannie wirklich in den Händen haben.«

»Und überhaupt: jetzt schadet es auch nichts mehr. Das sind Nachgefechte, seitdem du dem Jesuiten in eurem Lieblingscafé die CD gegeben hast. Wir müssen nach jedem Fädchen an Hoffnung greifen.«

»Zumal wir kein anderes haben. Hier tut sich nichts.«

Umbertos Stimme hörte sich etwas mutlos an. »Lasst uns ins Dorf fahren.«
»Woher willst du eigentlich wissen, dass wir es wirklich mit den richtigen Entführern zu tun haben?«
»Das hat der Kollege aus *Reggio Calabria* doch herausgefunden.«
»Davon hast du uns nichts gesagt!«
»Das durfte ich nicht. Aber jetzt erzähle ich es dir einfach. Also, der besagte Kollege aus Kalabrien kennt ein paar Leute aus San Luca, die mit ihm reden. Heimlich natürlich. Man trifft sich weit weg am Strand. Oder sonstwo.«
»Ist Jannie denn irgendwo gesichtet worden?«
»Nein, das wohl nicht. Aber die Leute im Dorf wissen so was einfach. Die Familien kennen sich seit Generationen. Die wenigsten haben mit Entführungen zu tun und sie billigen das schreckliche Gewerbe der Verbrecher aus dem Dorf auch nicht. Aber einen Namen würden sie niemals preisgeben.«
»Und der Informant deines Chefs ist seiner Sache wirklich sicher?«
»Na ja, soweit man sich sicher sein kann … Irgendwas läuft da aber auf jeden Fall.«
»Das klingt nicht sehr konkret.«
»Aber so ist unsere Arbeit nun mal. Spurensuche. Hinweise. Manchmal führen sie zu etwas. Manchmal nicht.«
»Toll. Und uns lässt Santini so mal eben gut 600 Kilometer reisen. Auf Spurensuche. Kriegen Donata und ich das eigentlich bezahlt?«

Umberto schwieg. Dann tippte er ein paar Ziffern in sein Handy, um sich die Website mit den Nachrichten anzusehen.

»Das Konklave steckt immer noch im Patt«, teilte er dann mit.

»Danke, Umberto. Aber ich habe der Redaktion längst mitgeteilt, dass sie auf meine wertvolle Mitarbeit in Sachen Papstwahl derzeit verzichten muss. Und stell dir vor: Die haben das sogar verstanden.«

Aus der Tiefe ihrer Tasche meldete sich erneut Lisas Telefon. Sie fand es mit einem Griff. Lisa hatte die Nummer noch nie gesehen und konnte sie auch nicht lokalisieren.

»Kalabrien«, sagte Umberto, nachdem er einen Blick auf das Display geworfen hatte. Lisa hob das Handy ans Ohr. Dann schrie sie auf – vor Glück.

»Jannie, wie geht es dir, wo bist du nur? Ich habe dich so gesucht.«

Lisa sprang auf und lief im Kreis um ihre Gefährten herum, wobei ihr zum Glück einfiel, dass sie die Lautsprechertaste drücken sollte, damit die anderen mithören konnten.

Jannie sagte schluchzend: »Aber die *signora contessa* sagt, dass du mich extra zu ihr geschickt hast, weil du jetzt keine Zeit für mich hast. Und ich weiß doch auch, dass du jetzt immer über den neuen Papst schreiben musst, den der liebe Gott gerade aussucht.«

»Den die Kardinäle aussuchen! Aber trotzdem, Jannie, mein Süßer, das würde ich doch niemals tun! Dich weggeben zu einer Frau, die du nicht kennst. Das weißt du doch, mein Schatz! Und jetzt sag mir, wo du bist. Dann hole ich dich sofort. Ich bin wahrscheinlich schon ganz in deiner Nähe. Du musst mir nur sagen, wie der Ort heißt, in dem die *contessa* wohnt.«

»Das weiß ich doch nicht. Es ist nicht schön hier. Sie wohnt in einer kaputten Burg oder so. Jedenfalls hat ihr Haus einen Turm.«

»Gibt es denn da auch ein Dorf?«

»Ja, das sieht man von hier. Aber die meisten Häuser sind auch kaputt. Die sind mal den Berg runtergerutscht, sagt die Frau.«

»Ist sie denn lieb zu dir?«

»Eigentlich schon. Sie will mir ein Pony schenken, hat sie gesagt. Und einen Tennisschläger. Der Platz soll ganz bald repariert werden. Aber das war mir egal, weil ich dich nicht anrufen durfte.«

»Aber jetzt telefonieren wir doch.«

»Das hat die Köchin gemacht, die heißt Alfonsa. Sie hat mich mit runter in ihr Zimmer genommen.«

»Wie gut, dass ich dir meine italienische Nummer in deine Jeanstasche gesteckt habe.«

»Das war toll. Die ist doch so lang. Das hätte ich mir nie merken können.«

Umberto mischte sich ein.

»Frag ihn noch weiter nach dem Dorf. Wir können nicht ziellos in der Gegend herumfahren. Ist da ein Fluss, müssten wir wissen.«

»Jannie, kannst du einen Fluss sehen?«

»Ja, der ist ganz wild und hat sehr viel Wasser, und er hat einen bösen, bösen Namen. ›Guter Freund Mörder‹ heißt er.«

»Bingo. San Luca«, murmelte Umberto und stand auf. »Wir werden ungefähr eine halbe Stunde bis dahin brauchen.«

»Schätzchen, wir sehen uns gleich. Grüß mir die Köchin und sei bitte, bitte vorsichtig, dass die *contessa* nichts merkt.«

»Die ist jetzt nicht da, Mami. Kommst du auch bestimmt?«

»Liebling, keine Sorge. Jetzt können wir uns doch anrufen.«

»Und wenn deine Batterie alle wird?«

»O weh, mein Süßer, du kennst deine Mutter ziemlich gut! Aber diesmal habe ich sogar eine Ersatz-Batterie dabei. Und deine Nummer gebe ich gleich noch Donata, die hat auch ein Handy.«

»Bitte häng noch nicht auf, Mami. Ich hab dich so vermisst.«

»Ich dich doch auch. Wir reden einfach weiter. Umberto fährt.«

»Wer ist denn Umberto?«

»Das ist der Polizist, der mir geholfen hat, dich zu suchen.«

»Hat der Umberto auch eine Pistole dabei?«

»Klar, Jannie. Die wird er dir auch gleich zeigen.«

»Und ich soll jetzt aufhören, sagt die Köchin. Und sie will kurz mit dir reden.«

»Ich heiße Alfonsa, und ich habe so mit Ihnen gelitten«, vernahm Lisa.

Die Stimme gehörte einer älteren Frau und ihre kalabrische Herkunft war unverkennbar. Lisa musste sich sehr bemühen, sie zu verstehen.

»Ich konnte überhaupt nicht begreifen, was die *signora contessa* da Schreckliches gemacht hat. Wo sie sonst doch immer so viel Gutes tut, für die Kirche und für die Armen.«

»Aber Alfonsa, warum haben Sie nicht die Polizei informiert, dass bei Ihnen ein kleiner Junge festgehalten wird?«

»Die Polizei? In San Luca? Die gehorcht doch nur ihr, der *signora contessa*. Und die wiederum steht selbst unter dem Kommando der 'Ndrangheta, genau wie wir alle hier. Und was mit mir passiert, wenn der Junge weg ist, mag ich mir gar nicht ausmalen. Aber kommen Sie schnell, bevor die *signora* wieder da ist. Das Auto müssen Sie irgendwo im Dorf lassen. Hierher führt ein ganz schmaler Weg. Den schafft nur ein Jeep.«

8

San Luca zu finden war nicht sehr schwierig, obwohl selbst das Navigationssystem des Wagens das winzige Dorf nicht kannte. Die eigenen Gesetze der Gegend waren an den mit Schrotflinten durchlöcherten Verkehrsschildern abzulesen: Wir halten uns nicht mal daran, hieß das. Zwischen den Ölbäumen und auf den kümmerlich kleinen Feldern der Bauern weideten fette Kühe die mageren Erträge weg. Die Kühe gehörten den Bossen der 'Ndrangheta.
Donata, die inzwischen vorn neben Umberto saß, während Lisa auf der Rückbank halb ausgestreckt vor sich hindämmerte, fragte den Kommissar: »Was ist das eigentlich, diese 'Ndrangheta, von der ihr redet? Ist das so was wie die Mafia?«
»Viel schlimmer, viel mächtiger. Skrupelloser, einflussreicher.«
»Da haben wir uns ja den passenden Gegner ausgesucht!«
»Damit ist nicht zu scherzen, Donata«, antwortete Umberto.
»Die 'Ndrangheta ist längst global geworden. Der Menschenhandel ist inzwischen eher ein Nebenzweig ihrer Geschäfte. Die Verbrecherorganisation beherrscht den

Drogen- und Waffenhandel, hier wie auch im Norden Italiens. Kalabrien wird von der Verbrecherbande wie von einem Vampir ausgesaugt, vor allem mit Hilfe der korrupten Politiker der Gegend. Ausgerechnet Kalabrien, die ärmste und schwierigste Region Italiens! Die 'Ndrangheta verschlingt das meiste der Milliardensummen, die aus den europäischen Kassen hierher geschickt werden, um die Entwicklung zu fördern. An die sieben Milliarden Euro im Jahr für eine Bevölkerung von knapp zwei Millionen Menschen, stell dir vor! Doch diese Gelder sind überwiegend auf den Konten der Bosse gelandet, während die Armen so elend wie früher leben. Und deren Söhne, die sind auch noch stolz, wenn sie rekrutiert werden. Die 'Ndrangheta hat die Medien aufgekauft und treibt unsinnige Projekte voran, wie den Bau dieser elenden Brücke zwischen Messina, die nicht der Bevölkerung, sondern dem bequemen und schnellen Transport der Bosse zwischen Kalabrien und Sizilien dienen würde. Ach, es ist widerwärtig. Ich habe den besagten Bericht verfasst. Mir wurde beim Schreiben fast schlecht vor Zorn und Scham.«

»Aber Umberto, zu allem, was du da erzählst, passt doch kaum die Entführung eines kleinen Jungen, dem Sohn einer völlig mittellosen deutschen Journalistin! Das bringt den Verbrechern weder Geld noch Prestige.«

»Haben wir uns natürlich auch gesagt. Da steckt durchaus noch was anderes dahinter und es kann trotzdem ein Werk der 'Ndrangheta sein. Meint auch unser Kollege aus *Reggio Calabria*. Ziemlich unklar ist mir auch

die Rolle der *contessa,* von der wir erst vorhin erst gehört haben. Aber das werden wir sehr bald wissen.«
Vor sich sahen die Ankömmlinge die Ruinen des alten kalabrischen Dorfes an einem schroffen Hang, umgeben von den massiven Felssteinen, aus denen die Häuser einst erbaut worden waren. Auf den Wiesen, die sich weit um einen Fluss herum ausbreiteten, lag das neu erbaute Dorf. Es war ein gesichtsloses Konglomerat von billigen Betonwürfeln, kaum zu unterscheiden von den Siedlungen im Billigbau, die sich an den Rändern vieler italienischer Städte ausbreiten. Nur waren diese Häuser noch schäbiger gebaut, zweifellos von einem der 'Ndrangheta hörigen Bauunternehmer, der sparen musste, um die erpresserischen Gangster bezahlen zu können. An einigen der Häuser war der Stuck abgefallen, sodass darunter das mit Mörtel vermischte Stroh zu erkennen war, das die Ziegelsteine ersetzten musste. Nach dem nächsten großen Regen würden wieder einige der Wände einfach in sich zusammenfallen.
Hinter dem Dorf, umgeben von Wald, ragte ein grauer Felsenturm auf. Das musste die Burg der *contessa* sein. Sie waren angekommen.

Die drei hielten sich nicht im Dorf auf. Über einen Schotterweg stiegen sie durch den Wald nach oben, in Richtung Burg. Dabei durchquerten sie die Trümmer des verlassenen Dorfs, das scheinbar nur noch von wilden Katzen und räudigen Hunden bewohnt war. Lediglich eine alte Bäuerin hatte nicht aufgegeben und sich

in der Nähe des Schlosses der *contessa* im Stall ihres zerstörten Gehöfts eingerichtet. Auf dem ins Freie verlagerten, mit Holz befeuerten Herd brodelte eine Suppe in einem verbeulten Blechtopf.
Die drei Fremden, die sich der Freiluft-Küche näherten, beäugte sie zunächst misstrauisch. Aber Umberto grüßte die Alte freundlich und wortreich, bis sich ein Lächeln auf ihr Gesicht stahl. Einladend winkte sie mit ihrer hölzernen Schöpfkelle und lud die Fremden zum Sitzen ein.
»Später, *cara signora*, später«, wehrte Umberto ab.
Durch Unterholz und Gebüsch führte eine kleine steinige Straße zum Schloss. In einiger Entfernung rumpelte ein mitgenommener, alter Jeep vor ihnen den Weg hoch. »Das wird die *contessa* sein«, befürchtete Donata und Lisa nickte. Damit war ein unbemerktes Eindringen in das Schloss unmöglich geworden. Das Motorengeräusch verstummte.
Nach einer neuen Biegung des Weges wurde eine hohe Feldsmauer sichtbar, auf deren oberen Rand feindselige Glasscherben gemauert waren. Ein verrostetes, riesiges Stahltor versperrte den Eingang. Ein Namensschild oder eine Klingel waren nirgendwo zu entdecken. Die Botschaft war eindeutig: Besucher unerwünscht. Der Jeep, bereits gewendet, parkte vor dem Tor und blickte mit seinen Scheinwerfer-Augen den Ankommenden grimmig entgegen. Um den Turm herum flogen Dohlen.
Die drei unerwünschten Besucher überlegten, was sie

tun konnten. Einfach Einlass erbitten? Es blieb ihnen wohl nichts anderes übrig ... Lisa legte die Hände um den Mund und schrie, so laut sie konnte: »*Signora contessa*, bitte öffnen Sie uns, ich will mein Kind abholen.« Die Vögel flatterten krächzend hoch. Sonst regte sich nichts.

Mutlos setzte sich Lisa auf einen Stein. Umberto wählte Alfonsas Nummer. Keine Antwort.

Nach langen schweigenden Minuten des Wartens schlug Donata vor: »Lasst uns ins Dorf zurückgehen. Ich kann mir einfach nicht vorstellen, dass uns da wirklich niemand weiterhilft.«

»Fremde sind hier nicht beliebt. Aber versuchen wir's wenigstens«, erwiderte Umberto. Lisa blieb stumm.

Die Bäuerin in dem verfallenden Hof zeigte sich nicht. Der Topf mit Suppe war verschwunden. Aus dem Wohnstall war eine wütende Männerstimme zu vernehmen, während sich die alte Frau zu verteidigen schien. Lisa meinte das Wort *stranieri*, Ausländer, zu erkennen.

Schweigend wanderten sie weiter, zunehmend mutlos und erschöpft. Im zerstörten Dorf hatte es eine Café-Bar gegeben. Kaum denkbar, dass sie in der Neubausiedlung fehlen würde. In der Tat gab es sogar zwei. Vor der einen saßen zahlreiche alte Männer an kleinen Blechtischen und auf alten Stühlen vor ihren Kaffeetassen und schwatzen fröhlich. Manchmal nahm einer seine Schirmmütze ab, um wedelnd seine Glatze zu belüften. Dem anderen Café fehlte jegliche Kundschaft.

»Noch so eine Stammesfehde«, bemerkte Donata, »von der wir nichts begreifen werden.«
»Und nichts begreifen müssen, meine Liebe!«
»Da wäre ich mir nicht so sicher, Umberto«, erwiderte die Nonne, »hier können wir nämlich mächtig was falsch machen.«
»So sehe ich das auch«, klinkte sich Lisa ein. »Wenn wir uns zur Mehrheit begeben, könnten unsere Chancen, etwas zu erfahren, gewaltig sinken. Vorausgesetzt, dass Kontakte zu Fremden hier keinen besonders hohen sozialen Stellenwert haben. Der Besitzer der anderen Bar dagegen dürfte dankbar sein, wenn sich jemand bei ihm niederlässt.«
Und da hatte sie Recht. Mit einer gestärkten, weißen Serviette auf dem Arm erschien der Inhaber des neuen Etablissements. Die Espresso-Tassen trugen den Namen der Bar, *dalla Contessa*, sowie eine Skizze des Schlosses mit dem Turm.
»Das scheint mir ja ziemlich eindeutig auf seine Investorin hinzuweisen«, spekulierte Donata. »Und selbst wir können daraus ableiten, wer die Macht im Dorf hat.«
»Oder die Macht beansprucht. Der Fall ist meiner Meinung nach nicht ganz eindeutig«, schränkte Umberto ihre These ein. »Vielleicht möchte die *contessa* nur demonstrieren, dass sie reich und mächtig wie ehedem ist, während sie in Wahrheit die letzten Pennys hortet, die ihr die 'Ndrangheta lässt.«
»Schließlich hat sie Lösegeld verlangt. Sie oder die Män-

ner von der 'Ndrangheta, die Jannie entführt haben. Solche Typen arbeiten nicht umsonst.«
»Vorsicht«, mahnte der junge Kommissar, »wir wissen nicht viel über die Rolle dieser Frau. Jannie ist wohl tatsächlich bei ihr. Aber das muss nicht bedeuten, dass sie die Schlüsselfigur in diesem Drama ist.«
»Das ist mir auch ziemlich egal. Ich will mein Kind zurück.«
Lisa blickte über den Platz, auf dem sich jetzt am späten Nachmittag immer mehr Männer zum Plausch versammelten. Währenddessen eilten die Frauen mit schweren Einkaufstaschen nach Hause, um mit einem reichlichen Abendessen für die Ernährung ihrer Ernährer zu sorgen. Bald fiel dem Suchtrupp aus Rom ein überaus eleganter, alter Herr auf, der sich ihrem Tisch näherte. Er trug einen schneeweißen Anzug über einer bräunlich-beige gemusterten Seidenweste, schwang einen Spazierstock mit einem kostbaren Elfenbein-Griff und baute sich vor ihnen auf.
»Welche Ehre für unser bescheidenes Dorf. Ausländische Besucher«, sprach er in reinem, dialektfreiem Italienisch. »Sicher mal wieder auf der Suche nach unseren Männern von der ehrenwerten Gesellschaft.«
»Man lernt nie aus«, gab Lisa etwas kryptisch zurück.
»Nun, die 'Ndrangheta wird vielfach verleumdet. Die ehrenwerte Gesellschaft – so wurden diese braven Männer früher genannt. Sie haben Unrecht vergolten, den Armen geholfen und die Kirche in jeder Weise unterstützt.«

»Beispielhaft«, sagte Lisa und versuchte, nicht zynisch zu klingen. »Heute sind die Herren wohl eher mit Entführungen und Rauschgifthandel beschäftigt.«
»Unselige Einzelfälle.«
»Das kann die betroffenen Familien nicht wirklich trösten.«
Ihr Gesprächspartner streifte sie mit einem merkwürdigen Blick, und Lisa kam es vor, als ahnte er, wer sie war. Der alte Herr hielt sein Espresso-Tässchen ein paar Sekunden lang hoch, ohne zu trinken, als wollte er Lisa auf den Namen des Cafés und auf den abgebildeten Turm aufmerksam machen. Auch ihre Freunde bemerkten die Geste.
»Sie kennen die *contessa*?«, fragte Donata.
»Sie ist meine Cousine. Wir verstehen uns nicht sonderlich gut. Aber sie trägt ein schweres Schicksal. Ihr Mann ist vor fast zehn Jahren umgekommen. Die Hintergründe sind nie ganz geklärt worden. Auf jeden Fall war die Arme, die sich nie mit Geld befasst hatte, plötzlich für einen großen forstwirtschaftlichen Betrieb zuständig. Das konnte nicht gut gehen, zumal sie von ihren eigenen Leuten schamlos betrogen wurde. Nun ja, und ein paar Forderungen der Ehrenwerten, die nichts wollten als die Armselige zu beschützen, schlugen auch zu Buche.«
»Hat ihr denn niemand geholfen?«
»Sie hatte sich nie zu den Dorfbewohnern gezählt. Auf ihren Abendgesellschaften versammelte sich der Adel der Gegend und vor allem die hohe Geistlichkeit Ka-

labriens, von Bischöfen an aufwärts. Aber das hörte ziemlich schnell auf, als ihr das Geld ausging. Sie ist ziemlich einsam jetzt, da oben im Wald.«
»Hat sie keine Kinder?«
»Einen Sohn. Der ist Priester und sie hatte wohl große Pläne für ihn. Sie hat ihn natürlich nach Rom auf die Gregoriana geschickt, aber auch nach Spanien, in die USA, sogar nach Lateinamerika, nach Mexiko und Venezuela. Überall dorthin, wo der Klerus noch zählt. Poliglott und welterfahren sollte ihr Sohn sein, und mindestens zum Kardinal aufsteigen.«
»Und daraus wurde dann nichts?«
»So ist es. Aber das ist eine ganz andere Geschichte.«
Der alte Mann erhob sich.
»Wie können wir Sie finden?«
»Sie wollen doch nicht etwa hier bleiben?«
»Das wissen wir noch nicht.«
»Hier gibt es nicht mal ein Restaurant, geschweige denn ein Hotel.«
»Aber Sie könnten uns vielleicht mit jemanden von der 'Ndrangheta zusammenbringen? Zwei von uns sind Journalisten und wir wären sehr an einer Geschichte über diese Vereinigung interessiert.«
»Schwierig, aber nicht unmöglich.«
Der elegante Alte zog ein Etui aus Safran-Leder aus der Innenseite seines Jacketts und entnahm ihm eine Visitenkarte aus edlem steifen Papier. In erhobener Gravur stand nichts weiter darauf als ein Name: *Conte Federico Russo di Gratanera*. Mit einem Montblanc kritzelte er

eine Telefonnummer darunter. »Bitte zögern Sie nicht, mich anzurufen, falls ich in irgendeiner Form von Hilfe für Sie sein kann.«

»Er weiß alles«, dachte Lisa.

Kommissar Santini saß im römischen Tribunal über einem Aktenstapel an seinem Schreibtisch. Nur ein grauer Aschewurm von seiner Cohiba verunzierte die spiegelblanke Oberfläche seines Arbeitsplatzes. Santini war mit Don Gregorio befasst, aber seine Gedanken entwichen ihm immer wieder zu dem entführten Kind. Er war einerseits ungemein erleichtert, dass der Junge noch lebte. Aber der Fall würde sich nicht mehr lange vor der Öffentlichkeit verbergen lassen. Und Lisa tat ihm unendlich Leid. Umberto war ein fähiger junger Mann, aber wie er sich unter einer überwiegend feindseligen Bevölkerung eines abgelegenen kalabrischen Dorfes bewähren würde, war nicht abzusehen. Santini hatte aber keine Wahl gehabt, seine anderen Männer waren auf andere Fälle angesetzt oder im Urlaub. Es war einfach ein verdammt ungünstiger Moment, diese Entführung.

Immerhin, die Nachrichten von Umberto, bereits am frühen Morgen eingeholt, klangen nicht schlecht.

Das Haus, in dem offensichtlich eine gewisse Contessa Russo di Grattanera das Kind gefangen hielt, hatten Umberto und die beiden Frauen gefunden. Und vor allem: Die Hausangestellte der *contessa* schien mit seinen Leuten zu kooperieren. Umberto hatte allerdings auch nicht verschwiegen, dass die Rolle der 'Ndrangheta in diesem düsteren Spiel unklar war. Das Auto, in dem das Kind entführt worden war, gehörte offensichtlich einem Untergebenen der Verbrecherbande. Wie auch anders, dachte Santini. Aber mehr über deren Einfluss in der ganzen Geschichte wusste er bisher nicht.

Er ließ sich einen Espresso bringen und beschloss, sich zunächst dem offenbar geistesgestörten Prälaten zu widmen, der bereits vier Menschenleben auf dem Gewissen hatte.

Was diesen Mann anging, war die Handlungsfähigkeit des Kommissars beschränkt. Die komplizierten völkerrechtlichen Beziehungen zwischen der Republik Italien und dem Staat der Vatikanstadt auf dem Boden Roms verboten ihm, selbst zu handeln. Der Vatikan war ein souveräner Staat. Als italienischer Beamter konnte er keineswegs da hineinmarschieren, um vor Ort zu recherchieren. Und ein Auslieferungsabkommen gab es auch nicht zwischen dem katholischen Zwergstaat und Italien.

Aber ganz bewusst hatte Santini seit langem gute Beziehungen zwischen dem Präsidenten des vatikanischen Tribunals, Monsignor Rocco Abbatoni, gepflegt, und sogar dann und wann über einer Pizza mit ihm anliegende Fragen besprochen. Der Kommissar griff zum Hörer.

Abbatoni, dem nicht einmal ein Sekretär zur Seite stand, nahm umgehend ab.

»Ich kann mir denken, worum es geht.«

»Kein Wunder. Kennen Sie Don Gregorio?«
»Nur als bizarren Wunderling mit einem hoch entwickelten ästhetischen Sinn und einem gewissen Hang zum Fanatismus in Glaubensdingen. Trotzdem kann ich mir schwer vorstellen, dass er vier Morde begangen hat. Aber nach dem, was eure Presse schreibt, deutet ja wohl etliches in diesen Fällen auf ihn hin.«
»Wir haben jedenfalls ziemlich viele Zeugenaussagen über einen Priester, der bei den vier Tatorten gesichtet wurde. Die präzisesten Beschreibungen kommen von Marktleuten vor dem Haus des getöteten Kardinals an der *piazette delle Coppelle*.«
»Hab ich auch gelesen. Das sah ganz nach ihm aus.«
»Aber das reicht nicht. Ideal wäre es, wenn wir seine Wohnung im Vatikan durchsuchen können.«
»Sie wissen doch, das ist völlig unmöglich! Zumal unser Tribunal noch nicht mal Ermittlungen aufgenommen hat. Unsere Oberen werden sich hüten, der Weltöffentlichkeit so kurz vor der Papstwahl einen vierfachen Mörder aus unseren Reihen zu präsentieren.«
»Auf italienischem Boden könnte ich ihn wenigstens verhaften. Der Mann scheint ja ziemlich entfernt von der Wirklichkeit zu sein. Vor ein paar Tagen hat er sich mit Lisa Prätorius auf der *via della Conciliazione* vor der Buchhandlung Scordati getroffen. Wovon ich leider nichts wusste.«
»Sie wissen doch, dass Sie den Mann selbst dort nicht ohne weiteres verhaften können.«
»In diesem Fall schon.«

»Gewagt wäre es trotzdem.«
»Aber ich will wenigstens versuchen, Don Gregorio zu einem weiteren Ausflug auf italienisches Gebiet zu veranlassen.«
»Das sollte nicht schwer sein! Wenigstens dabei kann ich Ihnen helfen. Ich werde mich umgehend über weitere Vorlieben unseres Freundes informieren. Wahrscheinlich besucht er Konzerte und Ausstellungen in Rom. Das würde zu seinem hohen Sinn für Ästhetik gut passen. Ich melde mich wieder.«

Und das dauerte kaum eine halbe Stunde.
»Das Konzert in Santa Cecilia! Die Konzerthalle in der Nähe des Vatikans auf der *via della Conciliazione*, aber ganz eindeutig auf italienischem Territorium«, rief Abbatoni in den Hörer.
»Natürlich, da hätte ich doch auch drauf kommen können! Die größten Gesangsinterpreten unserer Zeit von der Nebrovka über Cecilia Bartoli, Placido Domingo und Luciano Pavarotti werden auftreten. Ich wollte, die Karten könnte ich mir leisten!«
»Ich habe ein wenig recherchiert. Wir haben im Vatikan natürlich ein zentrales Büro für kulturelle Angelegenheiten, in dem ich eine Sekretärin gut kenne – aus ehrhaften, beruflichen Gründen.«
»Wie anders, Herr Kollege. Daran zweifle ich nicht. Und?«
»Von ihr weiß ich, dass unser Mann eine Karte für das Konzert übermorgen gekauft hat. Es hätte mich auch

sehr gewundert, wenn er es versäumt hätte. Das ist eure Chance.«
»Hoffen wir es. Und ich danke Ihnen schon mal sehr. Sie haben ein exzellentes Abendessen bei mir gut.«
»Wird gern angenommen. Bis bald!«
Santini lächelte zufrieden vor sich hin. Dann wählte er Umbertos Nummer.
»Wie sieht's aus bei euch?«
»Nicht so toll. Wir wissen einfach nicht, wie wir an die *contessa* herankommen sollen. Zwar kennen wir inzwischen einen Cousin von ihr. Aber der verträgt sich nicht so gut mit seiner Verwandten, und die übrigen Leute hier im Ort kann man vergessen, einschließlich der Polizei.«
»Aber bitte, ihr bleibt, wo ihr seid.«
»Es gibt nicht mal ein Restaurant hier, ganz zu schweigen von einer Übernachtungsmöglichkeit.«
»Ihr seid jung. Schlaft im Auto und nährt euch von den Früchten des Feldes.«
»Danke, *commissario*. Das werde ich Ihnen auch mal empfehlen.«
»Täte meinem Bauch sicher gut. Guten Abend.«
Aber noch war der Abend fern. Lisa wählte erneut Alfonsas Nummer. Und wiederum hob niemand ab. Ihr Kind lebte, sie wusste, wo es war.
Und doch schien ihr das undurchdringliche Schweigen, das Jannie jetzt umgab, nicht weniger grausam zu sein als die unüberwindliche Mauer, die ihn physisch von ihr trennte. Seufzend schabte sie den unaufgelösten

Zucker aus ihrer Espresso-Tasse und hob die Hand, um den Kellner herbeizuwinken.
»Nicht noch einen doppelten Espresso, Lisa!«, warnte Donata. »Lass uns jetzt mal einen Campari trinken und so tun, als säßen wir auf der *piazza Navona*.«
»Fällt mir schwer. Aber du hast Recht.«
Das Tablett, das der Kellner wenig später vor ihnen absetzte, war schwer beladen. Außer den drei hohen Gläsern, reichlich gefüllt mit dem roten Aperitif, bot es den Gästen in kleinen Schalen eine Fülle von Nüssen, Oliven, Salzgebäck, winzige Sandwiches, Gürkchen und ähnliche Knabbereien. Auf der *piazza Navona* wären sie sicher nicht großzügiger bewirtet worden. Schweigend nippten die drei an ihren Gläsern und versuchten sich zu entspannen. Lisa ließ ihren Blick wandern und schrie plötzlich auf: »Nein, das glaube ich jetzt nicht! Sieh mal, wer da sitzt, Donata.«
Nur vier Tische von ihnen entfernt hatte sich ein junger Priester niedergelassen und trug nun mit sorgfältiger, kreisender Bewegung seines Löffels einen beachtlichen Eiscreme-Berg ab.
»Süßmaul! Unser Freund aus Rom. Der müsste uns doch gesehen haben.«
»Natürlich. Aber jetzt ist er offenkundig mit Wichtigerem beschäftigt.«
»Wie kommt der bloß hierher?«
»Der stammt von hier. Das hatte uns doch der Besitzer der *Garibaldi*-Bar gesagt, weißt du nicht mehr? Sogar ein kalabrisches Entführer-Nest hatte er erwähnt.«

»Also nur ein Heimat-Besuch?«
»Kann ich mir nicht so recht vorstellen. Aber lassen wir ihn erst einmal sein geliebtes *gelato* genießen.«
Umberto blickte verwirrt.
Lisa klärte ihn auf: »Da drüben sitzt der junge Priester, der mich nach meiner Ankunft in Rom mehrfach verfolgt hat. Und zwar ziemlich täppisch, muss ich sagen.«
»Ach, der. Den hat der Kommissar erwähnt. Aber was er nun eigentlich von dir wollte, ist mir immer noch nicht so ganz klar.«
»Ist auch relativ kompliziert. Es geht weniger um mich als um den alten Kardinal. Der wurde von den jetzigen Thronanwärtern gefürchtet. Über etliche von ihnen wusste er zu viel – und zwar ganz besonders über diejenigen, die es gewiss nicht würdig sind, Oberhaupt der katholischen Kirche zu werden. Und er besaß Dokumente, die das belegen.«
»Und was hast du damit zu tun, Lisa? Eine freie Journalistin, die, Verzeihung, für süddeutsche Provinzzeitungen schreibt?«
Donata antwortete für ihre Freundin.
»Keine Sorge, du fragst völlig zu Recht, Umberto. Lisa ist ganz gewiss keine Berühmtheit. Aber ihr Buch über pädophile Priester in der katholischen Kirche hat ziemlich Wellen geschlagen, in Deutschland, aber auch in Italien.«
»Ich verstehe langsam. Lisa war also in das Blickfeld derjenigen geraten, die an der unterirdischen Schlacht

um den Petersdom führende Rollen spielen. Vor allem das Lager der Fundamentalisten war bestimmt an den Dokumenten interessiert, die der Kardinal gesammelt hatte. Aber woher wusste unser Freund hier, der Eiskremsüchtige, wann Lisa in Rom eintreffen würde?«
»Das ist relativ einfach. Der Kardinal wurde abgehört. Und Lisa hatte ihn natürlich genau über ihre Reisepläne informiert.«
»Ach so. Und die *contessa?*«
»Von der wussten wir bislang selber nichts. Ehrlich gesagt, ich habe keine Ahnung, welche Rolle sie in diesem Drama spielt. Warum Jannie bei ihr gelandet ist. Ob sie es war, die einen kleinen Jungen von organisierten Verbrechern rauben ließ und sich dabei der 'Ndrangheta bediente. Oder ob diese Jannie in ihre Gewalt bekommen haben und die *contessa* ihn auf ihren Befehl festhält – wer weiß es. Aber ich bin froh, dass Lisa wenigstens seine Stimme gehört hat.«
»Das hält nicht wirklich lange vor, meine Liebe«, entgegnete die Journalistin bitter. »Vor allem, wenn ich mir vorstelle, wie Jan inzwischen verzweifelt darauf wartet, dass ich ihn hole. Er ist noch nicht mal sechs. Ich hätte ihn nie mitnehmen sollen.«
»Lisa, stopp! Das bringt dich nicht weiter«, mahnte Donata. »Kümmere dich lieber um unseren Freund da hinten. Der ist kein Bösewicht. Eher ein Kindskopf. Geh einfach mal rüber zu ihm.«
Donatas frische Stimme teilte die Wolken in Lisa Gemüt. Sie spürte frische Energie und erhob sich.

Süßmauls Löffel hatte den Boden des Bechers erreicht. Nun sammelte er die letzten Tropfen, den Rest der bräunlich-gelben Soße auf. Lisa bemerkte einen Hauch von Verwahrlosung an ihrem Verfolger. Er war unrasiert, der Plastikkragen seiner Soutane verrutscht, an seinem priesterlichen Gewand fehlten zwei Knöpfe, sodass ein nicht sehr sauberes weißes Hemd sichtbar wurde. Die Schuhe waren staubig und trugen die Spuren einer langen Fußwanderung über steinige Pfade.
»Guten Abend, wir kennen uns doch«, begrüßte ihn Lisa. Der junge Mann hob den Blick. Auf seinem Gesicht malte sich eine merkwürdige Mischung von Entsetzen und freudiger Überraschung ab.
»Natürlich, aber ich hätte Sie hier nicht erwartet!«
»Ich bin auch nicht zum Vergnügen hier. Mein Kind ist entführt worden, und es ist hier, in San Luca.«
»Oh, Gott. Das hätte sich selbst mein Meister nicht ausdenken können! Ehemaliger Meister, übrigens. Ich bin aus dem Seminar geflohen. Aber ich verstehe das nicht. Ein Kind? Ich habe den Kleinen doch in Rom am Bahnhof gesehen. Dass von verschiedenen Seiten Druck auf Sie ausgeübt werden sollte, war mir bewusst. Schließlich war selbst ich ja ausgeschickt worden, um Sie zu observieren und herauszufinden, wo Sie mit dem Jungen in Rom wohnen. Was mir dummerweise nicht gelungen ist.«
»Irgendjemand von den Auftraggebern wurde ziemlich massiv.«
»Davon habe ich gehört. Die Sache mit dem Stoff-Ele-

fanten ... Aber wie kommen Sie darauf, dass der Junge hier ist?«
»Ich weiß sogar, wo! Ich habe dank der Haushälterin der *contessa* gestern mit ihm telefonieren können.«
»Die *contessa*? Sie scherzen. Das ist eine fromme, gottergebene Frau, die schwere Schicksalsschläge zu ertragen hatte. Sie hat mein Studium finanziert, und nicht nur meins. Richtig arm ist sie wohl immer noch nicht. Natürlich hat sie, wie alle Besitzenden in dieser Gegend, beachtliche Summen an die ehrenwerte Gesellschaft abzugeben. Aber das ist doch eigentlich nur gerecht – wo der Staat in diesen Breiten nur durch Abwesenheit glänzt. Das ist doch wohl einzusehen?«
»Mein Guter, darüber kann man streiten. Ich kann wenig Sympathie für eine Dame empfinden, die gemeinsame Sache mit der 'Ndrangheta macht, um ein Kind zu entführen. Vor allem, wenn es meins ist.«
»Fehlt Ihnen denn jedes menschliche Mitgefühl? Ihr Mann hat die *contessa* für ein Flittchen von der Küste verlassen. Dann der merkwürdige Bruch mit ihrem Sohn, für den sie eine große klerikale Karriere geplant hatte. Alles aus. Jetzt hat sich der junge Conte in ein Kloster im Norden verzogen. Hier im Dorf weiß niemand, warum.«
»Setzen Sie sich doch zu uns. Da drüben. Meine Freunde helfen mir bei der Suche nach Jannie. Wie heißen Sie eigentlich?«
»Domenico. Mein Vater war Faktotum bei der *contessa*. Er hatte so einen Job zwischen Hausmeister und Aufse-

her für die Holzarbeiter und war einer der wenigen, die bei ihr geblieben waren, bis zu seinem Tod. Ein falsch angesägter Baum hat ihn erschlagen.«
»Wie schrecklich. Tut mir Leid. Kommen Sie mit, an unseren Tisch. Ich glaube, dass Sie uns helfen können.«
»Noch ein Eis?«, begrüßte Donata lächelnd den jungen Priester. Domenico schüttelte den Kopf.
»Ein Glas Wasser reicht.«
Lisa erklärte den anderen kurz, wer Domenico war und was ihn zurück nach San Luca verschlagen hatte.
»Unser Freund hier könnte uns helfen. Ihn würde die *contessa* vorlassen. Denke ich jedenfalls.«
»Sie wird jedenfalls meine Handynummer erkennen und mit mir sprechen. Vielleicht sagt sie mir, worum es hier geht.«
»Lösegeld vielleicht?«
»Niemals.« Domenico klang sehr überzeugt. »Sie mag hart geworden sein, aber sie ist keine gemeine Verbrecherin. Sehen Sie die Frau mit dem großen Einkaufskorb und dem bestickten Kopftuch da hinten? Das ist Alfonsa, die Haushälterin der *contessa*.«
»Die kenne ich schon – telefonisch«, erklärte Lisa ihrem neuen Verbündeten. »Sie hat mich mit Jannie sprechen lassen. Ich weiß, dass sie uns helfen wird. Schnell, Domenico. Kündigen Sie der Frau meinen Besuch bei der *contessa* an. Und, Moment …« Lisa griff in ihre Reisetasche und förderte Elebam zu Tage.
»Alfonsa soll meinem Kind das Kuscheltier geben.

Dann weiß er wenigstens, dass ich noch in der Gegend bin und ihn bald abholen werde.«
Domenico stopfte das Tier unter seine Soutane, was seine Rundlichkeit noch steigerte. Er erreichte Alfonsa mit wenigen, schnellen Schritten. Dann entschwanden beide in Richtung Burg.
Vom Beton-Turm der neuen Kirche am Dorfplatz war das nicht sehr eindrucksvolle Läuten einer Glocke zu vernehmen, die zur 18-Uhr-Messe rief. Nun eilten schwarzgekleidete Frauen über den Platz zum Gotteshaus, während sich im Lager der Männer im Café gegenüber wenig bewegte. Ein Kellner erschien mit einer neuen Runde Espresso und Wasser für die alten Herren. Das gesellige Gemurmel ihrer Stimmen, das die Glocke kurz übertönt hatte, legte sich erneut über den Platz – ein friedliches Geräusch.
Lisa stand abrupt auf. »Ich werde uns was zum Essen kaufen. Unser Abendbrot wird wohl eher ein Picknick sein.«
»Ich komme mit«, bot Umberto an.
Lisa schüttelte den Kopf und lief los. Ihre Freunde sahen, wie sie im kleinen Supermarkt, der sich an der Piazza aufgetan hatte, verschwand. Als sie wieder auftauchte, schleppte sie eine prall gefüllte Einkaufstüte. In dem Moment klingelte ihr Handy ...
Sie hielt das Mobiltelefon ans Ohr. Ihre Freunde sahen, dass Lisas Gesicht ernst blieb. Sie nickte mehrfach. Dann sah sie auf ihre Uhr und nickte erneut. Umberto und Donata liefen ihr entgegen. Lisa Hautfarbe schien

noch weißer als sonst zu sein und ihre Hand zitterte, als sie ihr Telefon wieder in die Tasche fallen ließ.
»Die *contessa*. Ihre Stimme war schrecklich. Hass pur. Und auch ein bisschen irre. Ich weiß nicht, was sie mit mir vorhat. Aber ich soll zu ihr kommen. Gleich. Und allein.«
»Wir begleiten dich wenigstens zum Tor.«
»Nein. Ihr dürft von der Burg aus nicht sichtbar sein. Sonst lässt die mich doch nicht herein. Bringt mich bis zur letzten Biegung. Dann bleibt ihr wenigstens auf Hörweite.«

Lisas Herz hämmerte, als sie den Vorplatz des Kastells überquerte. Das eiserne Tor wirkte noch abweisender als zuvor. Doch als sie es erreichte, glitt es auf Schienen auseinander. Eine Haushälterin stand vor ihr. Sie sah sehr ernst aus. Schweigend führte sie den Besuch in einen großen, düsteren Saal im Erdgeschoss. Durch die schmalen Fensterschlitze drang kaum Licht in den hallenartigen Raum. Er war, bis auf einen langen, schwarzen Tisch im Zentrum und zwei mächtige Stühlen vor einem gigantischen Kamin, kaum möbliert. Kein Bild schmückte die unverputzten Wände. Vor der Stirnseite des Raum hing eine riesige Fahne, die ein gekröntes Wappen zeigte. In ihm fletschten zwei Wölfe aggressiv die Zähne.
Die Hausherrin hatte sich davor aufgebaut. Sie war groß und kräftig und strahlte eine Macht aus, die keine Insignien brauchte. Die *contessa* trug ein klassisch ge-

schnittenes Kostüm und keinerlei Schmuck, bis auf einen Siegelring an der rechten Hand. Ihre Arme waren abweisend verschränkt. Aus ihren pechschwarzen Augen schickte sie Lisa einen Blick entgegen, der die Journalistin wie Pistolenschüsse traf.
Unwillkürlich zog Lisa ihre Schultern zusammen. Beinahe hätte sie vergessen, warum sie gekommen war. Aber nur fast.
»Geben Sie mir mein Kind zurück, *contessa*«, forderte sie in festem Ton.
»Ich habe gar nicht die Absicht, Ihren Balg hier zu behalten. Ich mag keine Kinder. In meinem ganzen Leben habe ich nur ein einziges Kind geschätzt: mein eigenes.«
»Ich weiß, Ihr Sohn ist Priester. Wie Jans Vater.«
»Bitte keine unzulässigen Vergleiche! Mein Sohn Corrado sollte der Kirche dienen, in der hohen Stellung, die ihm gebührt. Und Sie, Lisa Prätorius, haben das verhindert. Mit Ihrem schändlichen Buch.«
»Wie bitte? Mein Buch? Wie denn das? Das ist doch nur auf Deutsch erschienen, und ein paar italienische Zeitungen haben daraus zitiert. Ich habe lediglich die Namen von Männern genannt, die bereits verurteilt waren.«
»Eben. Und selbst wenn Sie nur von einem Grafen aus Kalabrien gesprochen hätten, der Priester ist – alle seine Vorgesetzten hätten es verstanden. Die analphabetischen Dummköpfe, die hier hausen, wissen von nichts. Wohl aber die Oberen. Der hohe Klerus Kalabriens hat verstanden. Sorgsam hatte ich die geistlichen Herren

der gesamten Region für mich verpflichtet. Die Ernennung meines Sohnes zum Bischof war von der römischen Präfektur bereits genehmigt. Sie haben mein und sein Lebenswerk zerstört, Lisa Prätorius.«

»Und an die Opfer denken Sie nicht? An die quälende Scham, welche die kleinen Jungen empfinden? Mit niemandem können sie reden. Sie müssen befürchten, dass ihnen niemand glaubt, weil es einfach so unglaublich klingt.«

»Kinder kommen darüber hinweg.«

»Das ist nicht Ihr Ernst, *contessa!*«

»Es interessiert mich nicht. Aber Sie, Sie sollten meinen Zorn und meine Verzweiflung spüren, und sei es nur für wenige Tage.«

»Und deshalb haben Sie mein Kind geraubt? Aus Rache? Für das, was Sie für eine misslungene Karriere Ihres Sohnes halten?«

»Nennen Sie es, wie Sie wollen. Das ist mir egal. Sie sollten erleben, wie es ist, wenn ein Mensch, der Ihnen wichtiger ist als alles andere in der Welt, derart leiden muss. Ich bin zufrieden mit mir. Im Übrigen: der kleine Kerl, Ihr Jan, ist nicht mal unbegabt zum Tennisspielen. Aber so was können Sie sich ja nicht leisten.«

»Mir macht das nichts aus. Sollte Jan später Lust verspüren, Tennis zu spielen, wird er das tun. Aber ich denke, seine Erfahrungen mit Ihnen werden nicht so leicht aus seinem Gedächtnis verschwinden, und sie werden ihn lange quälen.«

»Und wenn? Wen stört das? Mich nicht.«

»Aber mich. Das Kind hat ein paar furchtbare Tage erlebt. Was konnte dem Jungen Schrecklicheres passieren, als dass ihm eingeredet wird, seine eigene Mutter hätte ihn weggeschickt und ich hätte ihn vergessen. Wie war das, glauben Sie, für mich?«

»Nicht schön. Präziser ausgedrückt: furchtbar. Entsetzlich. Und genau das sollte es auch sein. Hoffentlich haben Sie Ihre Lektion gelernt! Ach, und vielleicht sollten Sie sich auch mal wieder um Ihre Arbeit kümmern. Meine Informanten sagten mir, dass es im Kardinalskollegium interessante Entwicklungen gegeben hat. Die Fundamentalisten sind jetzt ganz vorn – was mir nur recht ist.«

Lisa erstickte fast an ihrer hilflosen Wut. »Was sind Sie nur für ein Mensch? Aber egal was für Gründe Sie zu Jannies Entführung getrieben haben, jetzt lassen Sie endlich meinen Jungen frei!«

Die *contessa* erhob sich. Wortlos und majestätisch verließ sie den Raum.

Gleich darauf erschien Alfonsa in der Tür, Jan an der Hand, der seinen Plüschelefanten fest an sich drückte.

Das Kind riss sich los und stürzte sich in die Arme seiner Mutter.

Taktvoll zog sich die Haushälterin zurück. Elebam fiel zu Boden. Beide weinten. Und lachten. Und weinten wieder ein bisschen. »Mami, Alfonsa war immer nett zu mir. Und sie hat mir immer alles gekocht, was ich wollte!«

»Das sieht man sogar, mein Süßer. Und ein bisschen

braun geworden bist du auch. Sag mal, sind das Muskeln, die ich hier spüre?«
»Klar, sieh doch mal!« Jan streckte seinen rechten Arm aus und ballte die Faust, wobei sich am Oberarm tatsächlich eine feste kleine Wölbung abzeichnete.
»Wo kommen die denn her?«
»Ich hab Alfonsa ganz viel geholfen, auch draußen. Da gibt es einen kleinen Garten, und ich habe ihr Holz getragen und die Beete gegossen. Und abends hat sie mir noch eine heiße Schokolade ans Bett gebracht.«
»Nach dem Zähneputzen etwa?«
»Mami, was denkst du denn? Anschließend ist sie mit mir noch mal ins Badezimmer gegangen. Und weißt du was, da gab es gar kein warmes Wasser.«
»Sag bloß, du hast kalt geduscht?«
»Na klar, das ist gut für einen. Außerdem stand ich ja in einem Bottich mit warmem Wasser. Und dann hat mich Alfonsa mit so einem harten Schwamm richtig ordentlich abgeschrubbt.«
»Das klingt ja fast wie ein Ferienlager.«
»Mami! Ich war doch allein. Und es war niemand da, der mir abends noch vorgelesen hat. Alfonsa kann nicht lesen. Und überhaupt. Es war schrecklich ohne dich.«
»Also kein Küsschen am Morgen?«
»Ach wo, und auch keine Weck-Reime, wie du sie immer für mich erfunden hast.«

»Mein Kindchen ist noch klein,
wo kann es denn nur sein?

Ich will jetzt mal sein Deckchen heben
und ihm ein dickes Küsschen geben.
Auch auf den Bauch?
Ja, dorthin auch!«

»Genau, Mami. So was brauchen Kinder, sonst wachsen sie nicht richtig. Hast du selbst gesagt.«
»Aber gewachsen bist du schon. In nicht mal einer Woche. Soooo ein großes Stück!«
Lisa hielt ihrem Jungen die Hand entgegen und gab ihm als Maß einen winzigen Abstand zwischen ihrem Daumen und dem Zeigefinger zu erkennen. Beide kicherten.
»Und die *contessa,* wie ging das mit der?«
»Oh, sie war garstig. Sie hat mir gesagt, dass du mich nie, nie wiedersehen willst.«
»Aber das hast du doch nicht geglaubt?«
»Erst schon. Ich habe doch nichts gehört von dir. Das klang so, als ob sie Recht hätte. Außerdem wird ihr Sohn Papst, dann darf er doch über alles bestimmen. Auch über mich.«
»Ach Süßer, das ist doch alles Unsinn. Der Sohn der *contessa* ist wie Simon Priester, und er will nicht viel von seiner bösen Mutter wissen. Und Papst wird er erst recht nicht.«
»Das hat Alfonsa auch gesagt. Sie hat mir erzählt, dass die *contessa* den ganzen Tag vor dem Kamin sitzt und auf das Telefon starrt. Aber ihr Sohn ruft nie an.«
»Wir müssen uns sehr bei Alfonsa bedanken.«

»Ich male ihr ein ganz schönes Bild. Gleich. Buntstifte durfte ich nämlich haben.«

»Nein, Süßer, wir fahren sofort los. Wir haben eine sehr lange Reise vor uns.«

»Ich will mich aber von Alfonsa verabschieden. Einfach so wegfahren von hier möchte ich nicht.«

Und damit war er schon weg. Aus der Küche hörte man die traurige Stimme von Alfonsa. Lisa ging den Stimmen hinterher und fand die Küche. Alfonsa holte gerade einen Napfkuchen aus dem Ofen. Auf dem Tisch stand ein großer Teller mit Sandwiches und Obst bereit, nebst mehreren Flaschen Wasser. Die Haushälterin verpackte alles sorgfältig in eine große Tragetasche und überreichte sie Lisa. Die Journalistin umarmte die Frau, ohne die sie nie erfahren hätte, wo Jan sich aufhielt.

»Sie waren so mutig, mich anzurufen! Ich hoffe, Sie werden keinen Ärger mit Ihrer Chefin bekommen.«

»Das werde ich sicherlich. Aber die *contessa* weiß ganz genau, dass sie niemanden außer mir findet, der hier für sie arbeitet.«

»Falls Sie Ärger bekommen, wenden Sie sich an Domenico. Der wird Ihnen sicher weiterhelfen.«

»Keine Sorge, Signora. Ich bin froh, dass der Junge, den ich wirklich lieb gewonnen habe, wieder bei seiner Mutter ist.«

»Und wenn ich groß bin, besuche ich dich, Alfonsa. Da kannst du dich drauf verlassen«, versprach Jan.

Als die kleine Truppe am frühen Morgen des nächsten Tages in Rom einrollte, malte die Sonne einen rosigen Perlmuttschimmer auf die Kuppel des Petersdoms. Die Fassaden der Stadtpaläste leuchteten in hellem Orange. Aus den Brunnen, an denen sie vorbeifuhren, stiegen Fontänen auf, die wie Kristall glänzten. Jan sah aus dem Fenster und sagte: »Mami, weißt du was, Rom ist richtig schön!«

Lisa lächelte. »Du, das wissen Menschen überall auf der Welt. Deswegen siehst du doch die vielen Touristen hier!«

»Schau mal! Wie heißt denn diese Kirche, mit der großen Treppe davor?«

»Das ist San' Agostino. Du bist ja richtig neugierig geworden, Jan.«

»Können wir mal aussteigen, ich möchte da rauf und wieder runterlaufen!«

»Morgen vielleicht. Jetzt fahren wir erst mal zu Elena und Oliviero.«

»Und Chiara!«, ergänzte ihr Sohn. »Das ist nämlich meine *fidanzata*.«

»Klar«, lachte Lisa. »Du bist ja schon ein richtiger kleiner Italiener geworden. Aber mit der Hochzeit warten wir vielleicht noch ein bisschen.«

Auf den beiden großen Alleen, die den Tiber begleiten, staute sich inzwischen der Morgenverkehr. Unter den Brücken entzündeten Obdachlose ihre Feuerchen für den Kaffee, während Bettler die Autos umschwärmten, die bei Rot an der Ampel halten mussten.

Als eine dunkelhäutige Zigeunerin ihre schmutzige Hand durchs Fenster hielt, zog Donata ihr Portemonnaie und gab ihr einen Fünf-Euro-Schein.
»Ziemlich großzügig, Donata«, bemerkte Umberto.
»Vielleicht, aber ich bin einfach dankbar. Alles hätte so ganz anders ausgehen können!«
Im Radio, das Umberto kurz vor acht angestellt hatte, war die Festnahme von Don Gregorio eine Spitzenmeldung. Der Rest der Sendung war dem Konklave gewidmet. Heute um elf würde es beginnen. Lisa schmerzte es, Jan nachher wieder verlassen zu müssen, um ins vatikanische Pressezentrum zu eilen. Aber die Arbeit drängte.
Flüchtig und freudig dachte sie auch an den Restaurator Roberto, mit dem sie in den nächsten Tagen essen gehen wollte.
Um das festzumachen, würde sie einfach mit Jannie bei ihm vorbeigehen – natürlich nicht ohne vorher ihren Freunden, die so sehr mitgebangt hatten, von den letzten aufregenden Tagen und dem guten Ende berichtet zu haben.

Die Werkstatt gefiel Jan über alle Maßen. Er lief wie ein aufgeregter kleiner Hund durch den hohen, weiten Raum, ein gekreuztes Tonnengewölbe aus flachen Ziegeln, in dem Roberto seinem traditionellen Handwerk offensichtlich mit Passion nachging. Roberto folgte ihm.
«Und wozu ist das, und wozu das da?«, fragte das Kind

immer wieder und sog begeistert die nach Schellack und Furnieren duftende Luft ein.

»Hier ist das Wichtigste«, sagte Roberto und strich fast zärtlich über die Oberfläche seiner schweren, von Schnitten und Möbelfarben gezeichneten Werkbank. »Die hat schon mein Vater benutzt und vor ihm dessen Vater«, erklärte er dem Kind.

»Und da oben?«

»Das sind einige der Werkzeuge, die ich täglich brauche. Siehst du, hier sind die Bohrer in verschiedenen Größen, und wehe, wenn mein Geselle sie nicht in der richtigen Reihenfolge wieder in den Kasten hängt.«

Jannie fing an, in einer Holzkiste zu wühlen, die bis zum Rand mit antiken Schrauben gefüllt war. In der nächsten Kiste türmten sich alte Schlüssel, eine weitere enthielt die handgefertigten Fassungen dafür.

Robert griff nach einem Schlüssel, begutachtete ihn genau und überreichte ihn dem Kind. »Den darfst du mitnehmen. Damit du auch mal wiederkommst.«

Jan nickte begeistert.

»Und dann basteln wir was zusammen. Ich zeig dir, wie man mit einem Hammer und einem Schraubenzieher umgeht.«

»Überfordere ihn nicht. Der Junge ist fünf«, wandte Lisa ein.

»Wieso, ich bin fast sechs!«, krähte Jan.

»Na, dann«, sagte sie und zwinkerte Roberto zu. »Ich will ja eure Männergespräche nicht stören. Aber wollten wir nicht eigentlich mal essen gehen, Roberto?«

»Du meinst doch nicht, dass ich das vergessen hätte!«, gab der Restaurator zurück.
»Darf ich mit?«, rief Jan.
»Natürlich nicht«, antwortete Roberto. »Alles in der richtigen Reihenfolge. Lisa, wie wär's mit heute Abend? Ein schlichtes, aber gutes römisches Essen in der Trattoria hier um die Ecke. Um halb neun?«
»Prima«, antwortete Lisa.
»Ohne den Roller, natürlich«, bestimmte Roberto. »Ich gedenke ein gutes Glas Wein mit dir zu trinken.«
»Und wie komme ich nach Hause?«
»Dafür lass mich mal sorgen!«
»Endlich mal jemand, der mir Entscheidungen abnimmt«, dachte Lisa beglückt.
Es wurde ein langes Mahl, das mit jungen, zarten Artischocken begann, die in Öl frittiert wurden. Es folgte eine wundervoll würzige Pasta *all' amatriciana* mit einer Sauce aus Schmalz, Speck und Zwiebeln.
»Hilfe«, sagte Lisa ebenso erschlagen wie entzückt. »So ein schweres Essen ist mein Magen nicht gewohnt.«
»Das wird er lernen«, lächelte Roberto. »Iss schön langsam, und wenn du nicht alles schaffst, freuen sich die Katzen der Besitzerin.«
Unvermeidlich römisch war dann das Ochsenschwanz-Ragout, das als Hauptgang folgte – ein traditionelles Essen der Schlachthof-Arbeiter, die früher als Teil ihres Lohnes die Köpfe und Schwänze der Schlachttiere erhielten. Die Sauce, auf der Grundlage der kräftigen Brühe, hatte Körper und einen aufregenden Geschmack

durch die Beigabe von Staudensellerie, Rosinen und bitterem Kakao.

Als Nachtisch reichten frische Früchte und ein wenig Pecorino, gekrönt von einem Gläschen Grappa, über dessen Auswahl Roberto lange mit der *padrona* diskutiert hatte.

Als die beiden die Trattoria gegen Mitternacht verließen, drehte sich das römische Straßenbild ein wenig vor Lisas Augen und sie hatte überhaupt nichts dagegen einzuwenden, dass Roberto den Arm um sie legte. Er hielt ein Taxi an, stieg mit ihr ein und geleitete Lisa zu ihren Freunden. Bei der Verabschiedung wurde aus dem römischen Doppelkuss auf die Wangen dann schnell ein weiterer, der sich nicht auf die Wangen beschränkte ...

Auf den wundervollen Abend folgte ein gemeinsamer Ausflug am Wochenende mit Jan. Das Ziel war eine warme Quelle, die versteckt im Wald lag und nur wenigen bekannt war. Die drei waren allein.

Jannie hüpfte, ohne sich zu zieren, umgehend nackt ins Wasser. »Wie eine ganz große Badewanne mit Sprudelwasser drin«, schrie er begeistert.

Roberto war ihm gefolgt, gleichfalls nackt.

Lisa zögerte. Waren sie denn schon so vertraut miteinander?

Aber dann zog sie sich hinter einem Busch aus, sprang ins Wasser und ließ sich auf einer Bank aus Granitstein nieder, auf die plätschernd das warme Wasser aus der vulkanischen Erde traf.

Roberto setzte sich neben sie und umschlang sie fest. Lisa fühlte sich beschützt wie lange nicht in ihrem Leben, während sich der Horror, das Entsetzen und die Ängste der vergangenen Tage im warmen, sprudelnden Wasser auflösten.